KB129375

괜찮아
아무 일도
일어나지 않아

괜찮아 아무 일도 일어나지 않아

세라 해거홀트 지음

김선희 옮김

|주|자음과모음

차례

✦ 시작 ✦

여기는 리틀헤이븐이다. 리틀헤이븐에는 아무것도 없다.

유명한 사람이 태어난 적도 없다. 유명한 사람이 여기에 살지도 않는다. 여기에서 죽지도 않았다.

시내에는 다른 동네에 있는 똑같은 가게가 있다. 리틀헤이븐 변두리까지 걷고 또 걸어 봐도, 구불구불 이어진 완만한 언덕도 수수께끼 같은 숲도 없다. 그저 평평한 들판이 저 멀리까지 계속해서 뻗어 있을 뿐이다.

여기에서 일어난 가장 유명한 일은 수백 년 전이었다. 어떤 사람이, 난 누군지 기억도 못 하는데, 작업 시간을 반으로 줄여 주는 밀인지 뭔지를 수확하는 기계를 발명했다. 초등학교 때 그걸 보러 갔다 왔다. 쇠못하고 망가진 바퀴가 잔뜩 달린 기계를.

이런 데가 리틀헤이븐이다. 아무것도 없다.

마침내 우리 가족을 향해 조명이 비추기까지…….

◆ 1 ◆

침대 옆 탁자에 놓인 시계가 03:03으로 빛난다. 난 잠이 깼다. 왜 잠이 깼는지 모르겠지만 눈을 떴다. 배가 고프다.

엄마는 항상 먹는 양을 두고 내게 잔소리를 해 댔다.

"피넛 버터 한 통이 싹 사라졌네. 시리얼 한 통이 없어졌어. 빵 봉투에 또 부스러기만 남아 있잖아."

엄마는 이렇게 말했다.

"너한테 그게 다 어디로 들어가는지 모르겠다. 우리한테도 좀 남겨 둬, 이지."

이지는 가까운 사람들이 나 이저벨을 부르는 애칭이다.

하지만 아빠는 이렇게 말했다.

"캐슬린, 자기야, 이지 좀 내버려 둬. 한창 자라는 중이잖아. 안 그러니, 이지? 골고루 성장해야지."

그러고 나서 아빠는 구부정하게 몸을 구부렸다. 아빠가 나보다 작고, 마치 내가 아빠 위에 우뚝 솟은 거인처럼 보이게 하면서 말이다. 어떨 때는 그게 좋기도 하고 어떨 때는 좀 창피하다.

나는 침대에 잠깐 누워 다시 잠이 들지도 모른다고 생각했다. 03:04. 03:05. 아니, 진짜로 배가 고프다.

분홍색 잠옷 가운을 끌어당겨 입고 아래층으로 조용히 향하며 라이스크리스피가 좀 남아 있을지도 모른다고 생각했다. 메건 언니의 방을 지나치고 〈토마스와 친구들〉 포스터가 문에 아직도 걸려 있는 남동생 제이미의 방을 지났다. 이윽고 엄마하고 아빠 방을 지났다.

계단 중간쯤 내려가는데 훌쩍이는 소리, 숨을 헐떡이는 소리, 딸꾹질하는 소리가 들렸다. 하도 이상해서 나는 걸음을 멈추고 그 자리에서 좀 더 바짝 귀를 기울였다.

문득 깨달았다. 그건 누군가 우는 소리였다. 그냥 살짝 흐느끼는 게 아니다. 숨도 제대로 쉬지 못해서, 그러고 나면 콧물 범벅에 머리가 아프고 눈이 퉁퉁 붓는 울음이었다.

거실 문 아래에서 불빛이 새어 나오고 있었다. 엄마가 나지막이 웅얼거리는 목소리가 들렸지만 무슨 말을 하는지 또렷하게 들리지는 않았다.

울음이 계속 이어졌다.

아빠다.

물론 전에도 아빠가 우는 걸 본 적이 있다. 아빠는 〈오즈의 마법사〉와 〈말리와 나〉를 보는 내내 강아지가 죽기 훨씬 전부터 눈물이 그렁그렁해서 코를 훌쩍였다. 하지만 지금처럼 그러지는 않았다.

배가 아무렇지 않았다. 더 이상 고프지가 않았다.

나는 내 방으로 다시 돌아가 이불 속에서 몸을 웅크리고서 무언가, 뭐라도 생각하며 아빠의 울음소리를 내 머리에서 빼내려고 했다. 구구단, 〈사운드 오브 뮤직〉에 나오는 아이들 이름 순서, 내일 여름방학 첫날에 입을 옷……. 시계가 깜빡이며 지나갔다. 03:07. 03:08.

✦ 2 ✦

"제이미, 빨리! 콘플레이크하고 라이스크리스피를 고르느라 시간을 얼마나 잡아먹는 거야? 상자 좀 넘겨."

제이미는 자기 앞에 있는 시리얼 상자를 들여다보느라 완전히 정신이 팔려 있었다.

"나 퍼즐 하고 있단 말이야. 두 개만 찾으면 돼."

"그것 좀 넘겨. 어서. 나갈 시간 다 됐단 말이야. 학기 첫날부터 지각하기 싫다고."

나는 쌀쌀맞게 말하며 한 손으로 주스를 따르고 다른 손으로 검정색 새 구두를 신었다.

"그레이스 곧 온다고."

엄마가 나를 위 아래로 훑어보며 나무랐다.

"이저벨, 네 동생 좀 내버려 둬. 네 타이는 어디 있니?"

"주머니에."

나는 입에 시리얼을 잔뜩 넣고 교복에 두르는 초록색과 파란색 줄무늬 리본을 꺼내 엄마에게 보여 주었다.

"아침 다 먹을 때까지 매기 싫어. 우유 묻는단 말야."

메건 언니가 계단을 우당탕탕 내려왔다. 치마가 도르르 말려 올라가고 눈가에는 검은색 눈 화장이 보였다.

"내 포트폴리오 어디 있어? 누가 가져갔어? 엄청나게 큰데. 그냥 사라졌을 리가 없어."

언제나 방학이 끝날 때는 어마어마하게 혼란스럽다. 마치 지난 7주 동안 학교가 사라져서 우리는 아주 간단한 것도 어떻게 하는지 잊어버린 것 같다. 일어나서 아침을 먹고 옷을 입고 집을 나서는 것과 같은 것을 말이다. 우리는 콧구멍만 한 부엌에서 서로 걸려 넘어졌다.

아빠는 벌써 나갔다. 아빠는 입스위치*에 있는 작은 건축회사에서 일하며 사람들의 다락방을 고치고 확장하는 일을 도와준다. 보통 차가 막히기 전에 일찍 집을 나선다.

벨소리가 울렸다. 그레이스다. 나는 입으로 콘플레이크를 들이부었다. 학교 갈 준비가 됐다.

난 학교가 싫었다. 그러니까, 학교가 싫다기보다 학교에 속한다

---

* 영국 잉글랜드 동남부의 서퍽주에 있는 항구도시.

는 느낌이 들지 않았다. 난 착실히 공부를 했고, 어떤 과목이든 절대 망치지 않았다. 선생님한테 불려가 이른바 '면담'을 한 적도 없다. 하지만 나는 길을 잃고 헤맸다. 마치 검은 그림자처럼. 그런데 그레이스가 모든 걸 바꾸어 놓았다. 내게 색깔을 입혀 준 것이다.

오늘 아침 그레이스가 우리 집 부엌으로 부리나케 뛰어드는 바람에 하마터면 엄마랑 부딪칠 뻔했다. 하지만 엄마는 신경 쓰지 않고 그저 웃기만 했다. 사람들은 그레이스에게 절대로 화를 내지 않는 것 같다. 분명 그레이스에게는 상황을 금세 반전시키는 뭔가가 있다.

그러니까 엄마가 고작 이 정도로 말하는 거다.

"이런, 서두르지 마. 다시 학교에 가니 신나는 모양이구나."

"죄송해요. 파머 여사님!"

그레이스는 우리 부모님을 남과 다르게 불렀다. 파머 씨, 파머 부인 대신에 말이다. 나는 그레이스네 엄마를 다르게 부를 생각이 없다. 내가 그레이스 엄마의 이름을 제대로 아는지, 별명을 생각해 내도 괜찮은 것인지 확실히 모르겠다. 내 머릿속에는 그분은 언제나 '그레이스 엄마'다.

그레이스가 문득 멈춰 어깨 너머로 보고는 시리얼 상자 뒤를 가리키며 말했다.

"야, 제이미. 그 구석을 봐. 거기 '악어'가 있잖아. 자, 이제 이지……."

14

그레이스가 나를 붙잡고는 돌려 세워서 연극이라도 하듯 과장되게 뺨에 쪽쪽 입을 맞췄다. 그러고는 점잖은 체 포즈를 잡았다.

"가서 운명을 맞이해야지. 우리, 행운을 빌자."

"잘 다녀와, 이지."

엄마가 내 재킷을 매만지고는 뺨에 입을 맞추었다. 엄마는 그 순간 아주 심각해 보였다. 눈동자는 지치고 피곤해 보였다. 하지만 금세 평상시 모습을 되찾았다.

"좋은 하루 보내, 우리 다 큰 딸. 올 한 해도 파이팅!"

그레이스가 문을 쾅 닫으며 말했다.

"아, 이런. 어제는 악몽이었어, 진짜로. 우리 엄마가 나한테 하루 종일 교회에 있으라고 하잖아. 그러니까 몇 시간이나…… . 새로 오신 목사님을 위한 특별 환영회가 있었거든. 절대로 끝날 것 같지 않더라고. 점심 식사도 있었어. 그건 괜찮았어. 휴대전화에 배터리가 없어서 너한테 문자메시지도 보낼 수 없었어."

딱 한 번 그레이스가 다니는 교회에 가 봤는데 엄청난 곳이었다. 지난 결혼기념일에 엄마하고 아빠가 호텔에 가서 나는 그날 밤 그레이스네 자러 갔다. 다음 날 아침에 그레이스 엄마하고 같이 교회에 갔는데 그곳은 내가 생각했던 교회가 아니었다. 입스위치 끝자락에 있는 창고에 있었고 밖에서는 아주 평범해 보였지만 안은 개성과 음악이 가득했다.

앞에서 남자가 계속해서 떠들어 댔다. 하지만 그 사람이 뭐라고 말하는지 정말이지 귀를 기울일 수가 없었다. 나는 주위를 둘러보느라 바빴다. 극장에 들어가거나 뮤지컬을 보고 있는 것 같았는데, 우리 주위로 합창단이 있었다. 화려하고 질감이 뻣뻣한 원피스를 입은 여자들, 음악을 연주하는 밴드, 노래하는 성가대가 있었고, 모두가 춤추며 몸을 흔들었다. 어떤 사람들은 심지어 몸을 떨며 울기까지 했다. 하지만 내 생각에는 그레이스가 그것 때문에 좀 당황스러워하는 것 같았다. 그때 이후로 다시는 내게 교회에 가자고 하지 않았다.

반면에 나는 그레이스와 나눌 소식이 많지 않았다. 여름 내내 서로의 집에 드나들지 않았던 건 아니다. 만나지 않을 때는 문자 메시지도 자주 보냈다. 하지만 그레이스와 있으면 내가 할 이야기가 많지 않아도 절대 걱정할 필요가 없다. 그레이스는 그냥 계속 떠들어 댄다.

우리가 교문에 거의 도착했을 때 그레이스가 걸음을 멈추고는 내 팔을 움켜잡았다.

"올해는 우리 둘한테 좋은 해가 될 거야, 안 그래? 난 뼛속까지 느낄 수 있어."

그레이스는 손을 높이 들고는 나랑 손바닥을 맞부딪쳤다. 우리는 교문까지 웃으며 달려갔다. 아이들 모두 웃고 떠들며 새로운 한 해를 준비했다. 그레이스가 걸어가며 내 귀에 대고 속삭였다.

"더더군다나 올해는 샘 케너가 나를 알아보게 될 거야."

나는 의심하지 않는다. 조금도. 그레이스는 주목받는 방법을 안다.

8학년이 되니 좋다. 헐렁한 재킷과 지나치게 긴 치마를 입은 7학년은 어리숙하게 보인다. 하지만 우리는 이제 뭘 해야 할지 잘 안다. 지난 9월에 그레이스와 나도 그랬다. 꼭 1년 전. 첫 번째 만남에서 우리는 알파벳 순서대로 앉게 되었는데, 그러고 나서 죽 거의 떨어지지 않았다.

갑작스레 나는 앞으로 비틀거리다 하마터면 넘어질 뻔했다. 땅바닥에 부딪히기 직전에 그레이스가 내 팔을 움켜잡았다. 누군가 달려가다가 나를 밀쳐서 균형을 잃었던 거다. 고개를 들어 보니 루커스랑 그 애 친구들 두어 명이 앞에서 시시덕거리며 어울리고 있었다.

그레이스가 루커스를 향해 소리쳤다.

"야, 루커스, 똑바로 보고 다녀!"

"똑바로 보고 다녀!"

루커스가 새된 목소리로 흉내를 냈지만 그레이스 목소리하고는 조금도 비슷하지 않았다. 그런데도 아미르와 찰리는 진짜로 웃긴 농담을 들은 것처럼 웃어 댔다.

"네 발이 나한테 걸려 넘어질 뻔한 건 내 잘못이 아니지."

루커스가 말했다. 나는 그레이스에게 자그맣게 속삭였다.

"걱정하지 마, 괜찮아."

루커스가 낄낄거렸다.

"넌 혼자 말도 못 하지? 아니면, 일부러 이 작은 떠벌이 양한테 말을 전부 다 시키는 거야?"

녀석들은 달려가며 서로 밀치고 가방을 움켜잡았다.

"방학 동안 유일하게 보고 싶지 않았던 애야. 남은 학기 동안 루커스가 우리 근처에 오지 않으면 좋겠어."

"안녕, 그레이스. 안녕, 이저벨. 여름방학 잘 보냈어? 학교에 돌아오니 좋니?"

뒤에서 경쾌한 목소리가 들렸다. 내가 좋아하는 토머스 선생님이다. 선생님은 연극반을 담당하는데, 올해도 선생님이 영어를 가르쳤으면 좋겠다.

"안녕하세요, 선생님."

우리는 한목소리로 대답했다. 그레이스는 숨을 깊이 몰아쉬고 방학 동안 있었던 이야기를 자세하고도 장황하게 들려주려 했지만 선생님이 먼저 말을 끊었다.

"너희 둘, 들어가면 연극반 게시판을 한번 살펴보면 좋겠구나. 너희가 흥미로워할 만한 게 있을 거야. 여름방학 동안 게을러지지 않았다면 말이다……. 이거 꽤 힘들 수 있거든."

선생님은 씩 웃으며 말했다.

◆ 3 ◆

그레이스가 어깨를 으쓱하며 말했다.

"아가씨와 건달들? 흠, 난 처음 들어 보는데."

그레이스는 나와 달리 〈아가씨와 건달들〉〈사랑은 비를 타고〉〈이스트사이드 스토리〉 같은 오래된 뮤지컬에 사로잡힌 아빠와 살지 않는다. 할머니가 어린 소녀였을 때 만든 아주 오래된 영화다. 드라마와 음악이 가득한 영화는 또 다른 세상으로 들어가는 문 같다.

토머스 선생님이 옳았다. 게시판에 우리가 흥미로워할 만한 게 있었다.

발표

연극반 가입이 그레이스와 내가 함께 맨 처음으로 한 일이었다. 그레이스는 재미있고 기분 전환도 될 거라고 했다. 내가 그레이스의 말을 믿었는지 확신할 수는 없지만 어쨌거나 나란히 찾아갔다. 문제는, 내가 사람들 앞에 서는 걸 싫어한다는 거다. 나는 주목을 받거나 갑작스레 뭘 해야 하는 게 싫다. 심지어 수업 시간에 답을 알면서도 모두가 나를 쳐다보는 게 싫어서 손을 들지 않곤 했다. 그레이스는 특유의 소란스럽고 스스럼없는 웃음 그리고 관심받고 싶어 하는 성격 덕분에 뛰어난 배우가 될 것이다. 나는 뒤에 숨어서 안내장을 나누어 주거나 조명을 확인하는 게 훨씬 더 행복할 거다. 연극반은 기분 전환이 될 것 같지 않았다. 언제든 일어날 수 있는 공황발작이 떠올랐다.

하지만 한주 한주 지나며 검은색 휘장과 커다란 거울, 벽에 웨

스트엔드* 지도가 걸린 연극반 교실에서, 나는 사람들이 나를 쳐다볼지 모른다는 걱정을 하지 않게 된 걸 알았다. 왜냐하면 사람들은 어차피 부끄러움을 잘 타고 따분한 이저벨 파머를 보지 않았기 때문이다. 나는 더 이상 그런 사람일 필요가 없었다. 내가 원하는 사람은 누구든 될 수 있었다. 여전히 수업 시간에 손을 들지는 않았지만, 무대에 발을 디딜 수 있고, 다른 누군가가 될 수 있었다. 그러니까 누가 나를 보고 있는지는 문제가 되지 않았다.

지난여름 학기, 그레이스가 나를 끌고 가서 연말 작품 발표를 위한 오디션을 보았다. 그리고 웬일인지 우리 둘 다 합창단에서 역할을 따냈다. 그레이스와 내가 서로 주고받는 대사가 얼마 되지 않았지만 그건 문제가 되지 않았다. 무대에 서는 건 황홀한 느낌이었다.

일단 마지막 공연이 끝나자 우리 모두는 엉엉 울며 서로 얼싸안고 여름방학 동안 서로를 만나지 않고 어떻게 지낼 수 있을까 의심스러웠다. 토머스 선생님은 우리한테 둥글게 앉으라고 하더니 각각 종이 두 장을 주었다. 종이 한 장에 연극반 최고의 추억을 적어서 큰 소리로 친구들에게 읽으라고 했다.

선생님이 우리 공연에 감동을 받은 체하며 의자에서 뒤로 넘어졌을 때, 우리 모두가 〈앵무새 죽이기〉를 보러 입스위치에 갔을

---

* 런던 중심지의 서쪽 지역으로 극장, 상점, 호텔이 즐비하다.

때 우리에게 다양한 억양을 해 보라고 시켰는데 거의 대부분이 잘 해내지 못했을 때.

또 다른 종이 위에 우리는 각자 이름을 적었다. 이 종이를 옆으로 건네며 위에 이름이 적힌 사람에게 전할 메시지를 적고는 다른 사람이 볼 수 없도록 접어서 옆으로 전달했다. 나는 가방 안에 종이를 밀어 넣고 집에 도착할 때까지 기다렸다가 종이를 펼쳤다. 침대에 누워 아이들이 적은 한마디 한마디를 느릿느릿 조심스럽게 읽었다. 토머스 선생님이 쓴 것도 읽었다.

네 앞에는 엄청난 것들이 있단다. 네 자신을 믿어.

그레이스가 적은 것이 있었다.

슈퍼스타, 영원한 베스트 프렌드.

그러고는 분홍색 하트를 그리고 앙증맞은 별로 장식했다. 침대 매트리스 한 귀퉁이 아래 그 종이를 쑤셔 넣었다. 그걸 다시 읽을 필요는 없었다. 필요할 때 꺼내면 된다.

우리는 길을 따라 걸어 내려갔다. 8학년 첫날을 보내고 나서 나는 휴대전화로 〈아가씨와 건달들〉을 검색했다.

"좋아, 여기 있다. 미국 뮤지컬…… 1950년 초연……."

그레이스가 끼어들었다.

"뭐라고? 그거 거의 100년 전 거잖아."

"쉿! 들어 봐. 이 영화는 상을 받았어. 확실히 우리 집에 옛날

DVD가 있어. 돌아가서 지금 볼래? 그러면 우리가 좋아하는 최고의 역할을 고를 수 있잖아. 너희 엄마도 안 된다고 하시진 않을 거야. 첫날이잖아, 아직 숙제도 없고."

"그래, 그거 근사하겠다. 너희 엄마는 괜찮을까?"

"당연히 괜찮지. 너희 엄마는 네가 우리 집에 아예 산다고 그러시잖아, 가자."

나는 현관문을 열고 큰 소리로 다녀왔다고 외쳤다. 그러고 나서 그레이스와 거실로 후다닥 달려가 텔레비전 옆 책꽂이에서 DVD를 잽싸게 훑었다. 〈아가씨와 건달들〉은 없었다.

"너희 엄마하고 아빠가 그게 어디에 있는지 아시지 않을까? 가서 여쭤보자."

그레이스가 제안했다.

우리는 부엌으로 갔다. 부엌에는 메건 언니가 통화를 하고 있었다. 다른 식구들은 보이지 않았다. 내가 물었다.

"아빠 어디 있어?"

"병원에."

언니는 고개를 들지도 않고 말했다.

"또? 엄마는?"

"사무실."

메건 언니는 다시 전화로 돌아갔다.

언니는 분명 대학 입시반 첫날을 잘 보낸 게 틀림없다. 정말이지 내게 말을 다 하다니. 어쩌면 그레이스가 같이 있어서 그런지도 모른다. 모두가 그레이스를 좋아한다. 그래도 나는 괜히 질문을 더 해서 내 복을 차 버리지 않기로 했다.

사무실은 엄마가 컴퓨터로 웹사이트를 디자인하고 자료를 보관하고 계산하는, 작은 상자 같은 방을 부르는 그럴싸한 이름이다. 벽마다 스케치, 송장, 간단한 인쇄물 같은 종이가 넘쳐난다. 그 사무실에 비하면 내 방이 엄청나게 깨끗해 보일 정도다. 엄마가 어깨에 전화를 걸치고 타이핑을 하고 있었다. 엄마는 프리랜서 웹디자이너다. 무척 멋진 일인 것처럼 들린다. 하지만 엄마가 그러는데 주로 사소한 코딩을 하고 고객과 까다로운 통화를 하는 거라고 했다. 엄마는 원하는 대로 돌아가지 않는 사이트가 왜 그런지 고객들에게 설명을 해 준다.

"어서 와, 얘들아. 개학 첫날 어땠어?"

엄마는 전화를 스피커 모드로 바꾸고는 우리에게 안으로 들어오라고 손짓했다. 통화대기 음악이 흘러나오자 그레이스와 나는 우스꽝스럽게 살짝 몸을 흔들어 댔다. 엄마가 웃음을 터뜨렸다.

"흠, 잘 보낸 것 같네. 간식 먹을래, 그레이스? 안타깝게도 피자밖에 없네."

"감사합니다, 파머 여사님."

"있잖아, 엄마. 우리 〈아가씨와 건달들〉 DVD 찾는데 어디 있는지 알아요? 학교 발표 작품인데 다음 주에 오디션이 있어. 우리

지금 당장 준비하고 싶은데…… 연습할 시간이 많이 없거든.”

나는 재빨리 말했다. 엄마는 생각에 잠긴 듯 보였다.

“몇 년 동안 안 봤는데…… 거실 선반에 없으면 엄마 옷장 위 가방 안에 있을 거야. 자선단체에 보낼 물건이랑 전부 같이. 네가 가서 찾아봐도 돼. 그렇지만 너무 지저분하게 해 놓지는 마, 알았지? 그리고 그레이스. 잊지 말고 어머니께 여기 있다 가도 괜찮은지 문자메시지 보내고. 어머니가 기다리고 계실 거야.”

그 순간 음악이 멈추고 스피커에서 자그맣게 목소리가 흘러나왔다.

“안녕하세요, 파머 부인, 계속 기다리게 해서 죄송합니다.”

엄마가 수화기를 움켜잡았다. 우리는 DVD 사냥을 하러 사무실을 빠져나갔다.

“너희 엄마가 너한테 하시는 게 난 참 맘에 들어. 너희 아빠도. 두 분 다 느긋하시잖아. 우리 엄마 같지 않고.”

그레이스가 과장되게 한숨을 쉬며 침대에 앉아서 집으로 문자메시지를 톡톡 두드려 보냈다.

“네가 뭘 몰라서 그래. 엄마는 늘 숙제하라고 잔소리를 해 댄다고.”

“맞아, 부모님은 다 그래. 내 말은, 우리 엄마는 말이지…… 항상 모든 걸 알아야 해. 내가 정확히 뭘 하고 있는지 알고 싶어 하지, 늘 나한테 충고하지, 학교에서 일어나는 아주 사소한 것도 물어보지……."

그 말에 나는 웃음을 터뜨렸다. 왜냐하면 말투가 자기 엄마랑 똑같았으니까. 한 번도 입 밖으로 꺼낸 적은 없지만, 나는 이따금 우리 엄마가 그레이스 엄마 같으면 좋겠다고 바랐다. 우리 엄마가 메건 언니, 제이미 그리고 나, 우리 셋이 해야 할 일에 신경 쓰지 않는다는 게 아니다. 엄마는 단지 말을 많이 하는 사람이 아니다. 어쩌면 엄마는 그저 뭘 생각하고 어떻게 느끼는지 우리가 알아서 해내기를 바라는지도 모른다. 아니, 어쩌면 그레이스랑 그 애 엄마하고 사정이 달라서 그럴지도 모른다. 왜냐하면 귀찮은 남동생이라든가 언니가 없이 두 사람만 있으니까.

그레이스가 부루퉁하게 말했다.

"정말이지, 나 여기에서 간식 먹으면 좋겠다. 아마 엄마가 집에서 특별히 맛있는 음식을 만들었을 거야. 그래도 너하고 같이 텔레비전 앞에서 피자 먹는 게 더 나아."

난 아무 말도 하지 않았다. 나는 그레이스 엄마가 차려 주는 음식이 너무 좋다. 산더미 같은 고슬고슬한 밥과 소스, 간식으로 만든 케이크, 게다가 그레이스 엄마는 식사하는 것만큼 다른 사람이 식사하는 모습을 지켜보는 것도 즐기는 것 같다. 첫 숟가락을 다 뜨지도 않았는데 더 먹으라고 권하며 무슨 양념이 들어갔는지 어디에서 각각의 레시피를 찾아냈는지 설명하면서……. 그 애 엄마가 내 왕성한 식욕에 대해서 뭐라고 하는 건 상상할 수가 없다.

그레이스가 발끝으로 서서 옷장 위로 몸을 쭉 뻗어 여행용 가방을 움켜잡았다. DVD, 책하고 제이미의 낡은 옷이 방바닥으로 와르르 쏟아져 내렸다. 엄마가 이런 것들을 내다 버리려고 하다니 믿을 수가 없었다. 여기에 내가 보고 또 보곤 했던 영화가 있는데 말이다. 〈메리 포핀스〉 〈알라딘〉 〈겨울왕국〉까지. 이제는 좀 유치한 것 같기는 하지만 제이미는 아직 좋아할지도 모른다. 그걸 보니 비 오는 토요일 오후에 아빠, 엄마 그리고 메건 언니하고 같이 몸을 웅크리고 노래를 부르던 오후가 생각났다. 한 가족이 함께 뭔가를 하던 게 아주 오래전 같다. 내가 좋아하는 걸 두어 개 겨우 몰래 빼내기는 했는데 그래도 〈아가씨와 건달들〉은 보이지 않았다.

"너희 엄마가 전부 다 옷장 위에 있다고 말씀하신 거 맞니? 옷장 뒤도 보라고 하신 거 아니야? 확인해 보자."

그레이스는 가방을 다시 채우고는 원래 있던 곳에 조심스레 올려 두었다.

"그러게, 나는 잘……."

내가 말하려고 했지만 그레이스가 이미 옷장 문을 열고 바닥을 뒤지고 있었다. 이윽고 뒤에 밀어 두었던 천 가방 하나를 꺼냈다.

"봐, 여기 있지 않을까?"

그레이스가 희망을 품고 말했다. 지퍼를 열자 원피스 두어 벌, 치마 한 벌, 속옷하고 분홍색 뾰족 구두 한 켤레가 보였다. 우리는 둘 다 그것들을 물끄러미 쳐다보았다. 이윽고 그레이스가 원피스 하나를 꺼내 들어 올리고는 손가락으로 실크 천을 쓰다듬었다. 엄마가 이런 옷을 입는 모습을 한 번도 본 적이 없다. 한 번인가 두 번, 행사 때 원피스를 입었던 게 기억났다. 청바지와 운동복, 맞다, 이따금 고객을 만나러 갈 때 정장을 입는다. 하지만 원피스는 절대 아니다.

엄마는 키가 꽤 작다. 나도 엄마만 하다. 이런 옷들은 엄마에게 엄청나게 클 것 같았다. 마침내 그레이스가 침묵을 깼다.

"농담 아니고, 너희 엄마 예전에 뚱뚱하셨니?"

이유를 모르겠지만 이런 옷을 보고 있자니 이상한 느낌이 들었다. 누군가의 일기를 읽거나 사적인 대화를 엿듣는 것처럼. 그건 비밀스러운 느낌이었다. 난 그것들을 옷장 속 보이지 않는 가방에 다시 두고 싶었다. 애초에 그런 것들을 찾지 않았으면 했다.

나는 어깨를 으쓱해 보이고 재빨리 치우기 시작했다. 그레이스가 그 구두를 신어 보고 싶어 안달하는 걸 알 수 있었다. 그것도 엄마 신발보다는 컸다. 그런데 구두를 잡으려고 손을 내미는 순간 그레이스의 휴대전화가 울렸다. 그 애 엄마가 간식을 먹고 와도 좋다고 했다. 그레이스가 전화를 받는 동안 나는 가방 안에 구두를 넣고 지퍼를 단단히 채우고 나서 있던 곳에 가방을 밀어 넣었다.

계단을 올라오는 발자국 소리가 들리기에 뭔가 잘못을 저지른 것처럼 갑작스레 죄책감이 들었다. 배 속이 불편하게 살살 아팠다. 엄마는 문에서 고개를 삐죽 내밀고는 DVD 하나를 흔들었다.

"어쩌면 너희 바로 코앞에 있는 것도 못 보니? 딱 보니까, 다른 것하고 같이 선반에 있더라. 그래도 여기 깔끔하게 놔두었네. 어서 와, 그렇게 깜짝 놀란 표정 지을 필요는 없어. 피자 준비됐어. 먹자."

나는 방에서 나와 문을 쾅 닫고 잽싸게 계단을 뛰어 내려갔다.

◆ 4 ◆

오디션을 보고 나서 일주일이 지났다. 시간이 엄청나게 더디
흘렀다. 그래도 오늘 토머스 선생님이 결과를 발표할 거다. 마침
내. 어쨌거나 무슨 역할을 맡을지 알고 싶어 좀이 쑤신다.

하지만 우선 프랑스어와 역사 수업이 있다. 그리고 나서 화학
수업이 두 번 있는데, 결코 절대 끝나지 않을 것 같았다. 마침내
마지막 수업 종이 울리고 주말이 시작됐다. 나는 멍한 표정으로
거대한 가방을 멘 7학년들을 요리조리 피해 연극반 교실을 향해
서둘러 복도를 달려갔다. 그레이스가 정확히 나하고 똑같은 시각
에 도착했다. 우리는 숨을 헐떡이며 게시판 앞에 끽, 하고 멈추어
섰다.

그레이스와 나는 〈아가씨와 건달들〉을 일곱 번 봤다. 우리는 무
엇이 최고의 역할이고, 우리가 무슨 역할을 원하는지 잘 안다. 처

음에 난 믿을 수가 없었다. 진짜인지 두 번이나 확인해야 했다. 하지만 진짜였다. 딱 우리가 바랐던 거다. 나는 세라 브라운 역할이다. 뮤지컬이 진행되며 마음이 서서히 열리고 사랑을 알아 가는 진지한 구세군 장교. 그레이스는 애들레이드 역인데 비중이 큰 역할로, 좀 더 대담하고 나보다 더 그레이스 스타일에 맞았다.

마음 한편으로 내가 이걸 정말로 해낼 수 있을지 의구심이 들었다. 작년하고는 너무 다르다. 외워야 할 대사와 연습할 장면이 엄청 많았다. 내가 정말 잘 해낼까? 사람들 앞에서 망쳐 버리면 어쩌지? 그때 그레이스가 나를 움켜잡았다. 우리는 꽥 비명을 지르며 서로 부둥켜안고 펄쩍펄쩍 뛸 때 두려움은 이내 사라졌다. 이번 학기는 엄청날 거다! 우리는 스타다!

게시판 쪽으로 아이들이 좀 모여들었다. 자기 이름이 명단에 있는지 보려고 서로 밀쳐 댔다. 그레이스가 오버하며 크게 떠들고 웃는 걸 보니 샘 케너가 온 모양이었다. 그 애는 남들을 밀쳐 댈 필요가 없었다. 다른 아이들 머리 위로 곧장 들여다볼 만큼 키가 컸으니까. 그레이스는 지난여름 학기가 시작된 뒤로 샘에 대해서 계속 떠들어 댔다.

내 뒤에서 날카로운 목소리가 들렸다.

"저기, 잠깐만."

등을 돌려 보니 같은 학년 미아 해리슨이 있었다. 그 애는 손을 허리께에 얹고 얼굴을 찌푸렸다. 나는 길을 내 주며 말했다.

"미안. 못 들었어. 명단에서 네 역할 찾으려고?"

"참, 나. 그럼 내가 여기서 뭐 하겠니?"

그 애가 나를 밀치고 지나가며 톡 쏘아붙였다.

미아는 아주 예의가 바르고 몹시 애교가 넘친다. 특히 주위에 어른들이 있을 때는. 미아는, 부모님이 우리에게 닮기를 바라는 바로 그런 애다. 하지만 그 애는 누구도 보지 않는다고 생각하면, 진짜로 못되게 군다. 우리와 어울려 놀긴 하지만 그 애에게 우리는 그저 어쩔 수 없이 어울리는 차선책 같은 느낌이 든다.

미아가 그레이스와 나를 향해 말했다.

"아, 너희 둘 아주 잘했네. 토머스 선생님한테 온갖 알랑방귀를 뀐 게 성과를 올렸어."

그러더니 머리카락을 넘기고 성큼성큼 걸어갔다.

나는 내 역할에 너무 신이 나서 나머지 명단을 들여다보는 걸 까먹었다. 미아의 이름이 어디 있는지 확인해 봤다. 미아는 카트라이트 장군이다. 치사하고 남한테 이래라저래라 구는 구세군 장교. 완전히 그 애한테 딱 어울리는 역할이다. 그러니 그 애가 심술이 난 것도 당연하겠지. 미아는 좀 더 근사한 역할을 맡고 싶었을 거다, 나와 그레이스처럼…….

큰 충격은, 애들레이드의 루저 남자 친구 역, 네이선 디트로이트를 주인공 역할에 조금도 어울릴 것 같지 않은 루커스가 맡았다는 사실이다. 올해 그 애랑 가까이 하고 싶지 않다는 바람은 끝났다. 샘 케너는 나, 세라 브라운과 사랑에 빠지는 스카이 매스터슨 역이다. 그다음으로 불량배와 댄서들 명단이 나와 있었다.

그레이스가 말했다.

"봐, 샘. 너 대단한 역할 맡았어."

샘이 그레이스를 내려다보고는 살짝 어색하게 웃음 지었다.

"그래. 너도 잘했어."

샘은 말을 많이 하지 않는데 굳이 그럴 필요가 없었다. 이 아이는 어떤 상황에서나 자기 주변에서 한 발짝 떨어져 바라보는 사람처럼 보인다. 그래서인지 샘은 연기를 퍽 잘하는 것 같다. 샘은 자기가 하고 싶은 걸 행동으로 옮기고, 사람들이 그를 멍청해 보인다고 생각해도 신경 쓰지 않는다. 멍청해 보이는 걸 걱정하지 않기 때문에 누구도 샘을 멍청하다고 생각하지 않는다. 이 아이는 대부분 남자아이들처럼 우스갯소리를 하면서 시간을 보내지 않는다. 그게 그레이스가 그렇게나 푹 빠진 이유 가운데 하나다. 파란 눈동자에 다른 남학생보다 키가 크다는 사실 때문이 아니다. 내가 보기에는 그 점이 샘과 그레이스가 살짝 닮은 것 같다. 자신의 생각을 분명히 말하고 자신이 옳다고 믿는 걸 두려워하지 않고 행동으로 옮긴다. 한마디 말을 할 때도 사람들이 무슨 생각을 할까 늘 걱정하는 나와는 다르게…….

집으로 가는 길에 그레이스는 샘이 건넨 말을 떠올리며 생각에 빠져 있었다. 그 말이 무슨 뜻이었을까, 첫 연습에서 만나면 뭐라고 할까, 어떤 의상이 좋을까. 그리고 도대체 토머스 선생님은 주요 역할 중 하나에 왜 루커스 피어스를 뽑았을까.

나는 얼른 집에 가고 싶었다. 엄마하고 아빠가 기뻐하리라는 걸 알았다. 두 분 다 일단 뮤지컬을 무척 좋아한다. 하지만 그것보다도 둘 다 내가 연극반에 들어갔을 때 한결 마음을 놓았다. 드러내지는 않았지만, 나의 세인트메리에서의 생활을 걱정했다. 한 번도 말은 하지 않았지만 난 알 수 있었다. 조용하고 어린 이저벨이 그렇게나 거대하고 정신없는 곳에서 잘 어울릴지 걱정했다. 메건 언니하고는 무척 달랐다. 언니는 그냥 수월하게 넘어갔다. 나는 이 학교에 잘 맞지 않았지만 그래도 뮤지컬 스타가 될 거다.

"내 인생 최고의 날이야. 오늘 무슨 일이 있었게, 알아맞혀 봐!"

나는 문으로 들어서자마자 큰 소리로 말했다. 엄마하고 아빠는 둘 다 거실에 있었다. 제이미는 소파에 앉아 만화영화를 보고 있었다.

아빠가 차분히 말했다.

"아, 나야 모르지. 말해 봐, 이지. 앉아서 엄마하고 아빠한테 전부 말해 줘."

아빠 목소리가 이상하게 들렸다. 나는 아빠를 가까이 들여다보았다. 밤새 잠을 못 잔 것처럼 눈 아래 다크서클이 있었다. 아마도 컨디션이 좋지 않아서 집에 일찍 들어왔나 보다. 그렇다고 해도 내가 어렸을 때처럼 함께 알아맞히기를 하지 않아서 살짝 실망스러웠다. 아빠는 언제나 우스꽝스러운 얘기를 해 나를 웃겼다. 예를 들면 "너 화성까지 가는 우주 임무를 맡았지?"라든가 "학교 급식이 과자하고 초코릿 푸딩으로 바뀌었구나" 같은.

마침내 나는 체념하고 진짜 무슨 일이 있었는지 들려주었다. 아마도 아빠는 이제 내가 놀이를 하기에는 너무 자랐다고 생각하는 것 같다. 나는 궁금했다. 변한 건 내가 아니라 아빠일까? 최근 아빠는 모든 것에 엄청나게 많이 심각해 보이는 듯했다.

"아, 그렇다면 좋아요, 내가 말할게."

여전히 나는 너무 신이 나서 자리에 앉지도 않았다.

"오디션 결과를 발표했는데 그레이스하고 내가 최고 역할을 맡았어. 나는 세라 브라운이고, 그레이스는 애들레이드. 우리 외워야 할 대사가 엄청 많을걸. 그리고 노래도. 연습은 다음 주에 시작해. 학기 끝나기 전에 발표가 세 번 있어. 정말 정말 근사할 거야."

제이미가 화면에서 고개를 들고는 내게 물었다.

"나도 가도 돼?"

"물론이지 제이미. 네가 원한다면 앞줄에 앉아도 돼."

엄마하고 아빠는 여전히 말없이 앉아 있었다. 약간 뒤늦게 아빠가 자리에서 일어섰다.

"멋지다, 이저벨. 정말 자랑스러워."

그러면서 나를 와락 안아 주며 말했다.

"대단한 소식 아니야, 여보? 이지가 스타가 될 것 같아."

하지만 아빠 얼굴을 올려다보았을 때, 대단한 소식을 들은 사람처럼 보이지 않았다. 웃음이 뻣뻣했다. 내가 느꼈던 그 모든 기쁨이 사라지는 기분이 들었다.

아빠가 어색하게 기침을 했다.

"있잖아, 사실은 나도 소식이 있어."

아빠는 엄마를 바라보았다. 그러고 나서 몸을 곧추세웠다.

"한 가지 소식이 있어. 내 말은, 가족끼리 나눠야 할 이야기가 있단 뜻이야. 오늘, 일단 메건이 집에 오면. 걱정할 건 없어, 정말이야."

물론 걱정할 게 없다는 말을 듣자마자 나는 걱정스러웠다. 머릿속으로 악몽 같은 시나리오를 모조리 떠올렸다. 우리 이사 갈 거야, 아빠가 직장을 잃었어, 두 사람이 헤어질 거야, 아빠가 불치병에 걸렸어…… 그래서 아빠가 저렇게나 창백하게 보였던 게 틀림없다. 일어날 수 있는 최악을 생각해 둔다면, 그렇다면 다가올 게 무엇이든 준비할 수 있을 거다. 일어날 수도 있을 그 모든 일을 한꺼번에 걱정하며 우리 모두 집 없는 고아로 남을지도 모른다고 생각하려는 그때, 문이 쾅 닫혔다.

언니가 자기 방으로 허둥지둥 올라가기 전에 엄마가 언니를 붙잡아 세웠다. 복도에서 두 사람이 웅얼거리는 소리가 들려왔다. 아빠는 내가 이미 말한 내용에 대해서 다시 질문을 했다. 그러니까 연습이 언제인지 혹은 내가 아직 모르는 것들에 대해서. 그러니까 다른 사람은 누가 또 포함됐는지 하는.

부모라면 한 아이만 좋아하면 안 된다는 건 모두 알 것이다. 하지만 꼭 그렇지만은 않다는 것도 모두 안다. 엄마하고 메건 언니는 언제나 가까웠다. 언니가 나를 포함해 거의 모두에게 말하기를 거부한 순간에도, 엄마에게는 여전히 마지못해 귀를 기울인다. 모든 것에 대해서 무엇이 언니를 그렇게 화나게 만드는지 나는 모르겠다. 내가 아빠한테 물어보았을 때, 아빠는 그냥 열여섯 살 때는 이따금 그러는 거라고 말했다. 그러면서 메건 언니가 곧 지겨워하게 되면 다시 평범한 인간이 될 거라고도 했다. 언니가 빨리 지겨워지면 좋겠다. 입시반 새 학년이 시작됐으니 달라지겠지.

나는 아빠가 좋아하는 아이다. 아니, 어쩌면 아빠는 내가 좋아하는 사람이다. 학교가 쓰레기 같을 때, 언니가 나를 짜증 나게 할때, 이야기하거나 함께 앉아서 텔레비전을 보고 싶은 사람은 보통 엄마가 아니라 아빠다. 엄마는 내가 어서 커서 책임감을 갖기바라는데 이따금 그런 것도 좋지만 나는 아빠와 함께 쉴 때 마음이 편하다.

제이미는? 이따금 우리 모두가 제이미를 깜빡 잊는 것 같다. 끔찍한 소리 같다. 말 그대로 제이미를 잊는다는 게 아니다. 누구도 슈퍼마켓이라든가 뭐 그런 데에 제이미를 남겨 두지는 않는다. 제이미는 많이 어리다. 메건 언니와 나는 함께 노는 게 아니라 언제나 제이미를 보살핀다. 엄마는 제이미를 '늦둥이'라고 부른다.

"차 마실래?"

아빠가 물었다. 그러고는 거실을 나가 부산을 떨며 엄마, 언니와 함께 차를 준비했다. 제이미는 한 번 더 탄산음료를 달라고 졸랐다. 놀랍게도, 탄산음료를 얻어 냈다. 난 아무것도 달라고 하지 않았다.

일단 모두가 자리에 앉아 있으니 살짝 어색했다. 우리는 정말이지 가만히 앉아 있는 가족은 아니다. 보통 누군가가 허둥지둥 뛰어들거나 뛰어나간다. 언니는 신고 있던 검은 팬티스타킹에 난 커다란 구멍 하나를 잡아당겼다. 제이미는 의자 팔걸이에 대고 장난감 자동차 바퀴를 굴렸다.

"이거 좀 낯선 거, 알아."

아빠가 말을 꺼냈다. 목소리가 살짝 떨렸다.

"우리 할 이야기가 있어, 가족으로서……. 내게 가장 큰 영향을 미치는 일이야. 그리고 엄마한테도. 하지만 너희에게도 영향이 미칠 거야. 필요하면 뭐든 우리한테 물어봐, 알았지?"

우리는 고개를 끄덕였다. 역시 혼란스러웠지만 이제 모두 귀를 기울였다. 아빠가 천천히 시작했다.

"있잖아, 너희 '트랜스젠더'라는 말 들어 본 적 있니?"

"네, 그런데 그게 왜요?"

언니가 고개를 들었다. 내 머리는 핑핑 돌았다. 이건 내가 예상했던 게 아니다. 아빠가 뭘 말하는 건지, 왜 그러는지 도무지 감을 잡을 수가 없었다.

"트랜스젠더라든가 성전환자는, 남자든 여자든 자기가 태어난 몸이 자신의 진짜 성과는 어울리지 않는다고 생각하는 사람을 표현하는 말이야. 그러니까 남자처럼 보일지 모르지만 내면은 여자인 거지. 또는 사람들이 여자라고 생각하지만 본인은 정말로 남자라고 생각해."

언니가 빈정거렸다.

"멋지네요. 근데 그게 우리하고 무슨 상관인데요?"

아빠가 한숨을 내쉬었다.

"아빠가 트랜스젠더야."

아빠는 떨리는 목소리를 참으려 했지만 잘되지 않았다.

"그건…… 그러니까…… 오랜 시간 동안 내가 알아 왔다는 뜻이야. 내 몸이랑 내 몸 안에 들어 있는 사람하고 어울리지 않는다는 걸. 그러니까 난 남자로, 남자의 몸으로 살아왔어. 하지만 실은…… 난 여자야."

아빠는 내게로 몸을 돌리고는 모두를 진지하게 쳐다보았다.

"두어 달 있다가 호르몬 치료를 시작할 거야. 결국 수술도 받을 거고. 그래서 점점 내 몸이 나하고 어울리도록 바꿀 거란다. 하지만 우선 여자로서 생활을 시작해야 해, 이제."

아빠는 엄마를 흘끗 보았다. 엄마는 용기를 주듯 고개를 끄덕였다. 제이미는 허공을 쳐다보고 있었다. 진짜 이해하고 있는 것 같지는 않았다. 언니는 이제 죽은 듯이 꿈쩍도 않고 앉아 있었다. 하지만 긴장의 파도가 흘러나오는 게 느껴졌다. 그런데 나는? 온 힘이 빠져나간 느낌이었다.

한 가지 이미지가 마음속에 가득 차서 다른 건 생각할 수가 없었다. 그 가방, 구두, 너무 큰 옷. 그건 결국 엄마 것이 아니었다. 아빠 것이었다. 전부 다 이해가 간다. 하지만 지금 당장은 뭐든 전혀 이해가 가지 않는다.

"부끄러운 건 없어. 더러운 것도 아니야. 아픈 것도 아니야."

아빠가 재빨리 이어서 말했다.

"하지만 알아, 너희가 이해하기 힘들다는 거. 그래서 너희한테 이야기하기까지 시간이 많이 걸린 거야. 내가 너희를 얼마나 사랑하는지, 그 점에 대해서는 달라지는 건 없어. 그래도 있잖아, 미안해."

아빠가 말을 멈추었다. 연습한 연설을 다 마친 것 같았다. 아빠는 대사를 암기했다. 이제 우리 차례다. 하지만 대본이 없다. 다음에 무슨 일이 일어날지 알려 주는 작가라든가 다음 대사를 어떻게 전달하는지 알려 주는 선생님이 없다. 다음 곡을 연주할 준비를 하는 밴드도 없다. 그저 침묵뿐.

제이미가 물었다.

"스파이더맨 같은 거야? 그러니까, 피터 파커가 있고 스파이더맨이 있고. 그런데 피터 파커는 진짜 스파이더맨이야. 아무도 그 사람이 스파이더맨이라는 거 몰라. 그러니까 아빠가 여자이고. 그런데 아빠는 남자처럼 보이는데 아빠에 대해서 아는 사람이 아무도 없는 거야?"

"대체 무슨…… 아빠는 여자가 아니야, 안 그래? 아빠는 우리 아빠야, 남자라고."

메건 언니가 자기 스타킹을 훨씬 더 세게 들쑤시며 중얼거렸다. 언니의 목소리가 높아졌다.

"어떻게 여자로 바뀔 수가 있어? 남자가 아닌지 어떻게 알 수 있어? 이거 무슨 웃기지도 않는 농담이야?"

언니는 대답을 기다리지도 않고 부리나케 거실을 나가 쿵쿵거리며 계단을 올라갔다. 그러고는 자기 방문을 부서져라 쾅 닫았다. 엄마하고 아빠는 서로 시선을 주고받더니 엄마가 일어나서 언니를 따라갔다. 아빠는 나를 향해 말했다.

"이지?"

내 심장은 마구 날뛰고 머릿속에는 질문이 가득했다. 하지만 무슨 말부터 꺼내야 할지 몰랐다. 그래서 아무 말이나 떠드는 대신, 그저 어깨를 으쓱해 보이고 미소를 지으려고 했다. 아빠가 팔을 들어 나를 감싸며 말했다.

"이지는 참 착해. 아빠가 약속할게, 다 괜찮아질 거야."

그러고 나서 우리는 어색하게 그 자리에 잠깐 앉아 있었다.

마침내 아빠가 자리에서 일어났다.

"감당하기 힘든 거 알아. 하지만 나중에 뭐든 생각나는 게 있으면 엄마하고 아빠한테 언제든 얘기해도 돼. 내가 샌드위치 만들어 줄까? 치즈 발라서. 어때, 제이미?"

제이미는 힘차게 고개를 주억거렸다. 제이미는 치즈라면 환장한다. 할 수 있다면 콘플레이크에도 치즈를 넣어 먹는다.

"이지, 너는 어때?"

"나는 나중에. 이제 방에 올라가도 돼?"

나는 아무것도 먹을 수가 없었다. 뮤지컬로 흥분에 휩싸인 채 학교에서 돌아오고 나서 집에서 엄청 긴 시간이 흐른 것 같다. 그런데 고작 5시 30분이다. 나는 손도 대지 않은 찻잔 세 개를 부엌에 가져다 놓았다. 내 방으로 들어가 문을 닫고 침대 옆에 몸을 기댔다. 갑작스레 피곤이 몰려왔다. 너무 피곤해서 몸을 움직일 수도 없었다.

몇 달, 몇 년 동안 아빠는 내내 이걸 생각했을 텐데, 나는 몰랐다. 내가 너무 멍청하게 느껴졌다. 난 아빠를 바꾸고 싶지 않다. 하지만 너무 늦었을지도 모른다. 아빠는 언제나 다른 사람이었고 나는 알아차리지도 못했으니, 지금 내가 할 수 있는 건 아무것도 없다. 나는 주먹을 꽉 움켜쥐었다. 손톱이 손바닥을 파고드는 게 느껴졌다. 무엇보다, 차라리 아빠가 우리한테 그 말을 하지 않았으면 좋을 텐데. 모든 것이 전처럼 그대로였으면 좋을 텐데.

나는 매트리스 아래 쑤셔 넣어 둔, 연극반에서 받은 메시지가 적힌 종이를 찾아 손을 내밀었다. 보통 그걸 읽으면 기분이 좋아진다. 하지만 지금 내 생각은 오로지…… 그 아이들이 우리 아빠를 알게 된다면…… 뭐라고 할까? 아빠가 여자로 바꾸었다는 걸 알게 된다면…… 뭐라고 할까? 그래도 아이들이 나를 좋아할까? 아니면 내 등 뒤에서 킥킥대고 소곤거리며 뭐라고 쑥덕거릴까? 메건 언니는 괜찮을까? 이거, 웃기지도 않는 농담인가?

문득 휴대전화에 아까부터 새 메시지가 도착했다고 깜빡이는 게 눈에 들어왔다. 그레이스한테 온 거다, 당연히.

너희 엄마하고 아빠는 뮤지컬에 대해서 뭐라셔??

S의 여친 역할을 하니까 기분 어때? 잊지 마, 그 애 내 꺼다. ㅎㅎ

난 잠깐 그 메시지를 멍하니 쳐다보았다. 그러고는 답장도 보내지 않고 휴대전화를 껐다. 누구에게도 심지어 그레이스에게도, 지금 당장 이 문제에 대해 이야기한다는 건 상상할 수가 없다. 뭐라고 말한단 말인가?

어쨌거나 나는 아래층으로 내려갔다. 엄마, 아빠, 제이미하고 나는 텔레비전 앞에 앉아 무릎 위에 밥을 놓고 깨작거리며 먹었다. 스튜디오의 청중이 쏟아 내는 웃음소리가 평소보다 훨씬 더 크고 가식적으로 들렸다. 언니가 어디 있는지 아무도 말하지 않았다. 엄마가 내게 〈아가씨와 건달들〉에 대해서 잠깐 물어보기에 대답했지만, 나는 그저 대사를 외우듯 말했다. 누가 정말로 듣기나 하는 건지 모르겠다.

어쩔 수 없이 아빠를 흘끗 훔쳐보았다. 다른 옷, 다른 머리를 하고 있는 아빠를 떠올렸다. 아빠 대신 어떤 여자가 앉아 있었다. 하지만 아빠가 나를 돌아보았을 때, 나는 그냥 들고 있는 접시를 내려다보았다.

창밖의 하늘은 매우 어두웠고, 비가 내리기 시작했다. 아직 이른데도 길 건너편 집에서 불을 켜고 커튼을 치는 게 보였다. 지금 이 순간 우리 집 안을 저 사람들이 볼 수 있다면 무슨 생각을 할까 궁금하다. 사람들이 인형의 집처럼 우리 집 현관을 떼어 낼 수 있다면, 그래서 집 안에서 이리저리 돌아다니는 우리의 모습을 본다면……. 부엌에서 식기세척기에 그릇을 넣는 아빠, 거실에서 놀고 있는 제이미, 사무실에 있는 엄마, 각자 자기 방에 있는 메건 언니하고 나. 그저 평범한 가족 같다. 같은 집에 있지만 모두 각자다. 아무도 말하지 않는다. 하지만 모두 같은 생각을 하고 있다. 우리는 다시 평범한 가족이 될 수 있을까?

◆ 5 ◆

토요일 아침이다. 후드득후드득 창문을 두드리는 빗소리와 아래층에서 들리는 고함에 잠을 깼다. 무슨 말인지 알아들을 수는 없지만 메건 언니의 높은 목소리가 오르락내리락하고 엄마가 좀 더 부드럽게 웅얼웅얼 대답하는 소리가 들렸다. 뭔가 찜찜한 게 있었다. 내가 해야 할 일이나 누가 시킨 걸 까먹은 것 같은······. 이윽고 떠올랐다. 물론 아빠다. 하루 내내 이불 속으로 숨어서 아무 일도 일어나지 않은 체 할 수 있으면 좋겠다.

잠옷 가운을 입고 아래층으로 내려갔을 즈음 아빠의 목소리가 들렸다. 언니는 문 옆에 팔짱 낀 채로 서서 다시 밖으로 폭풍처럼 나갈 듯이 보였다.

"정말 힘든 거 알아, 메건. 나한테 다른 선택이 있었다면 나도 바꾸려고 하지 않았을 거야. 믿어 줘."

아빠 목소리는 이제 애원하는 투였다.

"아무렇지도 않은 척하며 너무 많은 시간을 보냈어. 의사를 보러 갔는데, 의사도 그러라고 했어. 상담도 계속 받았고. 엄마하고 나는 쭉 얘기해 왔어. 이게 올바른 선택이라고 확신한 순간, 너희가 알기를 바랐던 거야."

메건 언니가 말했다.

"알았어. 그러니까 우리가 마지막으로 안 사람이네."

나는 엄마 얼굴을 흘끗 올려다보았다. 엄마는 창백한 얼굴로 입술을 깨물고 있었다.

제이미가 물었다.

"아빠 이제 원피스 입을 거야? 변장하는 것처럼?"

"그래, 가끔은. 가끔 청바지하고 티셔츠를 입을 거야, 엄마처럼. 응, 난 여자 옷을 입기 시작할 거야. 하지만 변장이 아니라, 그냥 내 평범한 옷이 되는 거란다. 한 가지 더 있어. 사람들이 나를 계속 '남자'라고 부르면 이상할 거야, 그렇겠지? 그래서 내가 모두에게 '여자'라고 불러 달라고 부탁할 거야."

메건 언니는 충격에 사로잡힌 듯 보였다. 아빠가 계속해서 말했다.

"가끔 너희가 까먹어도 괜찮아. 전부 익숙해지려면 시간이 한참 걸리겠지."

"이지, 너 괜찮니?"

엄마가 나를 건너보고는 물었다.

입을 열자 목소리가 마치 수업 시간 질문에 대답할 때 긴장하는 것처럼 기어들어 가며 쩍쩍 갈라졌다. 지난밤 내내 궁금하고 걱정스러웠던 질문이다. 최악의 상황. 그 대답을 듣고 싶지 않았기에 나는 묻고 싶지 않았다.

"엄마하고 아빠, 헤어질 거야?"

엄마가 살짝 큰 목소리로 말했다.

"아니, 아니야. 아빠하고 나는 18년 전에 약속했어. 무슨 일이 일어나도 지금 그 약속을 깨지는 않을 거야, 알았지? 아무도 갈라서지 않아."

내가 물었다.

"그래서 또 누가 알아?"

"지금은 우리만. 의사하고. 말했듯이 그동안 내가 상담한 상담사하고. 하지만 내일 마크한테 말할 거야. 왜냐하면 나는 여자로서 일을 시작해야 하니까."

마크는 아빠의 직장 상사인데, 커다란 턱수염을 기르는 덩치가 큰 유쾌한 남자다.

"그리고 너희 선생님들에게도 이야기를 해야 해……."

메건 언니가 불쑥 끼어들었다.

"안 돼. 절대 안 돼. 이 문제로 학교 근처 어디든 얼씬도 하지 마. 그런 생각 했다는 자체를 믿을 수가 없어. 이건 우리한테 엄청난 악몽이라고. 내가 이 멍청한 곳에서 나갈 때까지 왜 2년을 못 기다리는 거야? 왜 모든 걸 다 망치는 거냐고?"

엄마가 차갑게 말했다.

"메건, 화가 난 건 알아. 하지만 아빠와 나는 너희 모두한테 옳은 일을 하려는 거야. 너희 인생을 망치려는 게 아니고. 너희 학교에 말해야 해. 혹시 무슨 일이 일어날지도 모르니까. 혹시 누가 뭐라고 말할지 모르니까. 학교가 너희를 지켜 줄 수 있어. 그뿐이야."

언니가 소리쳤다.

"나를 지켜 줄 사람은 단 한 명도 필요 없어. 난 아기가 아니야. 제이미하고 이지는 필요할지도 모르지만, 난 아니야. 나한테 필요한 건 나 혼자 있는 거라고."

언니가 자기 방으로 돌아가자 나도 정말이지 그 자리에 남아 있고 싶지 않았다. 하지만 꼭 물어봐야 할 질문이 있었다.

"그레이스한테 말해도 돼?"

휴대전화를 켜자 성난 듯 알람음이 울려 댔다. 그레이스한테 문자메시지가 여러 통 와 있었다. 마지막 문자는 이렇게 왔다.

지구에서 외침 이저벨~ 어디 있어?

나는 답장을 보냈다, 이렇게.

미안, 우리 집이 진짜 이상해, 아빠가 이상한 말을 했어.

다시 전화기가 울렸다.

부모님이 이상해? 뭘 했는데?

아빠는 다른 사람들한테는 아직 안 되지만 그레이스한테는 말해도 괜찮다고 했다. 그럼에도 나는 뭐라고 말해야 할지 몰랐다.

아빠가 그러는데

내 생각에

설명하기 너무 힘들어

휴대전화 화면을 멍하니 2분 정도 들여다보고 나서 뭔가를 쓰고, 그러고 나서 '삭제 버튼'을 확 누르고 다시 물끄러미 쳐다보았다. 나는 포기하고 메시지를 보냈다.

10분 있다가 그네에서 만날래?

나한테 숙제하라고 잔소리할 기분인 사람은 아무도 없으리라 생각했다. 그러니까 나는 자유다. 무슨 종교의 교회 건물에 나타나는 주요 특징 분류라든가 『생쥐와 인간』*의 또 다른 장을 읽는 건 천천히 해도 된다.

공원은 우리 집하고 그레이스네 집 사이 중간쯤에 있다. 여전히 비가 내리고 있었다. 목덜미를 타고 내리는 빗방울에 나는 몸을 으스스 떨었다.

내가 먼저 그곳에 도착했다. 방수 커버가 덮인 유모차를 미는 아빠 두어 명을 빼고는 주위에 아무도 없었다. 밖에 있기에는 너

---

* 미국 소설가 존 스타인벡의 작품.

무 이르거나 날씨가 너무 축축했다.

나는 소맷자락으로 빗물을 털어 내고 그네에 올라타 힘껏 밀어 높이 솟구쳤다가 다시 내려왔다. 후련했다. 아주 빠르게, 그러니까 아주 높이 그네를 타듯 나는 아빠와 엄마, 일어난 모든 일을 떨칠 수 있었다. 나는 훨훨 날 수 있었다.

눈을 감고 내 머리카락에 이는 바람의 느낌에 집중하며 끽끽거리는 쇠사슬 소리에 귀를 기울였다. 눈을 뜨자 내 옆에 그레이스가 그네를 타고 있었다.

그레이스가 웃으며 물었다.

"그러니까 무슨 일이야? 여기 축축한데."

그레이스가 속도를 조절해서 우리는 서로 나란히 그네를 탔다. 여전히 어떻게 말을 꺼내야 할지 몰랐다. 하지만 말을 막상 시작하자 봇물 터지듯 쏟아져 나왔다.

"있지…… 어제 집에 들어갔을 때 아빠하고 엄마, 제이미, 메건 언니가 있었는데 아빠가 우리랑 얘기하자고 하더라. 아빠는 너무 안 좋아 보였어. 그러더니 자기가 남자가 아니라는 뭐, 그런 걸 다 얘기했어. 남자 몸속의 여자라는 거, 적어도 이따금 치마를 입기 시작할 거라는 거, 여자로 바뀔 거라는 거. 그래도 아직 바꿨다고 말하지는 않았어. 하지만 호르몬이랑 의사 뭐, 그런 건 얘기했어. 그러니까 그게 아빠가 하고 싶은 말이야. 그러고 나서 오늘 아침, 아무도 말을 안 해, 그냥 막 소리를 질러."

50

그네를 계속 타면서 말하기가 더 쉬웠다. 그렇게 하니 그레이스의 얼굴을 볼 필요가 없고 그레이스가 무슨 생각을 하는지 짐작할 필요가 없었다. 그네를 멈추고 그레이스가 하는 말에 귀를 기울이는 것보다 계속 말하기가 더 쉬웠다.

그레이스가 마침내 입을 열었다.

"어머, 어머나. 너희 엄마 어떻게 하실 거래?"

고개를 들어 보니 그레이스의 눈이 왕방울만 했다.

"아빠랑 갈라서지는 않을 거야. 엄마가 그렇게 말했어. 하지만 모르겠어. 제이미는 괜찮아. 그저 변장을 하는 거라고 생각해. 메건 언니는 완전히 정신이 나갔어."

"이런, 미안. 하지만…… 아, 이지. 넌 어때?"

나는 아주 차분하게 생각을 집중했다.

"아직 어떤 느낌인지 잘 모르겠어."

갑자기 뭔가가 터져 나와 나는 엉엉 울고 또 울었다. 멈출 수가 없었다. 너무 심하게 우는 바람에 숨을 제대로 쉴 수가 없고 팔다리가 흐물흐물 기운이 없어져서 그네를 멈출 수밖에 없었다.

나는 훌쩍이며 숨을 몰아쉬고 코를 훌쩍였다. 어쩐지 이 울음은 여름방학 첫날 밤에 우연히 엿들었던 울음과 연관이 있는 것 같았다. 지난여름에 그걸 전부 잊으려고 했었다.

그레이스는 다시 '어머'란 말을 하지 않았다. 내 기분을 풀어 주려고 농담하지도, 더 이상 뭘 물어보지도 않았다. 아무 말도 하지 않았다. 그네에서 내린 다음 축축한 땅바닥에 어색하게 몸을 웅크리고는 내가 울음을 그칠 때까지 안아 주었다.

◆ 6 ◆

월요일 아침, 상쾌하게 일어났다. 주말은 엉망진창이었다. 비가 하도 내려서 할 일이라고는 집 안을 빈둥거리는 것뿐이었다. 그레이스가 끊임없이 보내는 문자메시지와 사진으로 기분이 좀 나아지기는 했지만 이따금 뭔가, 그러니까 아빠하고 내 사진이라든가 복도에 놓여 있는 아빠의 평범한 운동화 같은 게 눈에 들어오면 갑작스레 아무런 이유 없이 눈물이 터지곤 했다.

아래층은 평범한 월요일 아침이다. 누가 마지막에 우유를 다 먹었는지를 놓고, 누가 복도 한가운데 신발을 벗어 놓았는지를 두고 말다툼을 벌였다. 욕실을 향해 똑같이 허겁지겁 움직이고 빨아 놓은 셔츠를 찾았다. 아빠는 일찍 출근했고 제이미는 혼자서 신나게 노래를 흥얼거렸다. 엄마는 백지장처럼 창백해 보였지만 굳건한 표정을 지어 보였다. 주말 내내 그렇게 펑펑 울었으니

나도 꽤 초췌해 보일 거다. 메건 언니는 언제든 터질 것 같은 폭탄처럼 보였다. 하지만 새로울 건 없다.

그레이스에게 문자메시지가 왔지만 토요일 아침 나와 이야기를 나누고 나서 오늘 아침에 나타나지 않으면 어쩌나 반쯤 걱정스러웠다. 그레이스가 나랑 더 이상 친구를 하고 싶지 않으면 어떡하지? 난 견딜 수가 없었다. 아빠가 말했던 그 어떤 상황보다 끔찍할 거다. 그레이스한테 말하지 말 걸 그랬나? 그렇지만 그레이스는 알아냈을 거다. 안 그렇겠어? 조만간 알았을 거다.

하지만 여느 때처럼 초인종이 울렸다. 문 밖에 그레이스가 경쾌하게 서 있었다. 그레이스가 여전히 내 친구라서 마음이 놓이고, 그레이스한테 말한 것이 끔찍한 실수가 아니라는 게 마음이 놓여서 난 하마터면 눈물이 터질 뻔했다.

우리 뒤로 문이 닫히자 그레이스가 내 팔을 움켜잡고 바짝 끌어당기며 재빨리 소곤거렸다.

"이지, 내가 뭘 좀 찾아봤어. 네가 말한 거 말이야. 검색을 해 봤거든. 알고 보니까 너희 아빠 같은 사람이 엄청나게 많더라고. 너도 그거 알았어? 참, '섹스체인지'라고 부르지 마, 그거 올바른 표현이 아니래. '성전환(transition)'이 바른 표현이래."

난 왜 이런 걸 찾아볼 생각을 하지 않았을까? 그러게 말이다. 역시 그레이스답다. 이건 우리 가족의 위기다. 그런데 그레이스가 떠맡고 있다. 나는 그레이스가 있어서 좋다. 내게는 혼자서 견뎌

54

낼 기운이 없다.

"그래도 여기에는 그런 사람이 많지 않잖아, 안 그래? 리틀헤 이븐에는 없어. 리틀헤이븐에서 누가 트랜스젠더인지 들어 본 적 있으면 말해 봐."

나는 그레이스에게 따져 물었다. 난 어쩔 수가 없다. 착하고 친 절하고 사려 깊게도 그레이스가 이걸 다 해 주었다. 하지만 난 그 게 무슨 차이가 있는지 모르겠다.

내가 계속해서 말했다.

"런던이라든가 뉴욕 뭐, 그런 데에는 엄청나게 많을지도 모르 지. 하지만 여기는 아니야."

"그래, 하지만 네가 모르는 걸지도 모르지. 사진만으로는 그 사 람이 예전에 여자가 아니었다는 사실을 절대로 알 수가 없어. 뉴 스 진행자도 있어. 텔레비전에 나오는 요리사도 있고. 케이틀린 제너도 있고. 그 여자는 나이가 들었는데도 근사하게 생겼더라. 우리가 찾은 그 원피스 있잖아. 내가 생각해 봤는데, 그건 분명 너 희 아빠 옷일 거야, 안 그래? 근사한 옷이었어. 너희 아빠도 멋지 게 보일 거야. 정말이야."

"그럴지도."

나는 미심쩍은 듯 대답했다.

"그리고 봐 봐, 이지. 너희 아빠가 어디로 가는 게 아니잖아, 안 그래? 너희 아빠가 그렇게 말했다며? 너희 엄마도. 너희 아빠는 너를 여전히 사랑해. 달라지는 건 딱 하나뿐이라고. 그게 다야."

나는 울지 않으려고 기를 쓰며 고개를 끄덕였다.

"그래도, 그게 가장 큰 거야."

그레이스가 차분히 말했다.

"그래. 하지만 적어도 넌 아빠가 있잖아?"

나는 깜짝 놀라서 걸음을 멈추었다. 그레이스는 자기 아빠에 대해서 거의 말을 하지 않는다, 나한테도. 내가 아는 거라고는 그레이스가 아기였을 때 아빠가 떠났다는 사실뿐이다. 그레이스네 집에는 아빠 사진도 없다. 그냥 그레이스하고 엄마 사진만 있다. 언제나 그랬다. 나는 그레이스를 흘끗 보았다. 지금은 더 이상 말하고 싶어 하지 않는 게 분명했다.

그레이스 말이 맞는 것 같다. 하지만 그렇다고 해서 사람들이 알면 어떨까 하는 걱정이 사라지지는 않았다. 내가 대답했다.

"알아. 그런데 이걸 모두가 다 알게 되면 이 거지 같은 곳에 사는 사람들이 뭐라고 할지 상상이나 할 수 있겠어? 토머스 선생님이 했던 말 기억나? 셰익스피어가 남자에게 사랑의 시를 쓴 것에 대해서 말이야. 그렇게나 유명한 극작가가 게이였다는 사실에 모두가 웃으면서 역겹다고 말했잖아. 루커스는 우스꽝스럽게 혀짤배기소리로 그 시를 크게 읽으면서 양손을 펄럭였다고."

나는 말을 멈추었다. 나도 그때 웃었다. 그 시가 아름다웠고 루커스가 정말로 웃기지 않았는데도 말이다.

"게다가 그건 셰익스피어가 남자와 여자를 둘 다 좋아했기 때문이야. 이게 훨씬, 훨씬 더 나빠."

그레이스가 말했다.

"전부 다 웃지 않았어. 샘은 웃지 않았잖아, 기억 안 나?"

샘이 거기에 앉아 있던 게 떠올랐다. 점점 더 화를 내는 것 같더니 마침내 루커스에게 입 다물라고 말했다. 샘이 옳았다. 하지만 누구도 샘과는 어울리지 않는다.

"너 아무 말도 하지 않을 거지, 그렇지? 누구한테도? 나한테 약속해."

나는 이제 아주 진지하게 그레이스를 마주했다. 버스 정류장을 지나가자 세인트메리 교복이 우리 주위 여기저기에 나타나기 시작했다.

"내 심장을 걸고 죽을 때까지……. 가자. 난 첫 수업 스페인어야. 단어를 거의 들여다보지도 않았어. 너 1교시 뭐야?"

"수학."

"우웩, 나보다 더 하네. 그래도 숙제는 했겠지, 그치?"

그레이스는 대답을 기다리지는 않고 과장되게 한숨을 지었다.

"어쨌거나 이런 곳에서 스페인어로 어떻게 말하는지 우리가 알아야 할 이유를 모르겠어. 휴가차 스페인에 있는 동안 치과 의사를 만나러 가고 싶지도 않을 텐데, 안 그래?"

그레이스가 스페인어로 내게 방향을 묻는 척하는데 연극반 친구 올리비아와 시털이 우리 뒤로 바짝 달려왔다. 그때까지 뮤지컬에 대해서는 까맣게 잊고 있었다. 순간적으로 그 아이들이 아빠에 대해 무슨 말을 할 줄 알았다. 그러다 문득 그 아이들은 모른다는 게 떠올랐다. 어쩌면 안다 해도 신경 쓰지 않을지도 모른다. 그럴지도 모른다.

"너희 둘 대단한 역할 땄더라. 벌써 노래 외우기 시작했어?"

올리비아가 길게 땋은 금발머리를 흔들어 대며 물었다.

"넌 무슨 역할이야?"

내가 묻자 올리비아가 답했다.

"난 그냥 코러스야. 하지만 복도에서 선생님을 만났는데, 우리도 대사가 좀 있다고 하셨어. 단독으로 나오는 역할은 아니지만 외워야 할 게 그래도 있을 거야, 많지는 않아도. 우리 노래 엄청 좋아해."

시털이 말했다.

"루커스 어떻게 생각하니? 루커스가 그렇게나 큰 역할을 맡을 줄은 몰랐어. 난 그 애가 노래하는 걸 들어 본 적도 없는걸. 그래도 불량배 역할에는 딱 맞을 거야!"

그러자 그레이스가 얼굴을 찌푸리며 말했다.

"희한하지 않니? 루커스는 맨날 드라마는 시시하다고 떠들고 다니는 줄 알았거든. 나 루커스랑 함께하는 장면이 엄청나게 많이 있어. 게다가 난 그 애랑 사랑에 빠진 척도 해야 한다고. 우엑!"

"맞아, 너 그거 하려면 연기를 정말로 잘해야 할걸."

시털이 말하자 모두가 웃음을 터뜨렸다. 그레이스가 내 옆구리를 쿡 찌르고는 말했다.

"이지는 다 괜찮아. 샘의 여자친구 역할이니까."

내 얼굴이 붉어지는 게 느껴졌다. 나는 그레이스의 표정을 살펴보았다. 그레이스가 정말로 신경 쓰지 않는지, 내 역할과 그 덕분에 샘과 꽤나 많은 시간을 보낼 기회가 생긴 것에 대해서 은근히 화가 난 것은 아닌지 살펴보려고. 하지만 그레이스의 미소는 순수해 보였다. 그레이스는 그저 샘에 관한 이야기를 계속하고 싶은 듯했다. 나는 샘이랑 사귀고 싶지도 않다. 내가 굳이 왜 그레이스와 경쟁하고 싶겠는가?

시털은 여전히 루커스에 대해 이야기하고 있었다.

"루커스뿐만이 아니야. 찰리하고 아미르도 꼈어. 내 생각에, 토머스 선생님이 그 애들을 설득한 것 같아. 그 애들이 타이츠를 입고 돌아다니든 뭐든, 그렇게 걱정할 필요가 없다고 말이야. 어쩌면 선생님이 이렇게 말했을지도 몰라. 그 역할을 맡으면 그 애들 영어 점수가 엉망인 것에 대해서는 잔소리하지 않겠다고."

나는 시털이 '타이츠를 입고 돌아다닌다'는 말을 할 때 바짝 긴장하고 잠자코 있었다. 우리는 안으로 들어갈 때까지 〈아가씨와 건달들〉에 대해서 계속 수다를 떨었다. 그레이스는 언어 실습실로 가고 나는 올리비아와 시털을 따라 수학 교실로 갔다. 우선, 내 머릿속에는 뮤지컬과 아빠를 제외하고는 다른 게 들어갈 공간이 없었다. 그래도 어쨌거나 방정식을 풀고 그래프를 그리는 데 집중했다. 나는 수학을 좋아한다. 무시무시한 수학 선생님이 마음에 들지 않아도.

답이 정확하게 똑 떨어지는 게 좋다. 옳은지 그른지에 대한 의견을 묻는 게 아니니, 그냥 단순하다. 그리고 우선 정답을 맞히지 못하면 문제는 그대로 남아 있다. 그러면 다시 돌아가서 씨름한다. 언제나 또 다른 기회가 있다.

하루가 지나가며 아빠에 대한 걱정이 내 앞에서 어른거리다가 내 마음속 깊은 곳에 짐처럼 자리를 잡았다. 내가 생각조차 하지 않을 때도, 그 짐은 거기 그대로 있었다. 오늘 저녁 아빠를 보면 어떤 기분일지 난 잘 모르겠다.

우리는 모든 사소한 일이라든가 감정에 대해 전부 말하는 가족은 아니다. 하지만 지난 주말, 우리는 전보다 더 많이 이야기하고 소리치고 엉엉 울었다. 그러고 나서 전보다 훨씬 더 말이 없어졌다. 내가 가장 두려운 건 침묵이다. 서로에게 더 이상 할 말이 없으면 어떡하지? 그레이스 말처럼 그저 한 가지만 바뀌는 게 아니라 전부 다 바뀌는 거라면 어떡하지?

◆ 7 ◆

학교를 마치고 집으로 돌아가니 아빠는 회사에 가고 없었다. 언니는 어디 있는지 몰라도 엄마하고 제이미는 거실 바닥에 앉아서 게임을 하고 있었다. 엄마가 제이미를 이기도록 해 주어서 제이미가 좋아라 하며 소리치는 게 들렸다.

내가 안으로 들어가자 엄마가 자리에서 벌떡 일어섰다.

"잘했어, 제이미. 네가 이긴 것 같네. 엄마하고 누나가 마실 음료수를 준비하는 동안 카드 정리 좀 해 줄래?"

엄마는 나를 걱정스럽게 쳐다보았다.

"너도 마실 거지? 그렇지, 우리 딸?"

나는 마시고 싶지 않았다. 그냥 곧장 내 방으로 올라가고 싶었다. 하지만 고개를 끄덕이고는 엄마를 따라 부엌으로 갔다.

"학교는 어땠어?"

엄마가 머그잔 두 개를 꺼내려고 찬장으로 손을 뻗었다. 머그잔 하나에는 티백을 넣고, 다른 하나에는 핫초코 가루를 담았다.

"아, 뭐 그냥, 괜찮았던 거 같아."

나는 어깨를 으쓱해 보였다.

"그레이스는 어때? 여전히 뮤지컬로 들떠 있어?"

"응, 그런 것 같아. 내일 방과 후에 첫 번째 연습이 있어. 그러니까 우리 그때 대본 같은 거 전부 받을 것 같아."

우리는 침묵에 빠져들었다. 주전자에서 물 끓는 소리만 들렸다. 이윽고 엄마가 말했다.

"그레이스한테 말할 거라고 했지? 아빠의 '성전환'에 대해서……"

엄마가 우리에게 말하기 위해 그 '성전환'이란 단어를 아주 어렵게 찾아낸 걸 짐작할 수 있었다. 엄마는 마치 뭔가 너무 뜨겁거나 너무 차가운 걸 깨문 것 같은 표정을 하고 있었다.

"궁금했어. 그레이스한테 말했니? 괜찮았어? 캐물으려는 건 아니야, 이지. 솔직히 네가 괜찮은지 확인하고 싶어서 그래."

"난 괜찮아. 그레이스도 괜찮았어."

엄마가 좀 더 알고 싶어 한다는 거 안다. 하지만 지금 당장은 정말이지 말하고 싶지 않다. 난 그냥 혼자 있고 싶다.

엄마가 내게 핫초코를 건네며 말했다.

"다행이구나. 너를 이해할 수 있고 네가 이야기할 수 있는 친구가 있다는 건 정말로 중요해. 나하고 네 아빠도 마찬가지야. 정말로 우리에게 도움이 됐어."

엄마는 말을 멈추고 차를 저었다.

"사실 새로운 친구가 한 명 있는데, 네가 만나 보면 좋겠어. 토요일에 점심 먹으러 올 거고 이름은 비키야."

이거 재미있다. 게다가 색다르다. 누군가 새로운 사람을 초대하는 건 흔한 일이 아니다. 엄마하고 아빠는 언제나 모두와 친하게 지냈지만 딱히 가까운 친구는 없는 것 같았다. 어쨌거나 두 분이 자주 만나는 친구는 없었다.

아빠는 회사에서 마크 아저씨와 다른 사람들하고 이따금 술집에 갔다. 엄마 단짝 클로이 아줌마는 내가 태어나기 전에 결혼을 해서 미국으로 갔다. 클로이 아줌마하고 엄마는 시차 때문에 하루 중 좀 애매한 시간에 영상통화를 했다. 하지만 우리는 아줌마를 고작 두어 번 만났다. 자주 만나지 못하는 사람하고 단짝이라는 게 나는 상상이 가지 않았다. 내가 그렇게 엄마한테 말할 때마다 엄마는 이렇게 말했다.

"너하고 그레이스 같지는 않지. 네가 어른이 되면 지금과는 달라질 거야. 하루라도 빼놓지 않고 친구를 만날 필요는 없어. 클로이는 내가 필요할 때 있어 주는 사람이야. 어쨌거나 아빠도 내 단짝이야. 난 아빠를 실컷 보잖아!"

우리는 모두 엄마하고 아빠가 어떻게 만났는지 다 안다. 두 사람은 같은 골목에서 친구로 자라다가 남자 친구와 여자 친구가 되었다. 두 사람은 학교에서 데이트를 하다가 대학교에 갔을 때 잠시 떨어졌지만 다시 돌아왔고, 졸업하고 나서 두어 달 있다가 결혼했다. 언니는 그게 연애 경험의 부족을 보여 주는 거라고 했지만 내가 볼 때는 정말로 사랑스러운 것 같다. 이따금 두 사람은 정말이지 서로가 서로에게 필요한 것처럼 보였다.

지금 당장은 비키 아줌마에 대한 질문은 묻어 두었다.

"핫초코 가지고 위로 올라가도 돼? 나 좀 피곤해."

엄마는 잠깐 주저하며 뭔가 다른 말을 하려고 했다. 그때 갑자기 제이미가 달려 들어왔다.

"계속 기다리고 있었잖아."

그러면서 엄마 팔을 끌어당겼다.

"가서 나랑 같이 놀아. 누나도 와서 놀아야 해."

제이미는 내 팔도 잡았다.

"내가 병원을 만들었어. 엄마가 첫 번째 환자가 될 거야. 누나도 아파야 해. 그러면 내가 낫게 해 줄게."

엄마가 나를 흘끗 보며 말했다.

"글쎄 잘 모르겠네, 제이미. 누나가 피곤하다는데."

제이미는 우리 둘을 향해 사나운 표정을 지었다.

"안 돼! 내 말 들어! 누나는 누워서 그냥 아파야 해. 아무것도 할 필요 없어."

제이미가 하도 작고 진지해 보여서 엄마와 나 둘 다 웃음이 터져 나왔다.

"알았어, 제이미."

나는 제이미를 따라서 거실로 들어갔다.

"병원에 갈게. 고약한 맛 나는 약만 주지 않는다면."

막상 바닥에 누우니 하루 중에서 가장 편안한 느낌이었다. 제이미는 가짜로 부러진 내 팔, 아픈 무릎과 부은 목을 고쳤다. 그러고는 휑하니 가 버려서 남아 있는 엄마와 내가 서로 휴지 붕대를 풀어야 했다.

엄마가 말했다.

"이거 받아. 잊기 전에 줘야겠다. 내가 이 웹사이트 주소를 프린트했어. 있잖아, 혹시 도움이 필요할 경우를 대비해서……."

엄마는 뒷주머니에서 종이 한 장을 꺼내 내밀었다.

"네가 궁금한 게 있는데 우리한테 묻고 싶지 않으면 말이야."

나는 위층에 올라가서 엄마가 준 목록 두어 곳을 확인해 보았다. 엄마한테 물어보는 대신에 이렇게 내가 찾아볼 수 있다면 엄마가 훨씬 더 수월해지리라는 생각이 들었다. 고작 자신들의 생활에 대해서 말하는 사람들의 영상이었지만, 첫 번째 사이트가 최고였다. 대부분의 사람은 정말 평범해 보였다. 사람들은 괜찮았다. 심지어 웃겼다. 정말이지 살짝 아빠와 비슷했다. 모두 다양한 나이에 다른 곳에 있었지만 우리와 같은 일을 겪는 사람이 많이 있으리라고는 생각해 본 적이 없었다. 하지만 다음 사이트에는 내가 정말로 이해하지 못하는 단어가 엄청나게 많았다. 거기에 나와 있는 정의를 클릭했는데 모르는 단어가 쏟아져 나와서 검색해 봐야 했다. 그러다 머리가 어질어질해서 그만두었다.

그래도 그레이스처럼 찾아보는 게 더 쉽다는 결론을 내렸다. 스스로 좀 더 검색하고 뭐가 나오는지 찾아보는 것. 한 가지에 관해서는 그레이스가 옳다는 걸 깨달았다. 케이틀린 제너*는 대단하고 엄청 멋지게 보였다. 여전히 왕성하게 일하고 팬도 엄청 많았다.

그래도 그건 내가 바라는 아빠의 모습이 아니다. 우리 아빠가 저랬으면 하고 바라지는 않는다. 특히 리틀헤이븐에서는……. 나는 우리 아빠가 평범하고 무난해 보이는 게 좋다. 평범하고 무난하게…….

나는 기사를 내려 거기에 달린 댓글을 보았다. 기사가 흐릿해지더니 마침내 한두 개의 단어가 눈에 띄었다. 케이틀린의 용기를 칭찬하거나 정말 대단한 롤 모델이라고 말하는 사람들이 있고, 욕설로 가득한 글도 엄청나게 많았다. 성전환 환자, 남자+여자, 성도착자, 괴물.

복도에서 그 말을 수군거리거나 화장실 벽에 아무렇게나 휘갈

---

* 운동선수 출신 유명인으로 미국 내 가장 유명한 트랜스젠더이다.

겨 쓴 낙서가 떠올랐다. 제이미에게 그런 말을 하거나 아빠를 향해 그런 단어를 소리치는 사람들. 사람들이 우리 가족을 보았을 때 속으로 무슨 생각을 할지 엄마는 알고 있었다.

방문을 가볍게 두드리는 소리가 나고 아빠가 들어섰다. 나는 얼른 휴대전화를 끄고 내가 보고 있던 걸 아빠가 보았는지 살펴보았다.

"들어가도 괜찮니, 이지?"

아빠가 물었다. 나는 아무 말도 하지 않고 고개를 끄덕였다. 아빠는 침대 끝에 앉았다. 우리는 둘 다 잠깐 말이 없다가 아빠가 먼저 입을 열었다.

"지난 금요일 뮤지컬에 대해서 정말로 기뻐해 주지 못해 미안해. 너무 기쁘고 자랑스러워. 너 정말 잘할 거야. 나중에 대사 외우는 거 내가 도와줘도 되지? 세라 브라운은 외워야 할 게 많아."

나는 어깨를 으쓱해 보였다. 아빠가 내 대사를 도와주는 게 정말 좋다. 하지만 난 아무 말도 하지 않았다.

"그리고 이지. 정말 미안해. 너한테 갑자기 이런 일이 생겨서."

아빠가 다른 말을 하지 않아도 정확히 무슨 이야기를 하고 있는지 알았다. 아빠는 계속해서 말했다.

"네가 힘든 거 알아. 나도 정말이지 바라던 일은 아니야. 너하고 내가 괜찮지 않으니까. 난 언제나 너를 똑같이 사랑할 거야. 언제나 너랑 메건하고 제이미를 위해 그 자리에 있을 거야. 내 젠더는 그거랑 아무 상관이 없어."

"그런데 왜 지금이야? 기다리면 안 돼? 언니가 말한 것처럼?"

나는 손가락으로 이불 끝자락을 비비 꼬며 말했다. 아빠는 한 숨을 쉬었다.

"39년을 기다렸어."

이윽고 차분히 말했다.

"이걸 알기 전부터, 따로 부르는 이름이 있다는 걸 알기 전부터 오래 기다려 왔어. 그리고 상담을 받으면서 사람들과 내내 이야기했어. 지금까지 몇 달 동안. 나 지금 급하게 서두르고 있는 게 아니야. 너희한테 어떻게 말하면 적당한지 그 방법을 찾기가 어려웠어. 너무 갑작스러운 것처럼 보이는 거 알아. 하지만 난 계속 기다릴 수가 없어. 제이미는 다섯 살이야. 제이미가 자라서 집을 떠날 때까지 기다릴 수는 없어. 너하고 메건은 기다릴 수 있어도……. 나는 내 인생을, 진짜 인생을 살아야 해. 더 이상 기다릴 수가 없어."

나는 불쑥 내뱉었다.

"하지만 우리는 아빠의 진짜 인생이 아니야? 나랑 메건 언니하고 제이미, 우리 아빠로 사는 건 진짜 인생이 아니야?"

"맞아, 물론 그렇지. 하지만 이것도 내 인생이야. 나라는 존재에서 내가 편안함을 느낄 수 있다면 너희 모두에게 더 나은 부모가 될 수 있다고 생각해."

"이게 정말로 우리를 행복하게 할 수 있다고 생각해?"

내가 물었다. 나는 이 말을 해야 할지 말아야 할지 확신할 수 없어서 머뭇거렸다.

"어…… 저기, 어느 날 밤에, 여름에, 아빠가 우는 걸 들은 적이 있어. 잠들 수가 없었어. 그때 울음소리를 듣긴 했지만, 나는 몰랐어."

"아, 이지."

아빠가 손을 뻗어 내 손을 잡았다. 나는 잠자코 있었다. 아빠가 한숨을 쉬었다.

"네가 화나지 않게 난 뭐든 다 할 거야. 네가 말하는 그때가 언제인지 알 것 같아. 그날 엄마하고 이야기를 했어. 너희에게 말을 해야 한다고 마침내 결정을 내렸던 날이야. 하지만 언제, 어떻게 말할까 서로 상의하느라 여름 내내 시간이 걸렸어. 그게 얼마나 어려울 건지 알았기 때문에, 게다가 너무 힘들었기 때문에 울고 있었던 것 같아. 이지, 게다가 난 비밀을 지키는 데 지쳤어. 네가 그 소리를 들었다니 정말 미안하구나. 하지만 상황은 달라질 거야. 성전환을 하면 상황이 더 나아질 거야, 약속해."

상황이 좀 이해가 됐다.

"언니랑 이렇게 얘기해 봤어?"

내가 물었다. 아빠가 가녀린 미소를 짓더니 손을 내려놓았다.

"음, 네 언니 알잖아. 메건은 정말이지 나랑 이야기를 나누고 싶

어 하지 않아. 내가 말하는 건 뭐든 듣지도 않고. 그래도 엄마하고
는 계속 대화하고 있어. 시간이 걸릴 거야, 괜찮아."

아빠가 무척 슬퍼 보여서 나는 손을 내밀어 아빠를 안아 주고
싶었다. 하지만 여전히 아빠한테 화가 났다. 내가 아니라 아빠가
어른이어야 한다. 아빠는 위로해 주는 사람이어야 한다. 답을 알
고 있는 사람은 아빠여야 한다. 나는 그걸 바꿀 준비가 되어 있지
않다.

아빠가 말했다.

"있잖아. 또 할 말이 있어. 오늘 마크 아저씨하고 이야기를 했
거든. 마크 아저씨는 정말 괜찮댔어. 내가 진짜 내 모습으로 일을
시작하지 못할 이유가 없다고 말하더구나. 하지만 다른 사람들이
익숙해지는 데 시간을 가졌으면 했어. 내가 예전과 다르고, 옷을
다르게 입은 걸 보고 나를 여자라든가 뭐, 그렇게 알도록 사람들
한테 설명할 기회를 주기 위해서 말이야. 그리고 난 이름도 바꿔
야 할 거야. 이제, 대니엘이 될 거야."

내가 너무 멍청하게 느껴졌다. 아빠가 여자라면, 여자 이름이
필요할 거라는 걸 즉시 생각해 내지 못하다니, 기가 막혔다. 언니
는 벌써 그 생각을 했을까? 만약 그런 생각을 하지 않았다면 이
상황에서 언니는 어떻게 나올까?

남자 이름, 대니얼 파머에서 여자 이름, 대니엘 파머로 바뀌는
건 이 세상에서 그다지 커다란 변화라고 할 수는 없다. 그렇게나

쉽게 이름을 바꾸어 퍽 다행스럽다. 케빈이라든가 고드프리 또는 아치볼드 같은 남자 이름이었다면 어땠을까? 어쨌거나 그렇게 커다란 변화는 아닌 것 같다. 하지만 그건 벌써, 아빠가 더 이상 아빠가 아니라는 또 다른 사실 같다.

내가 차분하게 물었다.

"언제부터 그럴 건데?"

"아마 2주 정도 있다가."

목소리 끝에 살짝 초조한 흥분이 느껴졌다.

2주라고? 그건 내가 생각한 것보다 훨씬, 훨씬 더 빠르다.

"음, 어쨌거나. 너한테 숙제도 시킬 거야. 그레이스한테 문자메시지를 보내거나, 뭐든 네가 할 일에 대해서도 챙길 거야."

아빠가 자리에서 일어났다.

"아빠?"

아빠가 방문을 열고 아래층으로 내려가려 할 때 내가 물었다.

"그래, 이지. 왜?"

"있잖아, 계속 '아빠'라고 불러도 괜찮아? 이제 좀 이상하려나……. 여자이면서 아빠가 될 수 있어?"

아빠가 나를 보았다.

"어떻게 하고 싶니?"

"나는……."

내 목소리가 온통 갈라져 나왔다. 그래서 말을 멈추었다. 목소리를 가다듬고 다시 말했다.

"난 그래도 아빠면 좋겠어."

"아, 이지. 난 언제나 네 아빠일 거야, 알지? 언제나. 네가 날 뭐라고 부르든지. 네가 좋을 대로 그냥 '아빠'라고 불러도 돼. 아니면 뭔가 더 나은 걸 생각해 보자."

아빠는 생각에 잠긴 듯 보였다.

"아, 우리가 밖이나 다른 데 있을 때는 '아빠'라고 부르지 않으면 어떨까?"

그러다가 고개를 저었다.

"생각할 게 너무 많다, 그렇지? 그래도 우린 해낼 거야, 약속해. 우리는 함께 해낼 거야. 자, 나 이제 파스타 준비해야 해. 오늘 밤 다 배고파 죽을 작정이 아니라면. 너도 분명 아사 직전일걸."

내가 일어나서 아빠를 안아 줄 틈도 없이 아빠는 방을 나갔다. 그래서 나는 음악을 크게 틀어 놓고 침대에 누웠다. 굳이 불도 켜지 않았다. 나는 저녁을 기다렸다. 아빠 스타일로 만든 우스터소스를 섞은 탱글탱글하고 쫄깃한, 내가 좋아하는 음식, 마카로니치즈를 기다렸다. 아빠는 나를 사랑한다고, 그리고 정말로 달라지는 건 없다고 말하려 했다. 하지만 그 말을 내가 믿게 하려면 파스타 한 접시 이상이 필요할 거다.

◆ 8 ◆

첫 번째 연습이다. 여기 전부 다 모였다. 가장 큰 역할부터 가장 작은 역할까지. 그래서 연극반 교실은 아이들로 넘쳐났다. 가까이 있는 그레이스한테 말할 때조차 크게 소리쳐야 했다. 그레이스의 눈동자는 샘을 찾아 이리저리 돌아다녔다. 그레이스는 샘을 보자 내 손을 꽉 움켜잡고는 서서 수다를 떨고 있는 아이들 무리를 뚫고 나갔다. 그래서 우리는 '우연하게' 샘 바로 옆에 설 수 있었다.

그렇지만 그레이스가 샘에게 말할 기회는 없었다. 토머스 선생님이 의자 위에 올라가 손뼉을 치고는 이야기를 시작했으니까.

"진정, 진정."

소음이 낮게 중얼거리는 소리로 조금씩 잦아들었다.

"환영합니다, 〈아가씨와 건달들〉 배우와 스태프 여러분. 올해의 작품 첫 번째 연습입니다."

몇몇 학생의 환호와 갈채가 있었다. 선생님이 이어 말했다.

"전에 세인트메리의 작품에 참여해 본 적이 없는 사람들은, 남은 학기 내내 정말, 정말로 엄청나게 재미있게 지낼 거라는 걸 알아 두거라. 하지만 또한 우리는 정말, 정말로 열심히 할 거야. 우리를 보러 오는 모두에게, 가능한 한 최고의 뮤지컬을 보여 주고 싶으니까. 공연을 보는 사람들이 우리를 따라서 흥얼거리며 극장에 들어왔을 때보다 더 행복하면 좋겠다. 여러분 모두 최고의 공연을 해낼 수 있다는 걸 안다. 그렇게 하리라고 믿는다. 조명을 맡거나 아니면 코러스를 하거나, 대사가 한 줄이든 몇백 줄이든, 여러분 모두가 이 뮤지컬에서 중요한 부분을 맡았다는 걸 기억하도록. 여러분의 역할 없이는 성공할 수가 없어. 모두 함께해야 한다."

이제 선생님은 모두의 집중을 받고 있었다.

"오늘은 연습을 많이 하지 않을 거야. 워밍업을 위해 두어 가지 활동을 하면서 서로를 좀 더 알아 가자. 그다음에, 여기 나한테 여러분 각자가 받을 대본과 집으로 보낼 편지가 있다."

선생님은 허공에 종이 꾸러미를 흔들며 목소리를 높였다.

"이거 잃어버리지 마라. 목숨 걸고 지켜. 너도 마찬가지다, 루커스. 네 영어 숙제한테 사라지는 마법의 힘이 있다고 해서 대본도 똑같은 운명은 아니겠지."

루커스의 가방은 이미 종이로 넘쳐났다. 그 가방에서 물건을 어떻게 찾아내는지 도통 모르겠다. 루커스는 신경 쓰지 않고 그저 웃기만 했다.

선생님이 물었다.

"좋아. 움직일 준비 됐니? 너희가 태어난 달에 맞추어서 모둠을 만들어라."

선생님의 목소리가 다시 높아졌다.

"잠깐, 아직 안 끝났다. 아무 말도 하지 않고 모둠으로 들어가야 한다."

투덜거리는 소리가 일었다.

"그게 너희 첫 번째 과제다. 도움이 된다면, 너희는 마임이나 노래를 하거나 수화를 해도 좋아. 춤을 춰도 좋다. 하지만 말하지 않고 의사소통을 해야 한다. 좋다, 시작."

엄청나게 이리저리 움직이고 킥킥거리고 나서 우리는 자기 모둠으로 가는 방법을 찾아냈다. 나는 시털, 찰리, 샘과 함께 2월 모둠에 들어갔다. 그레이스는 미아, 루커스 그리고 7학년 두어 명과 함께 교실 맞은편 12월 모둠에 들어갔다. 그레이스가 나를 건너다보고는 얼굴을 찌푸렸다. 나도 눈살을 찌푸려 보였다.

선생님이 말했다.

"자, 너희 모둠에서 짝을 찾아라. 2분 준다. 지난 생일에 뭘 했는지 알아내라. 시작."

내가 예상했던 대로 샘은 찰리에게 향하지 않고 곧장 나를 향했다.

"그래, 이지. 네가 먼저 할래?"

"어, 그래."

수업 시간에 대답할 때 같은 느낌이었다. 손바닥에 땀이 축축해서 치마에 쓱 문질렀다.

"음, 내 생일은 실제로 밸런타인데이야. 그러니까 사람들이 기억하기에 좀 쉬워. 또 좀 당황스럽기도 해. 하지만 우리 아빠는 적어도 내가 밸런타인데이에 카드를 받을 거래."

내 얼굴이 붉어지는 게 느껴졌다. 나는 더듬거리며 이어 말했다.

"질문이 뭐였지? 아, 그래. 생일에, 그러니까 우리 가족 전부 같이 스케이트를 타러 갔어. 정말 웃겼어. 제이미가 계속 넘어졌어. 남동생인데 아직 다섯 살이거든. 넘어져서 계속 웃어 댔어. 그러고 나서 우리 모두 웃었어. 그러니까 제이미가 우리 식구를 웃기려고 계속 넘어졌어. 나도 많이 웃었어. 그러다가 나도 넘어졌어! 엄청나게 추웠어. 우리는 집으로 돌아가서 소파에 앉아 이불을 덮고 몸을 웅크리고 있었어. 그리고 메건 언니는……."

"너희 언니 대학 입시반에 있지, 그렇지?"

샘이 물었다.

"어, 그래, 맞아. 언니가 나한테 케이크를 만들어 줬어. 무슨 가족 전통 같은 거야. 언니는 내가 태어나고 나서 해마다 케이크를 만들었어."

나만 계속 떠들고 있는 걸 알았다. 분명 샘은 하나도 흥미롭지 않을 거다. 하지만 내 생일에 어땠고, 내가 엄마하고 아빠, 제이미와 심지어 언니와 얼마나 가까웠는지를 떠올리니 마음이 훈훈해졌다. 문득 지금 집하고는 얼마나 다른 느낌인지 생각나서 불쑥 말을 멈추었다.

샘이 웃고 있다는 걸 알았다. 샘이 한쪽 눈썹을 들어 올리며 느릿느릿 말했다.

"네 생일은 14일이네? 네가 나보다 빠르구나! 내 생일은 2월 마지막 주에나 가야 있어."

샘이 더 말하기도 전에 우리는 시간을 다 써 버렸다. 선생님이 의자 위에 섰다. 우리는 다양한 모둠 안팎으로 드나들었지만 어쩐 일인지 그레이스와 나는 결국 같은 모둠에 끼지 못했고, 샘과도 다시 같은 모둠에 들지 않았다.

우리는 신뢰 게임, 짧은 장면들을 연기하고 두려움, 놀라움 또는 분노 같은 다양한 감정을 얼굴로 표현하는 놀이로 마무리했다. 마지막 게임은 미아와 짝을 이루었다. 역겹다든가 지겨운 표정을 지을 때는 우리 둘 다 그다지 열심히 연기해야 할 필요도 없었다. 곧 집에 갈 시간이 다가왔다.

"너희 아주 훌륭한 하루를 보냈다. 고맙다. 그중 몇몇의 무시무시한 얼굴은 절대로 잊을 수 없을 것 같구나."

선생님이 오싹한 척 어깨를 움츠렸다.

"이제, 끝마치기 전에 〈아가씨와 건달들〉이 어떻게 진행되는지 아는 사람?"

절반쯤 손을 들었다.

"좋아. 그렇다면 너희는 무슨 책임을 짊어지게 될지 알 거다. 영화 본 사람?"

이번에는 올라오는 손이 좀 줄었다. 그레이스와 내 손은 그대로 남았다.

"아직 보지 않았다면, 부탁한다. 빌리든지 하나 사든지, 아니면 유튜브에서 그냥 노래를 찾아봐라. 내가 연습하라고 몇 장면을 보여 주지. 하지만 가능하다면 전체를 다 보는 게 낫다. 지금 이야기를 들려주마. 스토리를 모르는 사람들에게는 자기 역할을 파악하는 데 도움이 될 거다. 이야기를 아는 사람들은 좀 더 잘 떠올릴 수 있을 거야. 전부 정신 빠짝 차려야 해. 내가 등장인물을 언급할 때마다 자리에서 일어서야 한다."

그러고 나서 선생님이 이야기를 들려주기 시작했다. 그레이스, 샘, 루커스와 나는 몇 초마다 벌떡벌떡 일어났다. 선생님은 또 조명과 의상에 대해서도 이야기했다. 그리고 프로그램도. 그래서 모두가 어떤 지점에서는 다 일어나야 했다.

다들 집에 갈 준비를 할 때, 그레이스가 뒤에 남아 가방을 만지작거렸다. 그저 나를 기다리고 있다고 생각했지만 실은 샘과 이야기를 하고 싶어 했다.

"안녕, 샘."

샘이 내려다보며 그레이스에게 미소를 지어 보였다.

"사실, 나 〈아가씨와 건달들〉 DVD 있어. 그거 있으면 대사하고 전부 다 외우는 데 정말 좋아. 네가 원한다면 언제 빌려줄게."

"고마워, 그레이스. 네가 진짜 친구네. 근사하겠다. 둘 다 나중에 보자."

샘이 어깨에 가방을 멨다.

"다음 연습에 가지고 올게!"

그레이스가 샘의 등을 향해 외쳤다. 샘은 몸을 돌려 고개를 끄덕였다.

집으로 돌아갈 때 내가 물었다.

"너 〈아가씨와 건달들〉 DVD 없잖아?"

"맞다! 나 없지. 하지만 네가 있잖아."

"너 내 DVD로 샘하고 약속한 거야?"

"뭐, 야! 그거 다시 볼 필요 없어. 우리 엄청 많이 봤잖아. 주말에 내가 너희 집에서 가져오면, 그다음 주에 샘한테 주면 되지. 완벽해."

"왜, 아예 샘을 초대해서 너랑 같이 보자고 그러지. 팝콘 먹으면서……."

"둔하긴……. 내가 샘을 우리 집에 오라고 하면 우리 엄마가 어떻게 할지 생각해 봤어? 5분마다 케이크 내오면서 공부를 잘하는지, 교회는 다니는지 계속 물어볼 텐데. 저녁 내내 우리 사이 소파 한가운데 앉아 있을걸! 샘을 그런 곳에 두고 싶지는 않아."

"언제든 그 애한테 우리 집에 오라고 하면 되잖아? 어차피 내 DVD니까."

그레이스가 다시 생각해 보는 것 같아서 내가 재빨리 말했다.

"농담이야! 어쨌거나 지금 이 순간 우리 집이 그다지 썩 재미있지는 않아. 언니는 여전히 아빠랑 말도 안 해. 게다가 엄마하고 아빠는 금세기 최악의 토론을 벌이고 있어. 두 분이 학교에 와서 아빠에 대해 선생님들한테 얘기해야 할까, 말아야 할까를 두고."

"두 분이 진짜로 그러시지는 않겠지? 내 말은…… 그게 뭐가 중요하냐는 거지. 네가 따돌림당할까 봐 걱정하신다면 나는 네 편에 설 거야. 그러니까, 연극반 모두가 다 그럴걸. 아이들은 확실히 그럴 거야. 학교에서 그런 개인적인 걸 죄다 선생님들한테 떠들어 댄다면 그게 훨씬, 훨씬 더 나쁘지. 그게 토머스 선생님이라면 그렇게나 나쁘지는 않겠지. 하지만 수학 선생님하고 그 이야기를 한다고 상상해 봐."

그레이스는 얼굴을 찡그렸다.

"알아, 나도 알아. 나한테 말하지 말고 우리 부모님한테 좀 말해 주라. 분명 두 분이 제이미 학교에도 갈 거라고. 초등학교랑은 달라. 그래서 부모님한테 우리 학교에 오지 말라고 말하려고. 내가 말할 거야. 언니는 거의 소리치고 쾅쾅대며 돌아다녀."

우리는 우리 집 골목으로 들어서며 각자 생각에 푹 빠진 채 잠깐 동안 아무 말 없이 걸었다.

"있잖아, 이거 좀 낭만적이다."

느닷없이 그레이스가 말했다.

"뭐가 낭만적인데?"

난 당황스러워 물었다.

"너희 부모님 말이야. 난 너희 아빠는 이해할 수 있어. 그건 뭐 그분이 정말로 원하는 거니까. 하지만 너희 엄마는? 이건 너희 엄마의 꿈이 아니야. 그런데 아빠를 떠나지 않잖아. 정말 낭만적인 거 같아."

"그만해. 너 우리 부모님 이야기를 하고 있는 거라고. 윽."

"하지만 흥미롭잖아, 안 그러니?"

그레이스가 생각에 잠긴 채 말했다.

"그러니까 너희 아빠가 여자라면, 계속 너희 엄마와 함께한다면, 그렇다면 너희 아빠는 레즈비언이 되는 거야? 있잖아, 너희 엄마도 레즈비언이 되는 걸까?"

"그레이스. 그만하라고 했다. 진짜 이상해. 이 얘기 그만하고 싶어, 알겠어? 다른 사람이 들으면 어떻게 해?"

"아, 이지."

그레이스가 슬픈 표정을 지었다. 연습 막판에 선생님이 우리한테 연습시킨 표정 중 하나하고 아주 비슷했다. 정말이지 나는 그만 웃음이 터져 나왔다. 그레이스도 웃었다.

"이제 부모님은 신경 쓰지 마. 상의할 중요한 일이 엄청 많이 있다고."

그레이스는 내가 완전히 엉망진창은 아니라고 안심시키며 말했다.

"너하고 샘은 무슨 얘기 하고 있었어? 투덜거리는 미아하고 붙어 있는 것보다는 더 나았겠지. 자기가 제일 잘났다고 계속해서 떠들어 대는 이야기 들어 주는 것보다는……."

"아, 대단한 건 없었어. 생일 뭐, 그런 거 얘기했어."

그레이스는 신이 나서 떠들었다.

"이게 무슨 뜻인지 너 알지? 이제 우리는 샘의 생일이 2월이라는 거 알았어. 샘은 아마 너랑 같은 물병자리겠다. 운명 같아……."

나는 어리둥절해 물었다.

"뭐가?"

"샘은 물병자리이고 나는 궁수자리야. 천생연분이라는 거지!"

그레이스는 최신 유행 이론을 증명이라도 하는 것처럼 호들갑을 떨었다.

"우리가 절친인 이유 중 하나야. 그리고 그건 샘하고 나도 함께 할 거라는 거지."

샘의 생일이 2월 말이라는 걸 말해야 할까 생각했다. 그러니까 샘은 사실 물고기자리다. 하지만 그레이스가 무척 즐거워 보여서

군이 말해 줄 필요가 없겠다는 결론을 내렸다.

어느덧 우리 집에 도착했다. 그레이스와 나는 보통 집 앞 담장에 앉아 적어도 20분 더 수다를 떨었다. 아빠는 그걸 '지겹도록 수다 떨기'라고 말하는데, 그건 비아냥거리는 것처럼 들린다. 엄마는 그걸 '낭비하는 시간'이라고 부르는데, 그렇다고 훨씬 나은 것도 아니다. 하지만 오늘은 연습 때문에 이미 늦었다. 우리는 둘 다 서둘러야 한다는 걸 알았다.

그레이스가 살짝 기운차게 말했다.

"주말까지 고작 하루 더 남았어. 뭐 할 거야? 너희 엄마하고 아빠한테 토요일에 쇼핑 가도 괜찮은지 물어볼래?"

"미안, 나 안 돼. 토요일 점심에 손님이 온다고 했어. 별일은 아니야. 엄마하고 아빠는 아마 요리까지 할 거야. 언니하고 난 집에 있어야 해."

그레이스가 눈썹을 치켜올렸다.

"알아, 우리는 만난 적 없는 사람이야. 이름이 비키라고 했어. 두 분이 정말로 그분한테 좋은 인상을 주고 싶어 하셔."

"아, 그래. 그럼 다음 주말 어때? 어쨌든 이번 토요일에는 올리비아하고 같이 갈지도 몰라. 괜찮지? 그냥 구경만 하려고. 입어 보고 싶은 진짜 근사한 옷이 새로 들어왔거든."

난 대답으로 그저 어깨를 으쓱해 보였다. 솔직히 그레이스와 쇼핑하는 건 퍽 지겹다. 그레이스는 양손 가득 옷을 끌어안고 피팅룸을 드나들며 무슨 패션쇼를 하는 것처럼 전부 다 입어 보려고 한다. 내 옷도 찾아 주는데, 내가 고르는 옷보다는 언제나 더 나은 것 같긴 하다. 그렇다 하더라도 나는 쇼핑 중간에 맥도날드에서 밀크셰이크를 마시는 게 최고로 좋다.

그레이스와 가게 주변을 어슬렁거리면서 하루를 보내는 게 엄마하고 아빠랑 집에 있는 것보다는 나을 거다. 가뜩이나 비키라는 사람과 함께 있다면······.

그레이스가 말했다.

"그럼 나중에 보자."

내가 문으로 들어가자 그레이스가 외치는 소리가 들렸다.

"DVD 잊지 마."

나는 몸을 돌려 엄지손가락을 쓱 들어 보였다. 그레이스의 웃는 얼굴이 보였다.

◆ 9 ◆

"우리가 왜 두 사람의 친구들을 만나는 데 하루 종일 달라붙어 있어야 하냐고?"

언니가 나한테 불만을 터뜨렸다. 나는 못 들은 체하려고 했다. 나도 집에 남아 있는 게 그다지 내키지는 않았지만 왜 저리 투덜거리는지는 모르겠다.

"아빠, 비키라는 사람은 어떻게 알았어?"

나는 비스킷을 하나 더 먹으며 물었다. 아빠는 당근을 잔뜩 썰었다.

"두어 달 전에 처음 만났어, 트랜스젠더 지원 모임에서."

언니가 자기 스케치북에서 고개를 확 들어 올렸다. 아빠하고 대화하고 있지 않다는 사실을 잊어버리고는 물었다.

"잠깐. 다시 말해 봐. 그 여자를 어디에서 만났다고?"

아빠가 살짝 멋쩍어하며 말했다.

"한동안 트랜스젠더 지원 모임에 다니고 있었어."

그러고는 그게 모든 걸 설명하는 것처럼 덧붙였다.

"저기, 노리치*에 있어."

언니가 따져 물었다.

"언제 거기에 몰래 다닌 거야?"

"아, 메건. 그렇게 유난 떨지 마. 난 어디든 몰래 다니지 않아."

"쳇, 전에 정확히 말한 적 없어, 그렇지?"

아빠는 숨을 깊이 들이마시면서 하려던 말을 꾹 참았다.

"맞아, 말하지 않았을지도 모르겠다. 미안해. 하지만 이제 네가 그걸 알고 싶어 하니까 다행이야."

언니가 콧방귀를 뀌었다.

"한 달에 한 번. 이따금 퇴근하고 갔어. 작은 모임이야. 하지만 모두 아주 친절해. 나를 많이 도와줬어. 파트너를 위한 지원도 있어서 엄마도 그 모임에서 두어 명을 만났어."

"그러니까 우리보다 그걸 먼저 안 사람이 더 있다는 거네."

언니가 자그맣게 중얼거렸지만 아빠가 듣기에는 충분히 컸다. 아빠는 못 들은 체하고 계속 이야기를 해 나갔다.

"어쨌거나 너도 비키를 좋아할 거야."

---

* 영국 노퍽주에 있는 도시.

아빠는 언니를 향해 고개를 끄덕이며 말했다.

"너하고 비키는 공통점이 많아."

언니는 오싹 소름이 끼친 듯 보였다.

"우선 네 예술적인 면. 비키는 노리치에서 갤러리를 운영해. 현대미술, 초상화, 조각품도. 네가 좋아할 거야. 그리고 너랑 비키 모두 진지한 여자야. 누구도 함부로 대하지 못하지."

언니는 비키에 대한 아빠의 묘사가 마음에 들지 않는 척하려 했다. 하지만 앉아서 발을 질질 끄는 걸 보고 난 언니가 마음에 들어 한다는 걸 알 수 있었다.

아빠가 이야기를 하는 내내 마음속을 맴도는 이미지가 있다. 비키는 어떻게 생겼을까? 비키는 어떻게 행동할까? 케이틀린 제너 같은 슈퍼모델일까? 아니면 여자 옷을 입고 덕지덕지 화장을 한 뚱뚱한 중년 남자일까?

아빠가 내 생각을 방해했다.

"좋아, 난 이제 옷 좀 갈아입으러 올라가야겠다. 이지, 15분 지나서 내가 내려오지 않으면 채소 좀 봐 줄 수 있지?"

아빠가 위층으로 향하자 언니가 나를 향해 몸을 휙 돌리고는 씩씩거렸다.

"아빠가 뭘 입을 것 같아?"

나는 어깨를 으쓱해 보였다. 아빠가 뭘 입는지가 왜 문제가 될까?

언니는 나를 계속 노려보았다. 갑작스레 언니가 무슨 말을 하는지 깨달았다. 아빠는 평범한 옷을 입지 않으려고 하는 건가, 그런가? 지원 모임에서 온 비키라면, 그렇다면 전에 여자 옷을 입은 아빠를 보았을 거다. 하지만 우리는 본 적이 없다.

순간 내 마음이 싸늘해졌다. 우리는 그저 집 안에 있는 거고, 아무도 우리를 보지 않는다는 걸 알면서도 말이다. 그냥 옷일 뿐이라고, 나는 손가락으로 남은 비스킷을 바스러뜨리며 스스로에게 말했다.

아빠가 아래층으로 내려왔을 때, 나는 보고 싶지 않았다. 아빠가 들어서는 소리를 듣자마자 나는 벌떡 일어나 냉장고로 가 콩을 꺼냈다. 그리고 돌아서기 전에 숨을 깊이 들이마셨다. 더 이상은 생각만이 아니다. 정말로 일이 벌어지고 있는데 나는 준비가 되어 있지 않았다.

하지만 이상할 줄 알았는데 생각한 것보다 나쁘지는 않았다. 아빠는 면도를 하고 화장을 했다. 블라우스와 치마를 입고 있었지만 너무 짧지도 너무 딱 달라붙지도 않았다. 아빠 머리카락이 그렇게나 길었는지 깨닫지 못했다. 오늘 스타일이 전부 달라졌는데 왠지 제법 여성스러웠다.

그럼에도 아빠처럼 보였다. 동시에 아빠처럼 보이지 않았다. 꽤나 여자처럼 보이지도 않았다. 어울리지 않는 모양이었다. 그렇다고 정확히 남자도 아니었다. 아주 기괴했다.

아빠는 초조해 보였다. 우리가 어떻게 반응할지 걱정스러운 듯했다. 언니는 아무 말도 하지 않고 부엌을 휑하니 나가 버렸다. 나는 아빠의 윗도리가 어떤지에 대해서 횡설수설 뭐라고 떠들기 시작했다. 그때 제이미가 비스킷을 가지러 쏜살같이 달려 들어왔다. 제이미는 멈칫하며 한순간 당황스러운 표정으로 부엌에 이 낯선 사람이 누구인지 생각하더니 이윽고 소리쳤다.

"아빠한테 찌찌가 있어!"

그러더니 안아 달라고 껑충 뛰었다.

"그래, 알았어. 제이미, 진정해."

아빠 역시 당황스러워 보였지만 제이미가 나오니 안심하는 것 같았다.

"우선은 그냥 그런 척해 보는 거야. 하지만 호르몬 치료를 받기 시작하면, 약 말이야. 진짜 가슴이 나오기 시작할 거야, 알았지?"

아빠가 제이미에게 말하고 있지만 나에게도 말하고 있다는 걸 알았다. 듣기 싫어서 귀를 틀어막고 싶었다.

제이미가 말했다.

"알았어. 그런데 아빠 좀 웃겨 보여. 머리카락이 완전 달라. 만져 봐도 돼?"

"그래, 하지만 엉망으로 만들면 안 돼."

난 두 사람을 등지고 부글부글 끓어오르는 채소 냄비를 휙휙 저었다. 굳이 확인할 필요는 없지만 뭔가를 해야 했다. 아빠 기분을 상하게 하고 싶지는 않지만 제이미가 보여 준 것처럼 이런 변화를 전부 즉시 받아들일 수가 없었다.

벨이 울렸다. 엄마가 문을 열고 손님을 맞이하는 소리가 들렸고 아빠도 인사하러 복도로 나갔다. 제이미는 거실로 다시 돌아갔다. 어른들이 말하는 소리가 작게 들려왔다. 나는 가능하면 오랫동안 부엌에 숨어 있기로 했다. 비키라는 사람을 만나고 싶지 않았다. 모든 게 다 평범한 척하고 싶지 않았다. 하지만 선택의 여지가 없는 듯했다.

아빠가 말했다.

"……그리고 여기는 우리 둘째 딸 이저벨이에요. 불 옆에서 열심히 움직이고 있네요."

모두 작은 부엌으로 밀고 들어왔다. 나는 옅은 웃음을 띠며 고개를 끄덕였다.

"이제, 저 예쁜 꽃에 물을 좀 가져다주자."

엄마하고 아빠가 꽃병을 찾느라 분주한 사이, 나는 비키를 흘끗 쳐다보았다. 비키는 키가 크고 올리브빛 피부에 검은색 단발머리를 하고 있었다. 엄마나 아빠보다 몇 살 정도 나이가 많은 것 같았다. 몸에 꼭 맞는 청바지와 밝은색 블라우스를 입고, 굽 낮은 신발을 신고 목에는 진청색 스카프를 둘렀다. 그리고 엄청나게 커다란 초콜릿 상자를 들고 있었다. 길거리에서 보면 여자가 아니라고 생각하지는 않을 거 같았다. 그러다 문득 생각이 났다. 왜냐하면 여자니까.

비키는 나와 눈이 마주치자 부드럽게 인사를 건넸다.

"안녕, 이저벨."

그래서 나도 인사를 할 수밖에 없었다. 아빠가 옳았다. 누구도 비키를 싫어할 것 같지 않은 느낌이 들었다. 우리가 거실로 들어가니 비키가 제이미 옆에서 몸을 웅크리고 있었다. 제이미는 색연필과 종이를 끼고 산다.

"난 비키라고 해. 네가 제이미구나."

제이미는 고개를 끄덕였다.

"네 색연필 좀 써도 될까? 네가 좋아하는 동물은 뭐야?"

"두꺼비."

제이미가 대답했다.

비키가 솜씨 좋게 재빨리 선을 쓱싹 그리자 두꺼비가 나타났다. 정말로 펄쩍 뛰며 시끄럽게 울어 댈 듯한 두꺼비 한 마리가.

제이미는 마치 마술사가 텔레비전에서 튀어나와 우리 거실로 들어선 것처럼 입을 떡 벌렸다. 제이미가 큰 소리로 외쳤다.

"강아지도 그려 봐요!"

그러자 강아지를 그렸다. 강아지는 혀를 내민 채 헉헉거리며 머리를 천진난만하게 한쪽으로 기울였다. 엄마는 휘파람을 불었다.

"그림을 이렇게나 잘 그리는지 몰랐어요."

아빠가 감탄하며 말했다.

비키는 목이 쉰 듯한 웃음을 웃었다.

"낭비한 내 젊음이야. 수업 시간에 집중하지 않고 공책에 온통 끼적여 댔거든."

그러고는 내게 한쪽 눈을 찡긋해 보였다.

"좋아하는 동물 있니, 이저벨?"

나는 비키를 좋아하고 싶지 않다. 정말이지 비키를 좋아하고 싶지 않다. 하지만 좋아하는 것 같다. 비키는 내게 뛰어오를 준비를 하고 다리를 쭉 뻗은 고양이를 완벽하게 그려 주었다.

언니가 아래층으로 내려오자 아빠가 벌떡 일어나 부엌으로 후다닥 달려갔다. 부엌이 불에 홀라당 타기 직전이라는 걸 깨달았기 때문이다. 음식이 죄다 바닥으로 흘러내리고 있었다.

◆ 10 ◆

점심 식사도 괜찮았다. 닭고기가 살짝 질겼지만 완전히 새까맣게 타지는 않았다. 엄마가 알아차리지 않게 나는 세 그릇을 먹어 치웠다. 대화는 그렇게 지겹지 않았다. 비키는 "네 얘기 많이 들었어"라든가 "아직 어른이 아니네" 같은 짜증스러운 말도 하지 않으면서, 우리 모두를 대화에 끌어들였다. 우리에게 질문할 땐 정말로 대답을 듣고 싶은 것처럼 물었다. 언니조차 비키가 운영하는 갤러리, 함께 일하는 아티스트에 대해서 묻기 시작했다. 제이미는 이삼 분마다 동물을 그려 달라고 끼어들었다. 엄마랑 아빠는 미소를 주고받았다.

일단 점심을 다 먹고 나자 비키가 자리에서 일어나 웃으며 말했다.

"이거 정말 안 좋은 버릇인 거 알지만, 너무 담배가 피우고 싶네요. 잠깐 마당으로 나가도 괜찮을까?"

아빠가 대답했다.

"그럼, 물론이에요."

엄마가 말했다.

"내가 커피 끓일게. 이지, 메건, 뒷정리 좀 도와줄래?"

"있지…… 이저벨이 같이 밖으로 나가면 안 될까?"

내가 자리에서 일어나기도 전에 비키가 재빨리 덧붙여 말했다.

"메건은 이따가 나한테 자기 그림을 보여 주면 좋겠는데. 포트폴리오를 정리할 시간이 우선 필요할지도 모르겠다."

엄마가 두 손을 들어올리며 졌다는 듯 웃음을 띠었다.

"알았어, 너희 둘, 지금은 집안일에서 해방이다. 아주 잘했어요, 비키."

나는 비키한테 붙잡혀 있는 것보다 더러운 접시를 치우고 싶었다. 생각했던 것만큼 비키가 싫지는 않았다. 그렇다고 비키와 함께 있는 게 편하지도 않았다. 그렇지만 난 선택의 여지가 없다. 비키는 보통 어른들이 하는 대로 했다. 어른들은 부탁하는 것처럼 말하지만 실은 자신이 원하는 걸 우리에게 시킬 뿐이다.

나는 재빨리 휴대전화를 확인했다. 그레이스가 다양한 의상의 착용 샷 한 무더기와 문자메시지 하나를 보냈다. 메시지는 이랬다.

점심이 너무 끔찍하지 않기를 바라. DVD 빌리러 2시 넘어 너희 집에 가도 될까?

나는 점퍼를 뒤집어쓰고 뒷문으로 비키를 따라갔다.

마당에는 제이미의 장난감이 여기저기 널브러져 있었다. 토마토 두세 그루가 여전히 가까스로 버티고 있고, 마당의 가구는 겨울을 대비해 커버 속에 아직 넣지 못한 그대로였다. 비키는 정원 탁자에 기대고는 라이터를 켰다.

"미안, 끊으려고 하는데. 알지, 아직 잘 안 됐어."

비키는 멈추었다가 나를 피해 멀리 연기를 내뿜었다. 나를 보고 있다는 걸 난 알았다.

"내가 그리 좋은 영향을 미치지는 않지, 그렇지?"

나는 아무 말도 하지 않았다.

"괜찮아, 이저벨. 너한테 뭘 캐내려고 같이 나온 게 아니야. 이따금 내가 살짝 과할 수 있다는 거 알아."

비키는 한숨을 내쉬었다.

"지금 이 순간이 너는 아주 이상하겠지. 모든 게 달라지고 있으니까. 부모님은 네가 이해하고 있다고 말씀하시더라. 그래도 화가 난다든가 슬프거나 확실하지 않은 감정도 엄청나게 많은 거, 나도 알아. 어쩌면 지난 몇 주가 차라리 꿈이라 어서 깨어나기를 바라고 있을지도 몰라. 게다가…… 무엇보다 네 일에 참견하는, 네가 잘 알지도 못하는, 덩치 크고 너무 야단스러운 여자는 없었잖아."

비키가 내 눈을 똑바로 보았다. 어떤 말을 하지 않아도 내가 무슨 생각을 하는지 정확히 알고 있었다.

"네 얘기 좀 해 봐. 너희 식구들은 '이저벨' 대신에 '이지'라고 부르는 거 같던데, 맞아? 그게 더 낫니? 아니면 그냥 식구들만 그렇게 부르는 게 좋아? 네가 좋아하는 대로 부르고 싶어."

보통은 나를 잘 알지도 못하는 사람들이 이지라고 부르면 싫었다. 사람들이 자기들이 아는 것보다 더 많이 나를 아는 체하려는 느낌이 들었으니까. 그건 부담스럽다. 그리고 미아처럼 내가 좋아하지 않는 사람들이 그러면 정말 싫다. 하지만 미아한테 그러지 말라고 하면 오히려 더 부추기는 꼴이 된다는 걸 안다. 비키와 함께라면…… 모르겠다. 하지만 비키가 그냥 제멋대로 짐작하지 않고 내게 물어보는 게 마음에 들었다. 어른들은 종종 그러지 않는데 말이다.

"이지가 좋아요."

"그렇다면, 좋아. 이지, 네가 정말로 좋아하는 건 뭐니?"

비키가 진지하게 물었다. 비키한테 말할지 말지 내 스스로도 궁금했다. 그러다가 생각했다. 안 될 게 뭐야? 비키는 웃지 않을 거다.

"연기를 정말 좋아해요. 사람들은 내가 너무 부끄러워한다고 생각해요. 하지만 무대에 올라가 있으면 달라요. 그때는 사람들이 나를 봐 주면 좋겠어요."

비키가 웃었다.

"난 그 반대야. 다들 내가 목소리가 크고 자신감이 넘치는 사람이라고 알아. 하지만 사람들이 가득 찬 방에 있으면 난 달아나서 숨고 싶어. 그래서 내가 그림을 좋아하는 거야. 종이에 그림을 그리잖아, 그러면 사람들이 나 대신 내가 만든 걸 보지! 무대에 오르는 게 얼만큼 좋아?"

"뭐, 그렇게 많이 무대에 서지는 않아서 잘 모르겠어요. 저는 팀의 일원이 되는 게 좋은 것 같아요. 그 자리에 들어가서 내가 다른 누군가가 됐다고 상상하는 게 좋아요. 그 사람이 움직이는 것처럼 움직이거나, 그 사람이 말하는 것처럼 말하는 거요. 뭔가를 잘한다는 게 좋아요. 내가 좋아할 줄 몰랐어요. 그런데 좋아요."

나는 얼굴이 붉어지는 걸 느꼈다.

"난 바보가 아니에요. 내가 유명해지거나 뭐, 그럴 거라고 생각하지 않아요. 하지만 어딘가에서 어떻게든 언제나 연기를 하고 싶을 것 같아요. 지금보다 더 나이 들었을 때도요."

"뮤지컬을 한다고 들었어. 〈아가씨와 건달들〉이라고 했나?"

나는 고개를 끄덕였다.

"난 뮤지컬에 대해서는 잘 알지 못해, 안타깝게도."

비키는 마당을 건너다보았다. 목소리를 낮추었기에 이야기를 듣기 위해서 몸을 기울여야 했다.

"그 사람은 널 무척 자랑스러워해. 있지, 그 뮤지컬뿐만이 아니라, 전부 다. 언제나 너하고, 네 언니 그리고 동생 제이미 이야기를 해. 너희 엄마 이야기도. 너희 모두는 그녀에게 이 세상의 전부야. 그 사람은 너희에게 절대 상처를 주고 싶어 하지 않아.”

처음에는 비키가 누구 이야기를 하고 있는지 몰랐다. 그러다가 문득 깨달았다. 비키가 ‘그녀’라고 말할 때 아빠를 뜻한다는 것을. 비키는 그녀라는 단어를 무척 자연스럽게 말했다.

하지만 내 평생 알았던 아빠에 대해서, 나를 겨우 5분 동안 안 사람이 말하는 걸 내가 귀 기울여야 하나? 이 사람은 아빠가 진짜 무슨 생각을 하고 무엇을 느끼는지 어떻게 알까?

“더 이상 연기할 수 없다면, 넌 어떻게 할래?”

비키가 내 생각을 자르고 불쑥 물었다. 대답을 바라는 또 다른 질문이다. 그저 예의상 묻는 질문이 아니고 정말로 알고 싶어 했다.

나는 잠깐 생각하며 상상해 보았다. 토머스 선생님이 월요일에 학교에 나타나서 내가 이 뮤지컬이라든가 다른 어떤 것도 할 수 없다고 말한다면……. 나는 연극반에 갈 수 없고, 잘 지내던 아이들과도 어울릴 수 없다. 조명이라든가 프로그램 뭐, 그런 걸 도와줄 수도 없다.

나는 불쑥 내뱉었다.

“끔찍할 거예요, 무엇보다 더. 그러니까…… 그 무엇보다도. 저는 비참할 거예요. 마치 내 일부를 잃어버린 것처럼요.”

비키는 생각에 잠겨 말했다.

"이게 좀 다른 건 알아. 하지만 어느 정도는 네 아빠가 지난 몇 년간 느꼈던 기분과 좀 비슷할 거야. 그러니까 자기 자신의 중요한 부분이 사라진 것처럼……. 왜냐하면 대니엘은 자신이 정말로 어떤 사람인지 표현할 수가 없었으니까. 이제 그럴 수 있는 기회가 왔어, 온전한 사람이 될 기회가."

나는 그렇게 생각해 본 적이 없었다. 그렇게 오랫동안 아빠 마음이 비참했던 건 내 잘못일까? 그래서 그날 밤에 아빠가 울었나? 우리 아빠가 아니었다면, 비키가 말한 온전한 사람이 훨씬 빨리 됐을까? 이 일이 내게 무슨 의미인지 생각하느라 머릿속이 가득 찼다. 아빠가 어떤지, 아빠가 얼마나 힘든지에 대해서 거의 생각해 본 적이 없었다. 불현듯 비키가 조용했으면 좋겠다는 생각이 들었다. 더 이상 생각하고 싶지가 않았다.

비키가 내게 너무 많이 질문하니까 나도 뭔가를 물어볼 용기가 생겼다.

"얼마나 오래되셨어요, 그러니까 이렇게……."

나는 더듬거렸다. 비키는 웃으며 말했다.

"성전환한 지 얼마나 됐냐고?"

나는 고개를 끄덕였다.

"아, 오래전에, 10년도 전에 마지막 수술을 받았어. 수술받기 몇 년 전에 이름도 바꿨어. 대부분의 트랜스젠더처럼, 난 늘 알고 있었어. 하지만 지금의 내가 있는 곳으로 오기까지는 긴긴 시간이 걸렸어. 비밀은 아니었지만 진짜 내가 되기까지 오래 걸렸지. 하지만 옛날에는 힘들었어. 이해 못 하는 사람이 많았거든."

우리는 둘 다 아무 말 없이 잠깐 동안 서 있었다. 아랫집 어디에서 잔디 깎는 소리와 새들이 지저귀는 소리가 들려왔다.

비키가 침묵을 깨고 말을 이었다.

"내 생각에…… 넌 사람들의 시선이 걱정스러울 거야. 특히 학교에서. 지금도 사람들이 이해를 아주 잘하지는 못할 거야. 어쩌면 이해할지도 모르지, 어쩌면 그렇지 않을지도……. 그래도 부모님이 너에 대해 한 말을 보면, 넌 용감해, 이지. 우선 사람 앞에, 무대에 서는 거 난 절대 못 해. 무슨 일이 일어나도 넌 괜찮을 거야."

나는 불쑥 내뱉었다.

"나는 그저 엄마하고 아빠가 학교에 가서 말하지 않으면 좋겠어요. 그건 아무런 도움이 되지 않을 거라고요. 더 엉망으로 만들 거예요."

"네 방식대로 하고 싶니? 난 너한테 이래라저래라 말하고 싶지는 않아. 그렇지만 언제나 너를 응원해 주는 사람들이 있으면 좋단다. 어쩌면 너희 선생님들도 응원해 줄 수 있어."

비키는 내 눈을 들여다보았다.

"흠, 그리고 메건도 같은 생각이니? 좋아, 그렇다면 내가 얘기를 해 볼까? 너희 학교에 가서 말하기 전에 조금 시간을 둬 보라고 말해 볼까?"

"네, 제발이요, 그래 주실래요?"

비키는 한숨을 쉬었다.

"좋아. 하지만 약속은 할 수 없어. 있잖아, 너 운이 아주 좋구나. 고작 두어 시간 동안 같이 있었지만 대니엘 그리고 너희 모두를 좀 알 것 같아. 너희 가족이 서로를 얼마나 신경 쓰는지 분명히 알겠어."

비키는 담배를 비벼 끄고는 자리에서 일어섰다.

"자, 내 감정이 북받치기 전에…… 안으로 들어가자, 커피 식겠다. 엄마가 네가 할 일을 남겨 두셨을걸."

◆ 11 ◆

일요일 오후였다. 약속대로 그레이스가 벨을 누르며 현관문으로 춤을 추듯 들어왔다. 엄마가 부엌으로 뛰어 들어가며 말했다.

"안녕, 그레이스. 요즘 우리 정말 자주 본다. 너한테 우리 집 열쇠 좀 복사해 줘야겠어."

그레이스가 유쾌하게 조잘거렸다.

"어쩌면 작은 침대도요. 방해되지 않게 구석에서 웅크리고 있을 수도 있어요. 강아지보다도 덜 귀찮게 할걸요. 게다가 더 재미있고요."

엄마가 웃으며 말했다.

"농담도 참! 어쨌거나 언제든 환영인 거 알지? 넌 가족 같아. 게다가 이지가 그러는 것처럼 집 밖에서는 안 먹잖아."

엄마가 나를 향해 까딱 고갯짓을 했다.

엄마하고 그레이스 두 짝꿍한테서 내가 살짝 소외된 느낌이 들기 시작했다. 어쨌거나 그레이스는 엄마의 절친이 아니라, 내 절친이다. 나는 그레이스를 끌고 2층으로 올라가려고 했다. 그때 아빠가 부엌으로 들어왔다.

모든 게 고요해지는 순간이었다. 아빠가 머리를 단장하고 새 옷을 입고 있다는 걸 깨달아서, 나는 그레이스가 도대체 뭘 생각을 하고 무슨 말을 할까 궁금해졌다. 장담하는데 엄마도 똑같은 걸 생각하고 있을 것이다. 엄마가 그레이스는 가족과 같다고 얘기했다. 나는 숨죽였다. 그레이스가 기겁할까, 아니면 평소와 다를 게 아무것도 없는 체할까?

그레이스가 말했다.

"안녕하세요, 파머 아저씨. 그 입으신 거 마음에 드네요, 아주 예뻐요. 특히 신발이요. 그래도 한마디 거들자면, 빨간 립스틱은 좀 아닌 것 같아요. 지금은 진빨강이 유행이거든요."

나는 숨을 내쉬었다.

이따금, 지금처럼, 어쩜 그레이스는 어른들한테 저리 말을 잘하고 잘 지내는지 모르겠다. 언제나 지금처럼 잘 해낸다.

"아, 잠깐만요."

그레이스는 손을 들어 올려 입을 가렸다.

"더 이상 파머 아저씨라고 부를 수가 없네요, 그렇죠?"

엄마가 재빨리 끼어들었다.

"그게 말이야, 파머 여사하고 파머 아저씨 말이야. 어떻게 불러야 할지 잘 모르겠지만 어쨌거나 시간이 좀 걸릴 거야. 솔직히 그렇게 부르면 늘 내가 나이 든 느낌이 들었거든. 그냥 나를 캐슬린이라고 부르면 어떨까?"

아빠도 거들었다.

"그리고 나는 대니엘이라고 부르고……."

그레이스가 고개를 끄덕이고는 멋 부리는 목소리로 말했다.

"좋아요."

"캐슬린, 대니엘, 만나서 정말 반갑습니다만 이지와 저는 중요한 얘기가 있어서요. 실례할게요."

내가 미처 뭐라 말하기도 전에 그레이스는 나를 부엌에서 끌어당겨 계단을 반쯤 올라갔다. 그레이스가 생각에 잠겨 말했다.

"너희 아빠 말이야, 괜찮아 보일 거라고 내가 말했지?"

내가 참견했다.

"이제 대니엘이야."

"아, 그래. 와, 이제 여자라고 생각해야겠다, 그치? 그래도 살짝 충격이야. 새로운 모습이거든. 그러면 이제 그건가? 새 옷, 새 이름 전부 다?"

"몰라, 그런 것 같아."

나는 어깨를 으쓱해 보였다. 속으로 느끼는 것보다 겉으로는 더 차분하게. 그레이스가 머리를 내저으며 다시 말했다.

"와우, 리틀헤이븐이 훨씬 더 흥미진진해진다. 더 이상 네 인생이 지루하다고 투덜거리지는 못하겠어, 안 그래?"

"그러니까, 중요한 얘기가 뭔데?"

나는 주제를 바꾸려고 물었다.

"뭐라고? 아, 그거. 아니, 사실 아니야. 그러면 그저 미스터리하게 들릴 줄 알았지."

그레이스가 대답했다.

* * *

우리는 오후 내내 웃고 떠들었다. 대사를 들여다보고, 방바닥에 누워 음악을 들었다. 그레이스는 샘에 대해 이야기하고 나는 그레이스 이야기를 들었다. 마침내 그레이스가 〈아가씨와 건달들〉 DVD를 손에 들고 집에 갈 시간이 되었다.

그레이스가 가자마자 방문을 부드럽게 두드리는 소리가 났다.

"왜요?"

나는 엄마나 아빠일 줄 알고 소리쳤다. 제이미는 노크하지 않고 그냥 달려 들어온다.

"나야, 들어가도 돼?"

메건 언니였다. 언니하고 나는 어렸을 때 내내 어울려 놀곤 했다. 우리는 제이미가 태어나기 전에 옛날 집에서 이층침대가 있는 방을 같이 썼다. 언니가 2층을, 나는 아래층을 썼다. 내가 잠들지 못하거나 악몽을 꾸면 언니는 아래로 내려와 내 침대에서 몸을 웅크리고 이야기를 들려주었다. 엄마하고 아빠한테는 말하지 않는 비밀스러운 것들을 내게 말하곤 했다. 좋아하는 남자애들이나 싫어하는 선생님들, 또는 언제 걸리나 보려고 학교를 몰래 빼먹었던 일들을……. 언니는 내게 이야기하는 걸 좋아한 것 같다. 하지만 요즘에는 몇 달이고 내 방에 들어오지 않는다. 이따금 양말이 떨어지면 몰래 들어와서 가져가는 정도다.

"응."

언니는 나를 쳐다보지도 않고 슬며시 들어왔다.

그러더니 내 방을 이리저리 돌아다니며 아무 생각 없이 물건을 들어 올렸다가 내려놓고 책꽂이에서 책을 아무렇게나 당겼다가 스르륵 넘겨 보고는 다시 꽂아 두었다. 사람들이 물어보지도 않고 내 물건을 건드리면 정신이 사납다. 내가 그만하라고 소리치려는데 언니가 말했다.

"아빠가 마음을 바꿀 것 같아?"

언니가 무슨 말을 하는지 정확히 알았지만 곧장 대답하지 않았다. 사실 이렇게 말하고 싶었다. "응, 바꿀 것 같아, 아빠는 그냥 우리를 놀리는 거야. 아주 재미없는 아재 농담을 하면서. 전부 다 금세 평범하게 옛날로 돌아갈 거야." 하지만 그럴 수가 없었다.

"아니, 그랬으면 좋겠어. 하지만 그런 일은 일어나지 않겠지."

언니가 한숨을 쉬었다.

"처음에는 그럴 줄 알았어. 우리가 얼마나 화나 있는지 보여 주면……. 그런데 다들 다 괜찮은 것처럼 보여. 제이미는 제대로 이해하지도 못해. 엄마는 죽도록 최선을 다하고 있고. 너는 아무렇지 않은 것처럼 보여. 네 멍청한 뮤지컬을 방해하는 것만 없다면."

"입 다물어. 알지도 못하면서 떠들지 마. 소리치고 울고불고해 봤자 무슨 소용인데? 아무것도 달라지지 않아, 안 그래? 모두를 더 비참하게 할 뿐이라고."

나는 마음이 아팠다. 언니는 씩씩거렸다.

"엄마하고 아빠를 이해하지 못해도 그냥 가만히 내버려 두는 게 낫겠지. 아빠를 잃는 것보다 낫잖아."

나는 이제 몸이 떨렸다. 생각 없이 말이 튀어나왔다.

"난 아빠를 밀쳐 내는 게 아니야. 아빠를 훨씬 더 비참하게 만드는 건 내가 아니라, 언니야. 물론 나도 달라지는 게 싫어. 내가 아무렇지도 않다고 생각한다면, 언니가 멍청한 거라고."

언니는 내게 등을 돌렸다. 내 서랍장에서 스노볼을 들어 올리고는 뒤집어서 바닥을 보았다. 스노볼을 흔들었다. 그러자 안에 있는 작은 사람들이 휘몰아치는 하얀 구름에 둘러싸였다.

내가 소리쳤다.

"혼자 있고 싶어! 내 방에 들어와서 내 물건 어지럽히지 마."

문득 언니의 어깨가 들썩이는 게 보였다. 언니가 울고 있었다.

끔찍했다. 언니가 내 물건으로 뭘 하든 신경 쓰이지 않았다. 정말 아니다, 그냥 언니가 다시 괜찮아지면 좋겠다.

"아, 언니, 그만해. 울지 마. 울리려고 한 건 아니야. 정말이야."

나는 손을 내밀었지만 언니는 내 손을 떨쳐 냈다. 그 대신에 손으로 머리를 감싼 채 침대에 털썩 주저앉았다.

언니가 우니까 나도 눈물이 나왔다. 곧 한 쌍의 아기처럼 우리는 둘 다 엉엉 울며 딸꾹질을 해 댔다. 언니가 고개를 들고 억지로 웃음 지으며 말했다.

"너 코 빨개졌어."

"언니 아이라이너 죄다 번졌어. 여기 어디에 티슈가 좀 있어."

나는 침대 밑에서 반쯤 텅 빈 티슈 상자를 찾아냈다. 둘 다 꼴이 분명 엉망일 거다. 내가 물었다.

"정말 우리가 아빠를 잃는 것 같아?"

언니가 시커멓게 번진 눈가를 두드리며 대답했다.

"몰라. 아빠한테 그 말 들었을 때, 딴사람들은 뭐라고 할까, 모두 비웃으면 학교에서 얼마나 끔찍할까 걱정했어. 하지만 지금 생각하면 멍청한 소리 같아. 하지만 더 이상 우리 아빠가 아닐까 봐 걱정스러워. 이미 너무 달라 보이고 목소리도 이상하게 들려. 다른 친구도 있고……."

"게다가 이름도 다르고, 기억나?"

내가 언니 대신 마무리해 주었다.

"오늘 오후 아빠가 그레이스한테 이야기했어. 이제 대니엘이라고."

언니는 생각에 잠겼다.

"대니엘……. 비키가 아빠를 '여자'라고 말하는 것도 들었는데, 이상했어. 그렇게 불러야 한다고 아빠가 말한 거 알아. 하지만 머릿속으로 그렇게 불러 볼 때마다 엄청 이상하게 들린단 말이야."

"알아, 나도 마찬가지야. 그래도 우리 해 봐야 하잖아, 안 그래?"

"그래. 그래야지."

언니가 마지못해 대답했다.

"어쨌거나 언니하고 비키는 무슨 대화를 했어? 있지, 언니 그림 보여 주러 밖에 나갔을 때 말이야."

"아, 이것저것 전부 다."

언니는 모호하게 말했다. 슬리퍼를 벗어 던지고는 침대 위로 다리를 쭉 뻗었다. 문득 말을 멈추고 나한테 더 말할까 말까 생각하는 듯했다.

"비키는 자기가 나한테 뭘 해라, 어떻게 생각해라 할 수는 없대. 하지만 아빠를 탓해 봐야 소용없대. 왜냐하면 아빠는 이미 자신을 탓하고 있으니까."

언니가 말을 멈추고 웃었다.

"있잖아, 나 그래도 제대로 이해는 했어! 어쨌거나 앞으로 일어날 일이 전부 다 기분 나쁠 거라고 했어. 내 생각에 한 가지는 맞는 것 같아. 나 아주 기분 나쁘거든.”

“나도.”

언니는 다시 한숨을 쉬었다.

“아까 내가 말한 것 전부 미안해. 너를 탓할 이유가 없었어, 안 그래? 정말로 뮤지컬이 멍청하다고 생각 안 해.”

언니는 잠깐 멈추었다가 말했다.

“있잖아, 그러니까 이제 우리 어떻게 해야 할까?”

“우리가 할 일이 하나 있어. 아빠 이름을 새로 생각해야 해. ‘아빠’는 괜찮을 거라고 생각하는데. 하지만 아니야. 정말 아니야. 어쩌면 내 생각으로는……. 지금 그건 아닌 것 같아. 우리가 대니엘이라고 부를 수도 없어. 그게 훨씬 더 어색해.”

언니가 고개를 끄덕였다.

“좋아, 그렇다면. 제이미한테도 얘기해야겠다.”

언니가 벌떡 일어섰다.

“좋은 수가 떠올랐어. 1분 뒤에 올게.”

언니가 계단을 내려가 엄마 사무실로 가는 소리가 들렸다. 이윽고 제이미를 등에 업고 신이 나서 재빨리 돌아왔다.

“어서, 이지. 우리 오늘 제이미 목욕시켜 줄 거야. 물 받자. 우리가 왜 이렇게 서로 친하게 구는지 엄마가 살짝 의심하더라. 그래도 엄마가 뭐라고 하지는 않았어.”

제이미는 목욕을 엄청 좋아한다. 보통 목욕탕에 백만 년 동안 있으면서 거품을 잔뜩 풀고, 배를 띄우고, 장난감을 물에 담그고, 해협을 헤엄치는 체한다. 그러고 나서는 집을 온통 휘젓고 돌아다녀 흥건한 발자국과 흠뻑 젖은 수건을 남긴다.

제이미는 욕조에 물과 거품이 가득하자 엄청나게 신이 나서 펄쩍펄쩍 뛰었다. 언니가 온도를 확인하자마자 제이미가 물에 풍덩 뛰어들었다.

"누나 얼굴이 좀 웃겨. 눈이 빨개."

제이미가 탕에 앉고 우리는 양쪽에서 몸을 기댔다. 메건 언니가 무서운 목소리를 내는 체하며 말했다.

"까불지 마. 그랬다가는 배수구로 확 쓸려 보낼 거야."

제이미는 좋아라 하며 꽥 비명을 질렀다.

내가 말했다.

"있잖아, 제이미. 엄마하고 아빠 없을 때 할 중요한 얘기가 있어."

제이미는 방방 뛰며 물었다.

"크리스마스야? 내 생일이야?"

"아니, 크리스마스도 아니고 네 생일도 아니야. 그건 백만 년, 백만 년 동안 아니야. 아빠에 관한 거야. 저기, 그러니까……."

제이미가 고맙게도 끼어들었다.

"지금 여자가 되고 있는 거?"

"그래, 맞아. 저기, 우리가 아빠를 뭐라고 부를지 결정해야 해야 해."

"아빠라는 이름은 여자한테 맞지 않잖아, 안 그래?"

언니가 거들었다.

"그럼, '마미'는 어때?"

제이미가 말하자 언니가 설명했다.

"어휴, 안 돼. 미안, 제이미. 좋은 생각이긴 한데. 너무 아기 같잖아. 이지하고 나는 '마미'라고 부르기엔 너무 컸어."

나도 덧붙였다.

"게다가 엄마는 안 좋아. 왜냐하면 이미 엄마가 한 명 있잖아."

"엄마 원, 엄마 투?"

언니가 얼굴을 찡그리며 농담하고 있다는 걸 보여 주었다. 내가 대답했다.

"엄마 A, 엄마 B? 안 될 것 같아. 이거 어려워."

"엄마-아빠?"

제이미가 말했다.

"발음하기 좀 어려워! 연달아서 몇 번 말해 봐. 엄마-아빠, 엄마-아빠, 엄빠……."

언니가 마치 혀가 꼬이는 것처럼 말해서 우리는 한바탕 웃음을 터뜨렸다. 이렇게 셋이 같이 웃는 게 정말 오랜만이었다.

갑작스레 떠오르는 게 있어서 웃음이 가시자마자 내가 말했다.

"알았다. '디' 어때?"

"디?"

언니가 눈썹을 들어 올리며 말했다.

"그래, 디. '대니엘'을 줄여서. '대디, 아빠'를 줄여서. 좀 여자 이름처럼 들리잖아. 혀도 그리 많이 꼬이지 않고."

내가 뭔가 깔끔한 걸 생각해 내서 기분이 좋았다. 언니가 천천히 발음해 보았다.

"디. 흠, 네가 해낸 것 같다, 이지. 제이미, 너는 어때?"

"나 디 좋아."

제이미가 소리치며 두 손으로 거품을 세게 내리쳤다. 그 바람에 거품이 허공에 튀어 오르고 언니와 내게 욕조 물이 튀었다.

그러다가 한바탕 물싸움이 벌어져서 목욕탕이 물바다가 되었다. 나중에 엄마가 눈을 흘기며 우리한테 물을 거다. 늑대들이 너희를 키웠느냐고, 헛간이라든가 뭐, 그런 곳에서 태어났냐고. 하지만 난 신경 쓰지 않는다. 왜냐하면 우리는 전부 다 괜찮을 것 같으니까.

◆ 12 ◆

메건 언니, 제이미와 아빠의 새 이름을 지은 지 2주쯤 지났다. 아빠는 새 이름을 듣자마자 엄청 좋아했다. 엄마도 그 이름을 쓰기 시작했다. 하지만 그 이름을 부르기 전에 한 번 더 생각해야 했다. 식구들이 '디'라고 부를 때마다 아빠를 가리키고 있다는 걸 깨닫는 데 잠깐, 아주 잠깐 시간이 걸렸다.

현관문이 쾅 닫히는 소리에 이어 화가 나고 당황스러워하는 디의 목소리가 위층으로 올라왔다. 나는 내 방에서 오늘 밤 입고 나갈 옷을 이것저것 입어 보고 있었다. 마지막 남은 비스킷을 먹어 버린 사실을 엄마가 몰랐으면 좋겠다고 생각하면서.

"세상에나, 이런 멍청하고 무식한 좀도둑 같은 여자라니⋯⋯."

엄마가 끼어들었다.

"됐어, 이제 그만해, 디. 그만하면 됐어. 나도 들었어. 맞아. 그래도 그만해. 아이들이 들어."

두 분이 말하는 소리가 얼핏 들리자 제대로 엿듣고 싶어졌다. 눈치채지 못하게 최대한 계단 끝 가까이 조용히 움직였다. 우리한테 말하지 않은 다른 비밀이 또 있나?

디는 다른 목소리로 말했다.

"'당분간은 학교 근처에서는 사람들에게 알리지 않는 게 나을 겁니다, 파머 씨. 아주 어린아이들은 이런 상황에 당황스러워할 수 있습니다, 아시겠지만.' 이게 무슨 헛소리야? 우리는 11년 동안 저 학교에 다녔어. 메건이 다섯 살 때부터. 저 사람들은 나를 모르는 것 같아."

그러니까 두 분은 제이미의 담임인 가비 선생님을 보러 갔다 온 거다. 가비 선생님은 우드사이드 초등학교에 억만 년 동안 있었다. 1학년 때 나를 가르치기도 했고, 언니도 가르쳤다. 제이미는 가비 선생님을 무척 좋아해서 언제나 그 선생님 얘기를 한다. 하지만 지금 떠오르는 건 선생님이 아빠를 엄청 화나게 했구나 하는 생각뿐이었다.

엄마가 이어 말했다.

"그 사람은 다른 부모들만 걱정해. 학교에 불평불만이 들어올까 봐."

"불평불만을 걱정해야 할 거야. 내가 벌써 불만을 제기할 준비가 되어 있으니까."

엄마가 냉정하게 말했다.

"그게 무슨 소용이겠어? 그게 제이미한테 도움이 되겠어? 그래서 우리가 우선 찾아간 거잖아, 기억해? 제이미가 좀 더 수월하게 적응하길 바랐잖아."

디의 목소리가 갑자기 낮아졌다. 나는 바짝 귀를 기울여야 했다.

"아이들이 당황스러워할 수 있다고? 내가 학교에 다닐 때 트랜스젠더에 대해 말하는 사람이 딱 한 명만 있었어도, 트랜스젠더 부모라든가 트랜스젠더 교사가 한 명만 있었어도……. 어림도 없는 소리지. 수업 시간에 우리가 읽는 책에 트랜스젠더 내용이 있었다면……. 흠, 그 오랜 세월 동안 나 자신을 그렇게나 증오하지는 않았을 텐데……."

엄마가 힘겹게 말했다.

"당신이 얼마나 걸렸는지 생각해 봐. 우리한테 시간이 얼마나 걸렸는지. 우리가 파악하게 되기까지. 우리가 여기까지 오기까지 말이야. 그런데 가비 선생님한테는 10분이나 줬을까? 시간을 좀 더 주자고. 있잖아, 앉아서 차 좀 마셔."

두 분이 나, 언니 그리고 메건에게 말하기 전에 얼마나 오랫동안 서로 알고 있었는지 궁금했다. 나는 정말이지 생각해 본 적이 없다. 그저 우리만큼이나 엄마에게도 커다란 충격이었을 것 같다. 하지만 어쩌면 그렇지 않을지도 모른다. 어쩌면 엄마는 아주 오래전부터 알았을지도 모른다. 그래서 이 모든 변화에 저렇게나 침착한 걸지도.

이제 아래층으로 내려갈 시간이라고 결론을 내렸다. 2주 전 비키가 우리 집에 온 이후로 엄마나 아빠 누구도 우리 선생님한테 이야기하러 세인트메리에 가겠다는 말은 더 이상 하지 않았다. 언니도 그날 이후로 마음을 좀 놓고 있었다. 이제 언니는 다시 디와 이야기도 하고 있었다. 흠, 식구들과도…….

가비 선생님과의 면담은 아주 고약하게 돌아간 듯했다. 그러니 부모님이 우리 학교 선생님을 만나러 가고 싶지는 않을 것 같았다. 다행스러우면서도 문득 부모님이 힘들기를 바라는 것 같아서 기분이 썩 좋지는 않았다.

내가 엿들은 것을 감추려고 최대한 계단을 우당탕탕 내려갔다. 엄마가 허둥거리며 말했다.

"아, 이지. 오늘 학교는 어땠니? 숙제는 어찌 돼 가고 있어?"

"네, 괜찮은 것 같아. 조금 했어요."

디도 끼어들었다.

"이지 좀 내버려 둬. 금요일 저녁 6시밖에 안 됐어. 주말 내내 시간이 있잖아."

"난 이지가 시작을 잘했으면 좋겠어, 그뿐이야. 7학년보다 올해 할 게 많잖아. 안 그러니, 이지?"

"어, 아마 그럴 거야. 그래도 주 초반에 대부분 다 했어."

디가 기분 좋게 말했다.

"역시 우리 딸이야. 머리는 괜히 있는 게 아니라니까."

나는 발을 질질 끌며 말했다.

"사실, 엄마. 나 물어볼 게 있어. 내가 완전히 깜빡했는데, 오늘 밤에 영화 보러 가도 돼? 올리비아 생일이라 친구들하고 약속이 있어. 시털 엄마가 집에 데려다주실 수 있대. 아니면 거기에서 버스를 탈 수도 있어. 그렇지만……."

엄마가 눈치채기를 바라며 목소리를 낮추었다.

"정말 미안해, 이지. 오늘 밤엔 내가 너를 데려다줄 수가 없어. 너무 지쳤어. 곧 톰네 집에서 제이미를 픽업하고, 좀 쉬어야 해. 마무리해야 할 일도 남아 있고. 미리 얘기했으면 좋았을걸."

디가 말했다.

"내가 할게. 문제없어."

나는 멈칫하고 멍하니 올려다보다가 더듬더듬 말했다.

"아…… 어, 미안, 디. 괜찮아, 걱정하지 마요. 디도 피곤할 거야. 나 버스 타면 돼. 정말 나 할 수 있어. 차 안 태워 줘도 돼."

"안 돼. 문제없다고 했잖아. 몇 시에 친구들 만나니?"

아빠가 천천히 말했다. 가타부타 따질 수 없는 목소리로…….

"7시에, 하지만……."

아빠가 말했다.

"그럼 됐네. 20분 전에 가면 되지? 그러면 너 준비할 시간 넉넉할 거야. 나는 차 한잔하고."

디가 집 근처에 있는 건 괜찮다. 아침에 출근하는 걸 보는 것도 괜찮다. 그레이스가 여기 있을 때도 괜찮다. 왜냐하면 그레이스는 모든 것에 쿨하니까. 언젠가 학교의 다른 아이들이 알게 되리라는 건 안다. 하지만 오늘 밤에는 싫다.

그걸 디한테 말할 수는 없었다. 그런 걸 생각조차 하고 싶지 않다. 어쨌거나 디와 함께 있는 나를 친구들이 볼지도 모른다고 생각하니 당황스러웠다. 예전에는 아빠한테 말하는 게 언제나 쉬웠다. 하지만 지금은 뭐라고 해야 할지 알 수 없었다.

우리가 나갈 즈음 어두워지기를 바랐다. 하지만 집 밖으로 발을 내디딜 때는 완벽하게 청명한 가을 저녁이라서 거리에 햇빛이 낮게 드리워 모든 게 세세하고 또렷하고 깨끗하게 보였다. 누가 우리를 보는지 정말이지 나는 돌아보지 않으려고 엄청나게 기를 썼지만 그래도 저 아래 길을 어쩔 수 없이 흘끔흘끔 내려다볼 수밖에 없었다. 디는 내가 흘끔흘끔 보고 있는 걸 알았지만, 아무 말도 하지 않았다.

나는 안전벨트를 매고 라디오를 켰다. 디가 출발했다. 음악 소리가 컸지만 나는 별말 없이 있을 수밖에 없었다.

잠시 뒤, 디가 볼륨을 줄이며 말했다.

"너 스마트해 보인다. 그 셔츠 너한테 잘 맞네. 네 눈동자 색하고도 잘 어울리고. 머지않아 패션에 대한 조언을 해 줄 사람이 나한테도 필요할 거야. 세상에는 자제력을 잃고, 옷을 엉망으로 입는 트랜스우먼이 참 많아. 비키는 대단해, 이런 것까지 미리 생각해 보라고 알려 줬거든. 자기가 처음 커밍아웃했을 때 뭘 입었는지 알면 기가 막힐 거라나!"

디는 잠깐 말을 멈추고 물었다.

"비키 어떻게 생각해? 솔직히 말이야."

"난 비키가 좋아. 그림 정말 잘 그리더라. 그런데 음, 살짝 무섭기도 했어."

디가 웃음을 터뜨렸다.

"알아. 비키는 그 모임의 노인네 같아. 물론 내가 노인네라고 말하는 걸 좋아하지 않는다는 건 확실히 알지만! 뭐든 자신이 생각하는 걸 스스럼없이 말하지. 네가 비키를 좋아한다니 다행이네."

우리는 둘 다 다시 침묵에 빠졌다. 나는 자동차 수리 그리고 보험 라디오 광고에 귀를 기울이는 체하려 했다.

문득 디가 말했다.

"있잖아, 네가 나를 창피하게 생각할 거라는 거 알아. 괜찮아. 열두 살엔 그런 거니까. 부모님 때문에 창피한 거. 나는 네 할머니랑 할아버지한테 그런 거 입어라 입지 마라, 그렇게 해라 하지 마라, 그렇게 말해라 말하지 마라 하면서 십대 시절 대부분을 보냈어. 왜냐하면 부모님 때문에 내가 창피할까 봐 너무 두려웠거든."

디는 나를 흘끗 건너다보았다.

"난 그저 내 젠더 때문에 네가 창피하지 않았으면 좋겠어. 내가

120

남자든 여자든 내가 너를 얼마나 아끼는지는 바뀌지 않아. 사람들은 다 달라, 그렇지? 모두 같다면 이 세상은 지루한 곳이 될 거야."

전부 옳은 말이라는 건 안다. 하지만 디는 리틀헤이븐이란 곳이 서로 다르기에는 몹시 힘든 곳이란 걸 이해하지 못한 것 같다. 우리는 얼룩말, 사자라든가 모두가 서로 다름에도 불구하고 함께 살아가는 어린이책 속에 있지 않다. 여기는 작은 마을이다. 내 남은 학교생활 동안 '트랜스젠더' 아빠를 둔 이저벨 파머로 알려지는 게 싫다.

디가 이어 말했다.

"엄마와 내가 너희 학교에 가서 선생님들한테 얘기하길 바라지 않는다는 거 알아. 너와 메건이 정말로 원하지 않는다면, 우리는 안 그럴 거야."

나는 안도의 한숨을 내쉬었다.

"난 내가 누구인지 숨기지 않을 거야. 그런 건 실컷 했어. 어쨌거나 전부 다 천천히 해 나갈 거야. 그래도 누군가 너희에게 뭐라고 하거나 나 때문에 너희가 어려움에 빠진다면…… 나한테 알려 줘, 알겠지? 너희가 숨기는 건 싫어. 언제든 나하고 엄마한테 말해도 돼."

"응, 알았어."

차가 공원으로 들어서자 나는 다급하게 말했다.

"저기, 내가 안으로 들어갈 때까지 기다릴 필요 없어. 가게 옆에서 그냥 내려 주면 어때? 거기에서 걸어가면 돼."

디는 웃음을 지었다.

"좋아, 천천히 받아들이자. 너를 당황하게 하지 않을게. 그래도 여기에서 기다리면서 너를 지켜볼 거야. 아무도 나를 못 볼 거야. 네가 걱정하는 그거라면."

"아니, 그게 아니고 그건……."

"어서 가. 괜찮아. 늦겠다."

주차장을 반쯤 가로지를 때쯤 나는 뒤돌아 손을 흔들었다. 디는 손을 들어 올려 내게 흔들었다.

영화관 로비에 들어서자 불빛에 눈이 부셨다. 리틀헤이븐 사람들 전부가 금요일 저녁에 여기 와 있는 듯했다. 간식 코너 근처에 옹기종기 모여 있는 올리비아, 시털, 샬럿 그리고 다른 친구 두어 명을 찾느라 시간이 좀 걸렸다. 그레이스는 아직 보이지 않았다.

미아가 그 사이에 있는 걸 보고 가슴이 쿵 내려앉았다. 미아는 예쁜 적갈색 긴 머리를 뒤로 넘기고 올리비아와 얘기하며 웃고 있었다. 〈아가씨와 건달들〉 역할이 발표되고 나서는 나와 그레이스한테 그 전보다 훨씬 더 고약하게 굴었다.

내가 그레이스와 친구이기 때문에 올리비아가 나를 초대한 걸까 의아했다. 아빠가 괜찮아 보인다고 한 셔츠가 약간 어린애 같아서 걱정이 됐다. 그레이스가 어서 왔으면 했다. 어쩌면 오늘 저녁에 나온 게 실수였는지 모른다.

시털이 내게 손을 흔들어 보였다.

"여기야, 이지."

나는 숨을 깊이 들이마시고 친구들에게 다가갔다. 나를 본 미아가 말했다.

"아, 안녕, 이지. 너도 오는지 몰랐어. 네 쌍둥이는 어디 있어? 너희 둘 껌딱지처럼 붙어 있는 줄 알았는데. 아니면 너한테 질려 버렸나?"

그러더니 가식적으로 크게 웃었다. 내가 대답하기 전에 올리비아가 말했다.

"그레이스가 나한테 문자를 보냈어. 조금 있으면 올 거야. 무슨 문제가 생겼대. 무슨 일인지는 모르겠어."

시털이 눈썹을 치켜올리며 말했다.

"그레이스한테는 언제나 문제가 있지. 이번에는 무슨 일이 있을지 궁금하네."

"생일 축하해, 올리비아."

내가 말했다. 그런데 문득 그렇게 말하는 게 멍청하게 느껴졌다. 학교에서 올리비아를 보았으니까, 게다가 어쨌거나 일요일까지 정말 생일은 아니니까 말이다. 하지만 다른 누구도 그걸 멍청하게 생각하지 않는 듯했다.

올리비아가 말했다.

"고마워. 나 정말 기대돼. 우리 엄마하고 아빠가 특별한 걸 사주실 거야. 그게 뭔지 말씀은 안 하셨는데, 내 생각에 새끼 고양이 같아.”

샬럿이 물었다.

“어떻게 알았는데?”

올리비아가 두 손을 모으며 말했다.

“그냥 그런 느낌이 들어.”

미아가 맞장구를 쳐 주었다.

“아, 정말 귀엽겠다. 너무 부럽다, 이름은 뭐라고 부를 거야?”

“음, 몰라. 어떻게 생겼는지 봐야지. 아마……."

올리비아가 한쪽으로 고개를 갸우뚱하며 이어 말했다.

“스카이라고 부르면 어때? 있잖아, 그 뮤지컬의 스카이처럼.”

미아가 나를 흘끗 쳐다보며 말했다.

“스카이, 너무 예쁜 이름이다. 아니면 토머스 선생님 이름을 따서 토미라고 불러도 되겠다. 그런데 그건 이지가 좋아할 이름이겠지만. 안 그러니, 이지?”

나는 당황스러워서 미아를 멍하니 쳐다보았다.

“네가 선생님 좋아하는 거 우리 알아. 보나 마나지, 뭘. 아마 책 여기저기에 선생님 이름 막 써 놓았을걸.”

나는 머뭇거렸다.

“아니야. 그렇지 않아.”

냉정하려 최선을 다했지만 내 얼굴이 붉어지는 게 느껴졌다.

모두가 나를 쳐다보고 있었다.

"아, 이런, 정말 미안해."

그레이스가 머리카락을 흩날리며 헉헉 달려왔다.

"나 얼마나 늦은 거야? 우리 전부 다 놓쳤어?"

올리비아가 말했다.

"아니야, 그레이스. 괜찮아. 아직 시간 충분해. 그런데 무슨 일이 있었던 건데?"

그레이스가 그 긴 이야기를 시작하자 모두가 나 대신 그레이스를 쳐다보았다. 자동차가 고장 나서 이웃들이 차를 밀고, 엄마는 길 한복판에서 기적을 빌었다는 이야기를 말이다. 그레이스의 이야기는 언제나 현실에서 실제로 일어나는 그 어떤 것보다 훨씬 더 재미있고 극적이다. 아마도 그레이스 엄마한테 그냥 차 시동 거는 데 문제가 좀 있었던 것 같다. 하지만 그레이스는 평범한 이야기로 자기 나름의 특별한 걸작을 만들어 낸다.

나는 이번에는 귀담아듣지 않았다. 왜 미아가 이러는지 이해해 보려고 했다. 미아도 귀를 기울이고 있지 않았다. 몸을 꼼지락거리며 머리카락을 만지작거렸다. 자신이 관심을 한 몸에 받지 않아 지루해진 건 아닌지 궁금했다. 미아는 반짝반짝 빛나는 갈색 부츠와 까딱까딱 움직이는 발을 계속 내려다보았다. 그래서 나도 모르게 자꾸 그 신발에 눈길이 갔다.

갑작스레 미아가 물었다.

"아, 내 부츠 봤구나, 이지? 언제? 지난주에 샀어."

"그래, 진짜 예쁘다."

그레이스가 감탄하며 물었다.

"어디에서 샀어?"

모두가 다시 자신을 쳐다보니까 미아의 얼굴이 환하게 빛났다.

"사실, 아빠가 미국에 출장 갔다 사 오신 거야. 분명 몇백 달러는 들었을 것 같아. 아빠는 진짜 좋은 것만 사시거든. 그렇지 않으면 돈 낭비라고 하셔."

미아는 말을 멈추고 그레이스의 발을 무시하듯 쳐다보았다.

"신발은 어디에서 샀어, 그레이스?"

그레이스가 비교당하기 싫어서 가볍게 대답했다.

"아, 저기 시장에서, 몇 주 전 토요일에."

"기분 나쁘게 듣지는 마, 그레이스. 그리 좋은 신발 같지는 않다, 그렇지? 그래도 그만하면 괜찮아, 너희 엄마 형편에는. 너희 아빠하고. 그러니까, 뭐."

미아는 다시 큰 소리로 웃었다. 실제로 하나도 재미있지 않은데 말이다. 아빠가 없다는 것은 미아가 상관할 바 아니라고 그레이스가 딱 잘라 말하려는 걸 알 수 있었다. 나는 그런 모습을 보고 싶지 않았다.

"난 네 부츠가 더 예쁜 것 같아, 그레이스."

내가 진심으로 말했다. 미아가 얼굴을 찌푸렸다. 그러자 올리비아가 말했다.

"어서, 얘들아. 우리 뭐 좀 먹자."

우리는 낄낄 웃으며 극장 안으로 들어갔다. 불이 꺼지고 광고가 시작되었다. 나는 영화를 아주 오랫동안 보고 싶었다. 화면에 완전히 몰두하여 극장 밖의 모든 것이 사라지는, 이 안에 있는 느낌이 너무 좋다. 하지만 지금은 자리에 앉아 즐길 수가 없다. 어쨌거나 그냥 집에 있었어야 했나 보다. 그러면 적어도 미아한테 빠져나와 잘 있었을 거다.

그레이스는 한 손을 뻗어 팝콘을 한 주먹 집으며 다른 손으로 내 팔을 꽉 움켜잡았다. 이윽고 내게 자그맣게 속삭였다.

"못된 미아는 신경 쓰지 마."

나도 소곤거렸다.

"오늘 저녁 내내 저래. 너 오기 전에도……."

"신경 쓸 가치도 없어. 뮤지컬에서 좋은 역할을 못 받아서 아직도 샘이 나서 저러는 거야. 그냥 무시해. 좋은 생각 할 게 얼마나 많은데."

그래서 그러기로 했다. 그레이스만큼이나 확신이 없을지도 모른다. 하지만 미아라든가 누구도 오늘 저녁을 망치게 하지는 않을 거다.

◆ 13 ◆

무언가가 달라졌다.

월요일 아침 학교에 들어서자마자 느껴졌다. 하지만 뭐가 다른
지는 알 수가 없었다.

지난 몇 주는 뮤지컬 연습과 숙제로 무척 바빠서 생각할 시간이
그다지 많지 않았다. 하지만 한주 한주 지나며 조금씩 집안은 평
범하게 돌아가는 게 느껴졌다. 그렇다고 전에 그랬던 것처럼 정확
히 똑같지는 않다. 하지만 '살짝 어색하지만 대체적으로 괜찮은'
새로운 종류의 평범함이 자리 잡았다. 누가 딱히 뭐라고 말하지
않는 한…….

엄마는 혼자서 일한다. 그래서 제대로 된 휴일도 없다. 하지만
중간 방학이 되자 며칠 쉬면서 우리와 함께 시간을 보냈다. 디도
그랬다. 비키는 두어 번 우리 집에 왔다. 이따금 내가 연습 끝나고

늦게 집에 가면 비키하고 언니가 부엌에서 이야기하고 있었다. 언니는 아직도 우리한테 겨우 말을 건넨다. 이것이 언니가 '평범한 인간' 단계로 다가가고 있는 표시일까? 그랬으면 좋겠다.

그레이스는 여전히 샘을 쫓아다니며 샘이 자신을 좋아할지도 모른다는 기미가 조금이라도 보이면 난리법석을 피웠다. 나는 극장에서의 저녁 이후 미아를 계속 피해 다녔다.

느닷없이 11월이 닥쳤다. 마치 겨울처럼 느껴졌다. 뮤지컬 발표회는 코앞에 다가왔다.

월요일 아침 첫 수업에 늦었다. 세 번이나 가방 속에 든 물건과 사물함을 다 쏟아 내어 바닥에 잔뜩 쌓아 놓고 전부 다 뒤져 봤지만 수학책을 찾을 수가 없었다. 어쨌거나 책도 없고 수업에 늦는 것보다야 책만 없는 게 더 나을 것 같아서 수학 교실을 향해 복도를 후다닥 달려 내려갔다. 수업이 아직 시작하지 않기를 바랐다. 누가 나한테 책을 보여주면 좋으련만.

수업은 벌써 시작됐다.

"와 줘서 고맙구나, 이저벨."

몰래 교실에 들어가려고 했는데 수학 선생님이 비꼬듯 쌀쌀맞게 말했다.

"죄송합니다, 선생님."

나는 자그맣게 말했다.

"어서 자리에 앉고, 더 이상 시간을 허비하지 마라."

교실을 둘러보고는 심장이 덜컹 내려앉았다. 남은 자리라고는 루커스 옆자리뿐이었다. 우리는 뮤지컬 연습 때 여러 번 만났다. 그렇다고 해서 수업 시간에 그 아이 옆에 앉고 싶지는 않았다. 루커스는 놀랍게도 뮤지컬에서 네이선 디트로이트 역할을 잘 해냈다. 하지만 무대 밖에 있을 때는 여느 때처럼 여전히 멍청한 소리만 지껄여 댄다. 내가 머뭇머뭇 옆자리에 앉자, 루커스가 허공으로 손을 번쩍 들었다.

"선생님, 저 애 옆에 앉을 수 없어요."

모두가 나를 쳐다보았다. 찰리가 아미르의 옆구리를 쿡 찌르자 둘 모두 낄낄거리며 웃었다. 내 얼굴이 붉어지는 걸 느끼며 나는 입술을 꽉 깨물었다.

선생님이 교실을 둘러보며 엄하게 대꾸했다.

"장난치지 마라. 다들 하던 거 해."

루커스는 자기 책하고 연필을 가능한 한 나한테서 멀찌감치 밀고는 의자를 옆으로 끌고 가서 벽에 붙였다. 수학 책을 가져오지 않았다고 선생님한테 말하는 게 나은지 루커스한테 같이 보자고 말하는 게 나은지, 모르겠다.

마침내 내가 속삭였다.

"책을 잃어버렸어. 좀 보여 줄래?"

주위의 모두가 듣도록 루커스가 대답했다.

"말도 안 돼. 옮을지도 몰라."

선생님이 즉시 좀 더 날카로운 목소리로 말했다.

"이저벨, 루커스, 조용히 해라. 이저벨, 너답지 않구나."

나는 더듬더듬 대답했다.

"죄송해요, 오늘 아침에 책을 잃어버렸어요. 그래서……."

"이저벨. 선생님은 네가 좀 꼼꼼하면 좋겠다. 너는 너무 부주의해."

선생님이 여분으로 남아 있는 너덜너덜한 책을 찾아 주었다. 나는 너무 억울해서 눈물이 터질 것만 같았다. 눈물을 애써 꾹 참는데, 책의 페이지 숫자가 이리저리 마구 헤엄치는 듯했다. 이런 아무것도 아닌 일로 징징 짜는 아기가 되고 싶지는 않았다.

그레이스가 여기 있다면, 내게 기운을 북돋아 주려 얼굴을 찡그려 보이거나 웃음 지었을 텐데. 하지만 그레이스는 지금 다른 수업을 듣는다.

수업이 몇 시간이나 이어지는 것 같았다. 질문에 조금도 집중할 수가 없었다. 루커스는 나를 무슨 흑사병에라도 걸린 사람처럼 취급하고, 내내 찰리와 아미르 쪽으로 몸을 돌려 히죽거렸다. 나는 연신 실수를 하며 곤란한 상황에 빠졌다.

마침내 종이 울리자 루커스는 총알처럼 빠져나갔다. 나도 얼른 벗어나고 싶었다. 선생님한테 책을 돌려주자 선생님은 학교 분실물센터를 찾아보라며 또 핀잔을 주었다.

교실 밖에는 어슬렁거리는 여자아이가 몇 있었다. 거기에 올리비아 그리고 시털과 샬럿이 있었다. 우리는 다음에 전부 역사 수업을 들었다. 그래서 나는 그 애들이 나를 기다렸다고 생각했다. 비록 지금은 누구와도 말하고 싶은 기분이 들지 않았지만 나는 고마워서 웃었다.

올리비아가 내게 팔짱을 끼며 말했다.

"안녕, 이지. 수학 선생님 오늘 좀 심했어. 네가 도착하기 전에도 선생님 기분이 좀 안 좋더라고. 게다가 루커스는 하는 짓이 그게 뭐니?"

내가 말했다.

"기다려 줘서 고마워. 오늘 아침 나 완전 악몽이었어. 오늘 다들 기분이 묘한 거 같아, 수학 선생님뿐만이 아니라. 무슨 일일까?"

침묵이 흘렀다. 시털, 샬럿 그리고 올리비아가 서로를 흘끔거렸다. 마치 누가 용감하게 처음으로 이야기를 꺼낼까 기다리는 것처럼.

"왜 그래, 뭔데?"

올리비아가 느릿느릿 말했다.

"저기, 있잖아, 너희 아빠 얘기 들었어."

올리비아는 말을 멈추고 잠시 머뭇거렸다. 이윽고 샬럿이 이야기를 시작했다.

"우리는…… 뭐 잘못된 게 아니라고 생각해. 네가 알아 줬으면 좋겠어. 그러니까…… 역겹다거나 뭐 그렇게 생각하지 않는다고."

"샬럿!"

올리비아가 다급하게 샬럿의 입을 막으려고 했다.

"내 말이 좀 희한하게 들리겠지만…… 알지, 사람은 누구든 자신이 원하는 존재로 있어야 해, 안 그러니?"

나는 힘없이 고개를 끄덕였다. 우리 아빠에 대해서 들었다는 게 무슨 뜻일까? 어떻게? 언제? 누구한테?

시털이 덧붙였다.

"근사한 것 같아. 그러니까 너는 너희 엄마나 아빠하고 같이 옷 사러 갈 수 있잖아."

올리비아가 역사 교실 문을 열며 말했다.

"난 우리 엄마하고 쇼핑 안 갈 거야. 우리 엄마는 센스가 없거든."

우리는 마지막으로 들어갔다. 가까스로 또 늦는 건 피했다. 다행스럽게도 그레이스가 먼저 와서 내 자리를 맡아 놓았다. 그레이스는 내게 무언가 말하려고 했지만 나는 무슨 말을 해야 할지 몰랐다. 그저 자리에 앉아서 올리비아하고 샬럿이 했던 말을 떠올릴 뿐이었다. 두 사람은 아빠에 대해 알았다. 두 사람은 안다. 하지만 어떻게?

그레이스도 같은 것을 궁금해했다. 그레이스가 속삭였다.

"모두 다 이야기하고 있어. 어떻게 알았지? 아이들이 그게 사실이냐고 나한테 엄청나게 물어 댔어."

"그래서 뭐라고 그랬어?"

나는 크게 소리 내지 않으려 애쓰며 자그맣게 물었다. 온몸이 슬슬 오싹해지면서 천천히 몸 전체로 퍼졌다. 몸이 떨렸다. 그러니까, 지금 그렇다. 모두가 안다. 다시 예전과 똑같아지지는 않을 거다. 그레이스가 걱정스럽게 나를 보며 내 손을 꽉 잡았다.

"당연히 난 아무 말도 하지 않았지. 네가 어떻게 말했는지 모르니까. 왜 사람들은 자기들 일이나 신경 쓸 수 없는 걸까?"

그레이스는 그날 내내 내 주위에 있으면서 질문을 차단하고 뭐라도 묻는 것처럼 보이는 애들을 쩨려보았다.

마지막 수업 종이 울렸을 때 나는 녹초가 되었다. 하지만 집에 갈 수가 없었다.

◆ 14 ◆

내 대본을 찾아서 사물함을 뒤지고 있는데 뭔가가 눈에 들어 왔다. 사물함 아래, 내 수학책 한 귀퉁이가 삐죽 튀어나와 있었다. 다행이다 싶어 책을 움켜잡았는데 표지 위로 휘갈겨 쓴 글씨가 보였다.

이지 아빠는 변태.

나는 책을 가방 깊숙이 밀어 넣었다. 구역질이 날 것 같았다. 집에 가서 숨고 싶었지만 뮤지컬 연습을 빼먹을 수가 없었다. 하루종일 기다렸던 시간이다.

하지만 사람들 앞에 서서 마음을 열고 노래한다는 생각을 하자목구멍이 껄끄러워지고 다리가 후들거리기 시작했다. 그레이스가 나를 찾아와서 팔짱을 끼고 연극반 교실로 이끌어 주어 다행이었다.

그레이스가 조언했다.

"그냥 오늘 견뎌. 내일은 모두가 다른 얘기를 떠들어 댈 거야."

그래, 맞다.

우리가 연극반 교실에 들어섰을 때 대부분의 아이가 의상을 걸어 둔 옷걸이 근처에 모여 있었다. 최대한 조용히 몰래 들어가고 싶었다. 오늘 내가 사람들 눈에 뜨이길 바라지 않는다는 걸 그레이스는 잘 알았다. 그래서 여느 때처럼 요란하게 연극반 교실에 들어가지 않았다.

루커스는 이리저리 왔다 갔다 하며 댄서들이 목에 두르는 분홍색 깃털 목도리를 목에 걸치고는 히죽거렸다.

"나 좀 봐, 내가 이지 아빠야. 나 예뻐 보이지 않아? 내 사랑스러운 이지한테 패션 팁 좀 주워들어야겠어."

루커스가 그렇게 말하는 게 들렸다. 루커스는 목도리를 흔들며 자기 속눈썹을 간질였다.

미아가 옷걸이 끝에 기대어서 머리카락을 뒤로 퉁겨 넘기며 높은 목소리로 낄낄거렸다.

"안 돼, 루커스, 그러지 마. 그만해. 너무 심하잖아."

이윽고 미아는 고개를 들어 나와 눈길이 마주치자 멈칫했다. 몹시 자만심에 찬 얼굴로 마침내 시선을 돌리고는 우리 쪽으로 고개를 끄덕이며 말했다.

"루커스."

루커스는 멈칫했다. 일단 두 사람이 우리가 들어온 것을 알아차리자, 아이들은 당황스러워하며 발을 질질 끌고 물러나 자기들끼리 이야기를 시작했다. 하지만 대부분은 여전히 우리를 흘끔흘끔 쳐다보며 앞으로 무슨 일이 일어날까 몹시 궁금해하는 눈치였다.

하지만 루커스는 당황하는 것 같지 않았다. 그저 웃기만 했다. 그레이스가 소리쳤다.

"철 좀 들어, 루커스. 분홍색을 입고 싶으면 입어. 그렇지만 너한테 그게 얼마나 잘 어울리는지는 잘 모르겠네. 입 다물고 다른 사람들 좀 내버려 둬."

몇몇 아이가 킥킥거리고 두어 명은 그레이스에게 살짝 응원을 보냈다. 루커스가 미처 대꾸할 새도 없이 토머스 선생님이 들어와서 손뼉을 부딪치며 연습을 시작하라고 했다.

모두가 오늘 장면을 위해 각자 위치로 움직이자 그레이스가 내게 속삭였다.

"루커스는 그냥 미아가 투덜거리니까 잘 보이려고 빈둥대는 거야. 그런데 미아가 루커스를 왜 좋아하는지 모르겠어. 두 사람이 아주 잘 어울리는 것 같아. 멍청한 것이 끼리끼리 잘 어울리잖아."

아주 짧은 순간, 미아와 루커스 흉을 보는 그레이스 말을 들으니 기분이 좋지 않았다. 미아는 의기양양한 눈빛을 하고 매 순간 아주 즐거워하고 있었다. 그리고 오늘 아침 수학 시간에 내 옆에 앉은 루커스 얼굴에 떠오른 그 역겨운 표정도 떠올랐다.

모두 자리를 잡자 연습이 시작되었다. 이제 시간이 고작 3주밖에 남지 않았다는 것과 앞으로 해야 할 것이 여전히 엄청나게 많다는 것을 모두 알았다. 루커스조차 뮤지컬을 망치거나 모두가 바라보는 무대에서 멍청하게 보이고 싶어 하지 않았다.

루커스와 미아가 뮤지컬을 망치게 내버려 두지는 않을 거다. 똘똘 뭉쳐 서로를 도와야 할 때다. 공연뿐만이 아니라, 출연진으로 참여하는 게 정말 좋았고 나는 최선을 다해 집중하려고 했다.

그러나 불행하게도 연습에 집중할 수가 없었다. 대사를 다 틀리고 단어를 더듬거렸다. 한번은 춤을 추다가 방향을 잘못 틀어 샘과 쿵 부딪치기까지 했다. 그 바람에 모두가 웃음을 터뜨렸다. 무대 위에 올라섰을 때 부끄러움을 모두 사라지게 하는 마법의 주문은 오늘 힘을 잃었다.

토머스 선생님이 소리쳤다.

"자, 좋아. 마무리하자. 오늘은 됐다. 잘했어. 너희 다들 열심히 했어. 하지만 몇몇 사람은 좀 쉬어야겠다."

선생님이 나를 쳐다보고 있다는 걸 알았다.

"다음번에는 좀 더 집중하도록 하자. 대사 외우도록 노력하고. 이번 주부터 티켓을 판매한다. 가족에게 잊지 말고 확실히 알려 드려라. 우리는 사람들에게 멋진 공연을 보여 줄 거다. 마지막으로, 내일 점심시간에 프로그램 몇백 장 접는 걸 누가 도와준다면 엄청나게 고맙겠다."

여기저기 소란이 일었다. 서로 밀치며 가방과 코트를 움켜잡고 문을 빠져나갔다. 나는 고개를 숙인 채 느릿느릿 움직였다. 남들이 나를 알아차리지 못하게 애쓰며 아이들의 눈치를 보았다.

그레이스와 내가 팔짱을 끼고 나가려는데 토머스 선생님이 그레이스를 불렀다.

"그레이스, 잠깐만 기다려 줄 수 있니? 영어 숙제로 잠깐 할 이야기가 있는데……."

"하지만 선생님……."

"하지만은 없어. 오래 걸리지 않을 거야."

선생님은 나도 서 있는 것을 보고는 내게 손짓으로 나가라고 했다.

"가거라, 이저벨. 밖에서 기다려도 돼. 솔직히 너희 둘, 5분 떨어져 있어도 살 수 있지?"

자전거 보관소를 따라서 이어지는 나지막한 벽이 하나 있어서 바람을 막아 줬다. 그레이스가 연극반 교실에서 나오면 내가 보일 거다. 그러면 우리는 함께 집으로 걸어가면 된다. 나는 모자를 푹 뒤집어쓰고 이어폰을 꽂은 채 세상을 차단하고 앉았다. 그냥 오늘이 어서 끝나기를 바랐다.

생각에 폭 빠져 있었던 게 틀림없다. 왜냐하면 누가 내 팔을 살짝 건드렸을 때 깜짝 놀랐으니까.

"미안, 놀라게 하려는 뜻은 없었어. 나도 여기서 기다려도 괜찮아?"

샘이 내 옆, 벽 위에 걸터앉으며 물었다. 나는 어깨를 으쓱해 보이고는 음악을 껐다. 우리는 잠깐 동안 아무 말 없이 앉아 있었다. 샘이 과자 봉투를 열었다.

"좀 먹을래?"

나는 두어 개를 집었다. 샘의 무릎이 흔들렸다. 긴장한 듯했다. 처음으로 샘이 꽤 근사하게 보였다. 첫 번째 연습 이후로, 대본의 대사를 제외하고는 우리는 서로 몇 마디도 이야기해 본 적이 없다.

마침내 샘이 말을 꺼냈다.

"이지."

"아까 내가 너한테 부딪친 거에 대해서라면, 정말 미안해."

샘이 고개를 저었다.

"아니, 그게 아니야. 너희 아빠에 대해서야."

아, 이런. 샘이 무슨 말을 하려고 했다. 그게 이 세상에서 최고로 애정 넘치며 나를 지지해 주고 이해심이 넘치는 말일지라도, 누구든 내게 뭐라고 말하는 게 싫었다. 샘 케너라 할지라도. 모두가 그저 나를 혼자 내버려 두었으면 좋겠다. 영원히.

"너희 아빠에 대해서……."

샘은 그 말을 반복했다. 이윽고 말이 막힌 듯 보였다.

"그러니까, 있잖아. 그거, 잘 모르겠어, 내가…… 있잖아. 그러니까. 우리 아빠도 너희 아빠하고 비슷해."

"뭐라고? 너희 아빠는 우리 아빠하고 비슷한 게 없어."

나는 고개를 확 들어 올렸다.

샘의 아빠가 연극반이 끝나고 샘을 데리러 왔을 때, 한 번인가 두 번 봤다. 어떻게 생겼는지 기억이 나지 않았다. 하지만 진지해 보이는 모습에 턱수염을 단정하게 기른 남자가 신문을 읽으며 자동차에 앉아 있던 모습이 떠올랐다.

우리 아빠와 비슷하다니 말도 안 된다. 장롱 뒤에 숨겨 놓은 분홍색 굽 높은 구두를 신거나, 화장실 거울 앞에서 화장을 하는 샘의 아빠를 상상할 수가 없다. 샘이 왜 이렇게 어슬렁거리는지 이해가 되지 않았다. 샘은 멍청한 농담이나 하는 보통 남자아이가 아니었다.

샘이 진지하게 말했다.

"너 다른 사람한테는 절대 말하면 안 돼. 우리 아빠는 여자였어. 너를 놀리는 게 아니야, 절대로 아니야. 맹세코 사실이야."

난 받아들일 수가 없었다.

"내가 왜 그 말을 믿어야 하는데?"

"내가 왜 이걸 꾸며 내겠어?"

"어떻게 알아냈어?"

샘이 차분하게 말했다.

"알아낸 게 아니야. 음, 분명히 알아. 하지만 몰랐던 건 기억나지 않아. 우리 아빠는 내가 태어나기 전에 성전환하셨거든. 있잖아, 우리 엄마를 만나기도 전에. 난 늘 알고 있었어. 내가 아기였을 때, 내게 말씀해 주셨으니까. 그러니까 아빠가 어렸을 때, 아빠가 여자라고 사람들이 생각했을 때. 아빠는 항상 자신이 남자라는 걸 알았대. 그렇게 된 거야. 두 분은 늘 나하고 내 동생이 알기를 바랐어. 이제 두 분은 내가 묻지 않으면 일부러 얘기하지 않으셔. 어쨌거나 부끄러워할 게 아무것도 없다고 말씀하셔. 하지만 난 늘 궁금했어. 두 분이 부끄럽지 않다면 그리고 우리가 부끄럽지 않다면, 왜 그렇게나 큰 비밀일까?"

나는 힘겹게 침을 꼴깍 삼켰다.

"그래, 우리 엄마하고 아빠도 그렇게 말씀하셔. 부끄러워할 게 없다고. 하지만 어쩔 수 없이 나는 창피해. 학교에서 누구든 아는 게 싫어. 이제 아이들이 아는 게 정말 싫어. 이건 누구도 참견할 일이 아니야."

아이들 표정과 수군거림이 떠오르자 다시 눈물이 차올랐다. 샘이 고개를 끄덕였다.

"우리 아빠도 그렇게 생각한 것 같아. 자기 자신을 제외하고 누구도 참견할 일이 아니라고."

샘은 감자칩 봉투를 하나 꺼내 무릎 위에서 작은 삼각형으로 접었다. 이렇게 할 수 있는 사람들을 보면 언제나 난 감탄했다. 내가 하면 늘 엉망이 되기 때문이다. 둘 다 과자 봉투를 보고 있는데 샘이 다시 이야기를 시작했다. 이번에는 훨씬 더 나지막한 목소리였다.

"2년 전쯤 우리 할머니가 나한테 보여 주신 아기 사진이 몇 장 있어. 아빠가 여자였을 때부터…… 아빠가 아이였을 때 어땠는지 할머니가 말씀해 주셨어. 아빠는 달랐기 때문에 학교에서 엄청 힘들었대. 결국 학교를 중퇴했어."

"끔찍하다."

나는 숨을 몰아쉬었다.

"우리 할머니하고 할아버지도 이해를 못 하셨어. 두 분은 아빠를 다양한 치료법 뭐, 그런 곳에 계속 보내려고 하셨어. 하지만 아무것도 달라지지 않았대. 내 생각엔 그래서 아빠가 이제는 그 이야기를 하고 싶지 않은 것 같아. 아빠는 그 난리법석에 질릴 대로 질려서 자기 때문에 우리도 그런 난리법석에 휘말리는 걸 원치 않으셔."

샘의 말에 귀 기울이고 있자니 끔찍하고 오싹한 생각이 들었다.

"학교에서 너희 아빠한테 무슨 일이 있었는데?"

"사람들이 욕을 퍼붓고 대놓고 무시하고 침을 뱉었대. 한번은 엄청 심하게 맞아서 어찌나 눈이 퉁퉁 부었는지 뜰 수도 없었대. 할머니가 알려 줬어. 아빠는 그 얘기를 꺼내는 것도 싫어해."

난 잠깐 생각했다.

"그런 일이 우리 아빠한테도 생길까?"

샘은 어깨를 으쓱해 보였다.

"그렇게 생각하지 않아. 그건 몇십 년 전이었어, 안 그래?"

샘의 말이 진심인지, 그저 내 기분을 좋게 하려는 말인지 잘 모르겠다. 샘이 진지한 얼굴로 나를 향해 몸을 기울였다.

"네가 이야기하고 싶으면, 너희 아빠 일이라든가 무엇이든 말이야. 나한테 말해도 돼. 그렇지만 우리 아빠에 대해서는 누구한테도 말하면 안 돼, 절대로. 그레이스한테도. 너희 아빠한테도. 누구에게도. 내가 말한 걸 우리 부모님이 알면 정말로 화내실 거야."

샘은 고쳐 말했다.

"아니, 화를 내는 게 아니라, 실망하실 거야. 그게 더 나쁠 거야."

샘이 손을 뻗어 내 손에 얹으며 물었다.

"약속해?"

"약속해."

고개를 드니, 그레이스가 돌덩이처럼 굳은 표정으로 서서 우리를 똑바로 보고 있었다. 전에 한 번도 본 적 없는 표정이었다. 화가 나고 슬프고 놀란 표정이 한꺼번에 있었다. 나는 샘의 손을 뜨거운 불덩이라도 되는 것처럼 떨쳐 냈다.

그레이스는 몸을 돌려 뛰어가기 시작했다. 나는 벌떡 일어나 가방을 움켜잡고 그레이스를 쫓아갔다.

샘이 소리쳤다.

"이지! 내가 해 줄까……."

나는 어깨 너머로 소리쳤다.

"아니, 아니야. 난 괜찮아, 괜찮아."

내가 그레이스를 따라잡았을 즈음 그레이스는 길을 반쯤 내려
가 있었다. 난 언제나 그레이스보다 더 빨랐다. 하지만 지금 우리
는 둘 다 헉헉거리며 숨이 찼다.

"그레이스, 그레이스, 제발 멈춰. 내 말 좀 들어 봐."

나는 애원했다. 그레이스는 등을 돌린 채 계속 걸어갔다.

"너하고 말하고 싶지 않아. 저리 가."

그레이스는 목멘 소리로 말했다.

"네가 생각하는 그런 거 아니야."

"아, 그러셔?"

그레이스는 딱 잘라 말하며 몸을 휙 돌려 나를 향했다.

"정말로? 그러니까 네가 샘 케너하고 손을 잡고 그 애의 눈을
들여다보며 그 애한테 속삭이는 걸 내가 못 봤다고? 그거 다 내
생각이었네, 그렇지? 어서. 뭔데, 이지?"

"아무 일도 아니야, 약속해. 그렇게 요란 떨지 좀 마. 우리는 그
냥 얘기하고 있었단 말이야."

"응. 그래, 뭔 얘기를 하고 있었는데?"

그레이스한테 말할 수 없다는 게 생각났다. 평생 처음으로 그
레이스한테 비밀이 생겼다. 그레이스는 정말로 내게 걱정스럽거
나 두려운 일이 일어났을 때, 또는 우리 가족에게 당황스러운 일
이 일어났을 때 언제나 내가 털어놓는 사람이었다. 그레이스한테

말하지 못한 비밀이 있었던 적은 생각나지 않았다.

나는 머뭇거렸다.

"말할 수 없어, 그레이스, 말하면 안 돼. 미안해."

그 말이 얼마나 소용없는지 알면서도 그렇게 말했다. 그레이스는 실망스러운 표정을 지었다. 그러니까 이건 시련이었다. 나는 그레이스에게 진실을 이야기해야만 했다. 하지만 난 하지 못했다.

"너한테 약속할게. 나하고 샘 사이에는 아무 일도 없어. 나를 믿어야 해."

"왜? 내가 너를 왜 믿어야 하는데? 너는 내 절친이야. 내가 샘을 얼마나 좋아하는지 넌 알잖아. 다른 누구보다 네가 더 잘 알잖아. 분명 지금까지 그 애랑 같이 나를 비웃었겠지. 아, 무슨 일이 일어나고 있는지도 모르는 멍청한 그레이스 좀 봐."

인내심이 바닥나기 시작했다. 그레이스가 화가 났다는 건 알았다. 하지만 난 오늘 지옥에서 겨우 빠져나왔다. 게다가 그레이스는 귀를 기울이려조차 하지 않았다.

나는 차갑게 말했다.

"나도 너를 믿을 수 있는지 모르겠어. 네가 사람들한테 말하지 않았다면 어떻게 모두가 아빠에 대해 알았을까?"

나는 그 말을 하자마자 다시 주워 담고 싶었다. 그레이스가 절대로 말하지 않았을 거라는 걸 안다. 내가 그런 말을 하다니 멍청했다. 그레이스의 얼굴은 더 비참했다. 누구한테 주먹으로 한 대

맞은 표정이었다. 그레이스는 가까스로 숨을 쉬며 말했다.

"너도 알잖아, 이지! 난 절대로, 네 비밀을 말하지 않아."

그레이스가 천천히 말했다. 이윽고 내가 그레이스를 아프게 했던 것처럼, 그레이스가 나를 아프게 하는 말을 했다.

"너희 같은 가족에 대해서 어쩌면 결국 존슨 목사님이 하신 말씀이 맞는 것 같아."

"무슨 말이야?"

"너희 아빠 같은 사람들. 목사님이 그랬어. 평범하지 않다고. 아픈 사람들이라고. 목사님이 그건 '가증스럽고 추잡한 죄'라고 말했어. 여자처럼 옷을 입는 남자들에 대해서. 성경에 있어."

모든 것이 갑작스레 아주 멀어지는 느낌이었다. 내 귀에는 심장 뛰는 소리만 들렸다.

그레이스는 계속 걸어갔다. 이번에 난 그레이스를 쫓아 달려가지 않았다.

◆ 15 ◆

얼마나 있다가 몸을 움직였는지 모르겠다. 내가 몸을 떨고 있다는 걸 알았다. 어두워지고 있었다. 가로등에 불이 들어오는 게 보였다. 엄마하고 아빠가 집에서 나를 기다리고 있을 거다. 그렇다 하더라도, 발을 움직일 수가 없다. 두 분의 얼굴을 차마 마주할 자신이 없다. 차라리 이걸 그냥 생각하지 않는다면. 어쩌면.

집 안으로 들어서는데 집이 환하고 떠들썩해서 움찔했다. 어둠을 가리려 커튼을 내리고 불을 다 켰다. 텔레비전이 크게 울리고 엄마는 부엌에서 혼자 노래를 부르고 있다. 제이미가 달려와 같이 놀자고 졸라 댔다.

"미안, 제이미, 지금은 안 돼."

내 목소리가 아주 평범하게 나와 나는 깜짝 놀랐다.

"연습이 길었구나."

엄마가 부엌에서 나와 내 뺨에 입을 쪽 맞추어 주었다.

"어서, 거기 서 있지 말고, 코트 벗어, 곧 밥 먹을 거야."

내가 차분히 말했다.

"엄마 솔직히 나 배 안 고파. 방에 가서 그냥 누워 있을게."

엄마는 몸을 돌렸다. 내 턱을 붙잡고는 부드럽게 들어 올리고
는 내 눈을 들여다보았다. 나는 엄마의 눈을 오랫동안 들여다볼
수가 없었다.

엄마가 부드럽게 물었다.

"괜찮아? 너답지 않네, 먹고 싶지 않다니."

"나 괜찮아. 조금 피곤해. 학교에서 일이 좀 꼬였어. 그러니
까…… 내 생각에 나는 그냥……."

엄마가 다급하게 물었다.

"무슨 나쁜 일은 없는 거지, 그렇지?"

나는 고개를 저었다. 무슨 말을 해야 할지 몰랐다. 그때 고맙게
도 제이미가 달려와 엄마의 다리를 얼싸안았다.

"엄마, 나 배고파. 나 배고파서 백만 조각, 십억 조각으로 터질
거야. 이지 누나는 나랑 놀지도 않아."

제이미가 징징거렸다.

"네 조각 잘 챙겨 둬, 제이미. 이제 밥 먹을 거야. 그래, 알았어,
이지. 어서 가서 누워라. 내가 먹을 것 좀 가지고 갈게. 좀 괜찮아
지면 내려오든가."

엄마가 이어 말했다.

"너희들이 모두 너무 무리하는 건 아닌지 모르겠다. 이따금 좀 느긋하게 해 봐. 학교 과제에 집중하고 다른 건 좀 내버려 두고."

나는 침대에 누웠다. 머릿속이 터질 것 같았다. 루커스가 한 말, 샘과의 대화, 그레이스와의 말다툼, 전부 하루에 일어나기엔 너무 큰일이었다.

나는 잠옷을 입고 그레이스한테 전화가 올지 몰라 휴대전화를 꺼내어 손에 닿도록 침대 옆 탁자에 올려 두었다.

그레이스한테 문자메시지를 보낼까 생각했다. 휴대전화를 들었다. 그러다 다시 내려놓았다. 다시 들었다. 나는 보내고 싶었다. 하지만, 뭐라고 말하지? 그런데 그레이스야말로 사과해야 할 사람이다.

침대 아래 구석에서 구겨진 종이를 꺼내 무릎 위에 펼쳤다. 그레이스가 썼던 걸 다시 읽었다. 슈퍼스타, 영원한 베스트 프렌드. 이윽고 나는 그 종이를 주먹으로 움켜잡았다. 자그마한 공처럼 쪼그라들자 다시 펴서 위에서 아래로 그 종이를 쭉 찢었다. 찢고 또 찢어 마침내 침대 바닥에 자그마한 종잇조각만 남았다. 분홍색 하트도 앙증맞은 별도 없어졌다. 다 사라졌다.

그 말이 내 머릿속에서 요동쳤다.

가증스럽고 추잡한 죄. 가증스럽고 추잡한 죄. 가증스럽고 추잡한 죄.

그럴 때마다 머리가 폭탄처럼 터졌다.

이윽고 누가 문을 뒤로 조심스레 닫으며 내 방으로 살며시 들어오는 소리가 들렸다. 입 속이 꺼끌꺼끌하고 다리가 무거웠다. 이불 위에서 잠이 들었던 게 틀림없었다.

나는 화들짝 놀라 깨어 휴대전화를 움켜잡고 그레이스한테 뭐라도 왔나 확인했다. 새로운 문자메시지는 없었다.

디가 부드럽게 말했다.

"미안, 네가 잠든 줄 몰랐어. 일어나지 않아도 돼. 핫초코 좀 가지고 왔어."

디는 침대 끝에 앉았다.

"괜찮은지 보러 왔어."

나는 웃어 보이며 따뜻한 머그잔을 두 손으로 감싸 쥐었다. 잠시 후, 디가 말했다.

"말하고 싶거나 물어보고 싶은 게 있으면…… 나 여기 있는 거 알지?"

나는 고개를 저었다. 마치 그렇게 하면 오늘 뒤죽박죽 엉킨 일들이 제대로 정리가 될 것처럼.

샘이 자기 아빠에 대해 했던 말이 떠올랐다. 그 사람이 자라면서 겪은 그 모든 난리법석. 디가 그런 일들을 겪지 말았으면 좋겠다. 디는 오늘 일에 대해서 알 필요가 없었다. 디는 나를 걱정하면 안 되었다.

디가 마치 내 마음을 읽은 것처럼 말했다.

"넌 나를 보호할 필요가 없어, 알지?"

하지만 난 보호해야 한다고 생각했다. 주위는 말하지 못한 언어로 가득 찼다. 디가 조금 더 기다리며 있다가 내 손을 꼭 잡고는 자리에서 일어섰다.

"넌 너무 착해, 이지. 완벽해질 필요는 없어. 좀 쉬어. 내일 아침엔 좀 나아지면 좋겠다."

갑자기 디가 나가지 않았으면 좋겠다고 생각했다. 나는 혼자 있고 싶지 않았다.

"저…… 저기, 디?"

"왜?"

"책 좀…… 읽어 줄 수 있어?"

누가 나한테 소리 내어 책을 읽어 준 지 분명 몇 년이 지났다. 우리가 어렸을 때 아빠는 언니하고 나한테 줄곧 책을 읽어 주곤 했다. 특히 우리가 아팠을 때. 제이미 방을 지나칠 때면 디가 잠자리 동화를 읽어 주는 소리가 들리곤 했다. 내가 잠자리 동화를 읽기에는 부쩍 자랐다는 걸 알면서도 약간 질투심이 일었다.

디는 깜짝 놀란 모습이었다.

"물론, 어서 이불 속으로 들어가. 특별히 읽고 싶은 거 있어? 아니면 내가 책꽂이에서 고를까?"

"디가 좋아하는 걸로."

나는 침대 속으로 몸을 웅크리며 말했다. 믿을 수 없을 만큼 피곤했다.

디가 책을 읽기 시작하며 내 머리카락을 부드럽게 쓰다듬었다. 『이상한 나라의 앨리스』였다. 하지만 너무 졸려서 내 귀에 마지막으로 들린 건 앨리스가 토끼구멍으로 떨어지고, 떨어지고, 떨어져 미지의 세계로 들어가는 부분이었다.

◆ 16 ◆

"정말 학교 갈 수 있어? 너 여전히 얼굴이 백지장 같아."

엄마가 걱정스레 나를 쳐다보며 묻자, 언니는 비웃으며 말했다.

"괜히 저러는 거예요. 수학 시험이라든가 뭐가 있어서 학교에 가기 싫은 거겠지. 봐주면 안 돼요."

엄마가 날카롭게 말했다.

"메건. 잠자코 있어. 네가 상관할 바 아니야."

그러자 언니가 대답했다.

"그냥 그렇다고요. 엄마가 잘 몰라보니까……."

"나 몸이 좀 안 좋은 것 같아."

언제까지나 이불 속에 숨어 있을 수 없다는 걸 안다. 정말이지 학교를 빼먹을 수는 없다. 오늘 학교에 돌아가야 한다고 생각하니 정말로 아팠다.

엄마가 생각에 빠져 말했다.

"엄마 오늘 할 일이 무척 많아. 내일까지 프랜차이즈 식당의 지불 시스템을 손봐야 해. 그래도 네가 오전에 혼자 쉬고 있으면, 이따가 내가 잠깐 같이 점심을 먹을 수 있을 거야. 그게 나은 것 같아. 너도 숙제를 좀 하고. 물론 네가 좀 괜찮으면……."

"땡땡이네."

언니가 중얼거리고는 문을 열고 나가며 엄마 등 뒤에서 아픈 체했다.

"내가 학교에 전화할게. 아, 그레이스가 곧 오겠구나, 그렇지? 네가 학교에 못 간다고 그레이스가 전해 줄 수 있겠지?"

나는 할 말을 잃었다. 그레이스가 곧 여기에 오리라고는 상상할 수 없었다. 어제 저녁 내내, 오늘 아침에도 그레이스는 문자메시지를 보내지 않았다. 그 애가 온다고 해도 우리가 무슨 말을 할까?

"그레이스는 안 될 거예요, 엄마. 어른이 해야 돼. 어쨌거나 그레이스도 어제 몸이 좋지 않았어. 그러니까 그레이스도 아플 거야. 오늘 올 것 같지 않아."

나는 주저리주저리 떠들었다.

내가 맞았다. 그레이스는 우리 집에 오지 않았다. 당연히 오지 않았다. 나는 오전 내내 이불을 뒤집어쓰고 소파에서 텔레비전을 보며 학교에서 무슨 일이 일어나고 있을까 궁금해했다.

"좀 비켜 봐."

엄마는 한 손에 핫초코를, 한 손에는 커다란 갈색 봉투를 들고 부엌에서 나왔다.

"소파에 같이 앉자. 나도 휴식이 필요해. 컴퓨터를 하도 들여다 봐서 눈이 모니터처럼 네모 모양으로 변할 것 같아."

평소에는 우리 둘만 있어 본 적이 없어서 처음에는 좀 어색했다. 숙제라든가 학교에 무슨 일이 있는지 엄마가 묻지 않았으면 했다. 내가 몸을 움직이자 엄마가 한숨을 쉬며 내 옆에 털썩 주저앉았다.

"어디 있는가 했더니, 이제 찾았네."

엄마가 봉투를 열고는 오래된 사진 뭉치를 무릎에 떨어뜨렸다.

"한번 볼래?"

나는 사진을 뒤적였다. 위에 작은 구멍이 있거나 귀퉁이가 흐려진 지저분한 것들이었다. 오랫동안 게시판에 핀으로 붙여 두었던 것 같았다. 눈에 익은 사람도 더러 있지만 누구인지 알아보느라 시간이 좀 걸렸다. 엄마하고 아빠가 오래전에 찍은 사진이었다.

"엄마네! 와! 머리 어떻게 한 거예요? 엄마 담배 피우고 있어!"

내가 놀라 큰 소리로 외쳤다. 사진 속에서 엄마는 웃으면서 빨갛게 립스틱을 바른 입술 사이로 담배 하나를 내밀고, 목이 깊게 파인 티셔츠를 입고 머리 위에 검은색 커다란 머리카락 뭉치를 올리고 있었다.

"내 머리카락 아니야. 으이그, 가발이야. 대학 입시반에서 뮤지컬〈그리스〉보러 갔을 때야. 담배는 소품이고. 나 담배 안 피웠어.”

“그럼 이건 뭐야? 엄마가 메건 언니처럼 보이네, 여기.”

엄마는 그 사진을 좀 더 바짝 보려고 안경을 썼다.

“정말? 그러고 보니 그런 것 같기도 하네. 출연 배우들이 전부 다 있어. 봐, 디가 있어, 뒷줄에.”

다들 무척 행복하고 젊어 보였다. 내가 말했다.

“참 오래전이다. 그러니까 20년은 됐겠다.”

“더 됐지.”

엄마가 잠시 멈췄다가 이어 말했다.

“이제 알겠지? 우리가 왜 헤어지지 않는지. 너희는 그런 거 걱정할 필요 없어.”

충분하지 않다.

“그냥 오랜 시간 함께했다고 해서…… 내 말은 이제 모든 게 바뀌었잖아, 안 그래?”

“바뀌었다고? 정말로? 음……. 그래, 당연히 어떤 면에서건 우리 모두가 익숙해져야 할 커다란 변화야. 클로이는 내가 참고 받아들이는 머그잔이라고 생각해.”

“클로이 아줌마?”

갑자기 화가 치밀어 올랐다.

“이게 그 아줌마랑 무슨 상관인데? 언제 그 아줌마한테 말했어?”

엄마 절친이 우리보다 먼저 알았다고? 나는 궁금했다.

"이런, 침착해. 요전 날 밤 스카이프로 얘기 나눴어. 클로이는 나를 걱정하고 있어. 가장 오랜 친구니까. 너도 그레이스한테 다 이야기하잖아, 그렇지? 나하고 클로이도 같아. 너희 둘처럼 매일 매 순간은 아니지만!"

"하지만 그 아줌마하고는 아무 상관 없는 일이야."

나는 샐쭉해져 말했다.

"어쩌면 뭐, 아닐지도. 난 클로이를 정말 좋아해. 클로이가 이 세상 반대편에 살지 않으면 좋겠어. 그러면 네가 클로이를 좀 더 잘 알 수 있을 거야. 하지만 클로이가 이해하지 못하는 게 몇 가지 있어. 그 애는 아이가 없잖아. 그 한 가지. 그리고 클로이는 요 몇 년 동안 디와 함께 지내지 못했어."

나는 엄마와 눈을 마주치지 않고 계속 사진을 들여다보았다.

"이지, 모든 게 바뀌었다고 네가 말했지?"

나는 고개를 끄덕였다. 엄마가 이어 말했다.

"음, 나한테는 딱 한 가지만 바뀌었어. 딱 하나, 그건 바로 우리가 더 이상 비밀이 없다는 거야. 어렵다는 거 알아, 우리 딸. 하지만 그게 제일 중요해."

엄마는 다리를 쭉 펴고 핫초코를 마셨다. 다시 어색해졌다. 엄마는 마치 말을 너무 많이 한 게 어색한 듯했다.

"다시 일하러 가야겠다. 뭐 필요한 거 없어? 마실 거? 먹을 거?"

엄마는 이불로 내 몸을 감싸 주었다. 나는 고개를 저었다.

"그냥. 이 사진 내가 갖고 있어도 돼?"

나는 엄마하고 아빠 사진 하나를 골랐다. 의상을 입고 있지는 않았지만 그래도 카메라를 향해 우스꽝스러운 얼굴을 지어 보인 모습이었다.

"당연하지. 너 가져."

엄마는 사진을 좀 더 바짝 들여다보았다.

"너 그거 알아? 그 사진 속에서 말이야, 메건이 나를 닮은 게 아니야. 네가 나를 닮은 것 같아."

◆ 17 ◆

엄마가 잔소리하지 않았는데도 나는 오후에 숙제를 좀 했다. 엄마가 제이미를 데리러 갈 때쯤 언니가 학교에서 돌아왔다. 나는 역사 숙제를 다 마치고 영어 숙제를 반쯤 끝냈다. 그리고 백번쯤 휴대전화를 들여다보았다. 그레이스는 문자메시지를 보내지 않았다.

언니가 말했다.

"야, 착한 척하는 애! 학교 땡땡이친 거 숙제 안 하려고 그런 거 아니야? 그런데 왜 에세이 숙제는 하고 있어?"

나는 언니를 향해 얼굴을 찌푸렸다. 그때 벨이 울렸다. 배가 뒤틀렸다.

엄마가 소리쳤다.

"메건, 네가 나가 볼래? 엄마가 좀 바쁘거든. 아마 택배일 거야."

"이지가 가면 안 돼?"

"안 돼, 이지 몸 안 좋은 거 알잖아. 어서!"

언니는 느릿느릿 문을 향해 억지로 움직였다. 뭔가 웅얼거리는 소리가 나디니 언니가 쏜살같이 돌아왔다.

"이지, 누가 널 찾아왔어. 남자애야."

언니는 눈썹을 들어올렸다.

"못생기지도 않았어. 키가 엄청 커. 어떻게 하나밖에 없는 가장 사랑스러운 언니한테 네가 남자 친구가 있다는 말을 안 할 수가 있지?"

"없으니까!"

나는 차갑게 말하며 기름기가 좔좔 흐르는 떡 진 머리카락을 손가락으로 훑었다.

"누군지 모르겠지만 나 아프다고 말해 주면 안 돼?"

언니가 의기양양하게 말했다.

"안 돼. 너무 늦었어. 네가 나오는 중이라고 말했으니까. 어쨌거나, 너 멋져 보인다. 분홍색 잠옷 예쁘네!"

그러면서 이렇게 말했다.

"그 애 문간에 세워 두지 마!"

나는 잠옷 가운을 걸치고 발을 질질 끌며 문으로 걸어갔다. 밖에 기다리고 있는 사람은 샘 케너였다.

샘은 밤사이에 냉정함을 되찾았다. 자신의 비밀을 말하던 어제의 모습이 아니었다. 자기 집 문간처럼 침착한 모습으로 서 있었다. 내가 입은 구질구질한 낡은 잠옷 가운도 알아차리지 못한 듯했다.

"안녕, 이지. 너 괜찮아?"

샘은 천천히 엷은 웃음을 띠었다.

"무슨 일이야? 내가 여기 사는 건 어떻게 알았어?"

불현듯 떠오르는 생각이 있었다.

"그레이스한테 물어본 거 아니지, 그렇지?"

샘이 나에 대한 정보를 그레이스한테 물어보았다면 상황은 더 꼬일 거다.

"아니, 올리비아한테 오늘 너 학교에 왔냐고 물어봤는데, 네가 아파서 학교에 안 왔다고 그래서 주소를 물어봤지. 네가 버스를 타지 않아서 집이 멀지 않을 줄은 알았어."

샘은 이리저리 발을 끌었다.

"어제 그러고 나서 네가 괜찮은지 그냥 궁금했어. 너하고 그레이스가 그다지 괜찮아 보이지 않았거든. 오늘 너랑 같이 있지 않고 혼자 있는 그레이스를 보고는…… 음, 너희 둘은 항상 같이 있잖아. 나중에 네가 학교에 안 왔다고 들었어. 토머스 선생님도 너 괜찮으냐고 물어보셨어."

엄마가 소리쳤다.

"문이 열려 있어서 얼어 죽겠다. 그레이스니? 들어오라고 해.

망할 놈의 문 좀 얼른 닫아."

나는 재빨리 말했다.

"나 가 봐야겠어, 추워. 난 괜찮아. 내 걱정 하지 마."

내가 미소를 지어도 샘은 그리 마음을 놓지 않는 것 같았다. 지난 24시간은 내 평생 가장 괜찮지 않았다. 그래도 내가 할 수 있는 말은 "난 괜찮아, 괜찮아, 나는 괜찮아"였다.

"그럼 내일 보자, 이지."

"그래, 내일 보자."

샘은 몸을 돌려 걸어갔다.

"그런데 샘……."

"어?"

"와 줘서 고마워."

샘은 고개를 끄덕이고 한 손을 들어 올리고는 어둠 속으로 사라졌다.

◆ 18 ◆

"너 아직 안 갔어?"

언니가 입 안 가득 토스트를 물고 식기세척기에 접시를 밀어 넣으며 물었다.

"언니도 학교를 좋아하는 것 같지 않은데, 안 그래? 아직도 안 갔네."

나는 쌀쌀맞게 대꾸하고 축축한 콘플레이크를 계속 옆으로 휘 저어 댔다. 아침에 눈을 뜨자 배가 단단히 꼬여 엄청나게 아팠다.

오늘도 학교에 가고 싶지 않았다. 멍청한 소리를 지껄여 대는 루커스라든가, 꼬치꼬치 캐물어 대는 올리비아의 얼굴을 마주하 고 싶지 않았다. 샘조차도. 나도 그 애의 비밀을 알고 있다. 무엇 보다도 그레이스의 얼굴을 보고 싶지 않았다.

그레이스가 보통 우리 집에 와서 벨을 누르는 시간에서 벌써

10분이 지났다. 곧 집을 나서지 않으면 분명 지각이다. 그레이스는 오지 않을 거다. 하지만 나는 몸을 움직일 수가 없었다. 나는 계속 기다리고 싶었다. 혹시 몰라서…….

엄마의 목소리가 내 꿈을 깨웠다.

"너희 둘 다 가야 해. 지금. 시간 봤어? 그레이스가 이렇게 늦으면, 그 애도 혼자 알아서 가야 할 거야. 어서, 나가."

그러더니 엄마는 후다닥 입을 맞추며 우리 둘을 문밖으로 내몰았다. 일단 길에 나오자 언니가 말했다.

"참 별일이네. 네가 오늘 나랑 같이 학교에 걸어가다니, 동생아."

언니는 성큼성큼 발걸음을 옮기고 나는 허둥지둥 바짝 따라갔다. 언니하고 나는 한 번도 함께 학교에 걸어간 적이 없다. 언니가 아기 같은 동생을 끌고 가는 게 창피해서 그런 것이라고 늘 생각했다. 어쩌면 그게 아닐지도 모르겠다. 어쩌면 내가 그레이스와 늘 정신 사납게 굴어서 그랬을지도 모른다.

언니가 자기 이어폰을 내려 목에 대롱대롱 흔들리게 놔두고 말했다.

"좋아. 그러니까 너하고 그레이스하고 뭔 일이야? 그레이스는 정말로 늦는 거 아니지, 그렇지?"

나는 어깨를 으쓱해 보였다.

"너희 둘 틀어진 거야?"

나는 고개를 숙인 채 내 앞, 길에 뭔가 흥미로운 것이 있는 척 계속 걸었다.

"그렇지, 그렇군."

언니는 잠깐 잠자코 있었다.

"어머, 이런, 이지. 그 남자애 때문은 아니지, 그렇지? 그 키 큰 남자애. 샘이라고 했나? 남자 하나 두고 그레이스와 틀어진 건 아니지?"

언니는 고개를 저으며 걱정스러운 표정을 지었다.

"그럴 가치 없어, 정말 아니야. 너도 그거 알지, 그렇지?"

언니 목소리는 어른처럼 들렸다. 마치 모든 관계에 대해 다 아는 것처럼 말했다. 남자 친구가 엄청 많지도 않으면서 말이다. 언니가 친절하려고 애쓰고 있다는 걸 알지만 언니는 지금 이 순간 정말이지 짜증 나게 굴었다. 자기 딴에는 친절하지만 엄청 짜증스러운 방식으로……. 하지만 그레이스가 더 이상 친구가 되지 않을 거라면, 언니야말로 나한테는 전부 같다.

그레이스와 무슨 일이 있었는지 말하고 싶었다. 하지만 나는 불쑥 이렇게 내뱉었다.

"우리 반 누군가 디에 대해서 알았어. 그래서 지금 모두 다 알고 있어. 끔찍했어. 난 언니한테 말하고 싶지 않았어. 왜냐하면 언니가 누구에게도 말하고 싶어 하지 않으니까. 다들 아는 게 전부 다 내 잘못이라고 언니가 생각할지도 몰라서. 하지만 그건……."

"야, 진정해. 괜찮아. 8학년에 무슨 일이 일어나고 있는지 내가 어떻게 훤히 알겠어?"

언니가 크게 숨을 내쉬었다.

"있지, 내가 진작 말했어야 하는데. 내가 엄청 많이 생각하고 책도 읽어 봤어. 엄마가 이 웹사이트 목록을 나한테 줬어."

"아, 그거. 나한테도 엄마가 줬어."

언니는 계속해서 말했다.

"음, 그래서 내가 생각했는데…… 지금이 그런 상황이야, 안 그래? 우리는 이겨 내야 한다고. 그러니까. 내가 디에 대해서, 그리고 성전환에 대해서 우리 미술반 아이 몇 명한테 이야기했거든."

언니가 성전환이란 단어를 말하는 건 처음이다.

"그 애들이 뭐라 말할지 몰랐어. 그런데 정말이지 대부분의 아이가 꽤 쿨하게 생각하더라. 남자아이 두어 명은 좀 신기해하면서 농담 같은 걸 했는데, 하지만 그게 다였어. 그러고 나서 멀토니 선생님이 우리에게 '그레이슨 페리'에 대해서 얘기해 주었어. 그 대단한 예술가 말이야. 그런데 그 사람은 여자 옷을 즐겨 입었어, 트랜스젠더는 아닌데. 그래서 나는 선생님한테 그건 커다란 차이라고 말했지. 그러니까 내 말은, 트랜스젠더라는 건 옷을 어떻게 입느냐 하는 문제는 아니라는 거지, 안 그래? 자신이 누구냐에 관한 문제라고."

"그 두 개가 뭐가 다른데?"

내가 물었다. 언니가 무슨 이야기를 하고 있는지 정말로 모르겠다. 머리가 핑핑 돌았다. 부루퉁하고 불만투성이에 말수가 적던 언니한테 무슨 일이 일어난 걸까? 이 모든 일에 언니는 전문가가 된 듯 끊임없이 떠들어 댔다.

"그리고 비키하고 이야기했을 때 비키가 예술가들이 젠더를 즐기는 다양한 방식, 그와 관련된 사회적 규범에서 겪는 문제에 대해 얘기해 주었어. 정말 흥미로워, 이지. 비키가 나한테 보내 준 걸 너도 좀 봐야 해. 네가 전에 알던 거랑은 완전히 다를 거야."

그래, 언니답다. 언니는 모든 것에 언제나 확신이 강하다. 자신이 생각하는 것에 확신이 엄청나서 언니와 말다툼을 할 수가 없다. 나중에 생각을 바꿀지라도 언니는 마치 언제나 자신의 생각이 옳고 다른 사람이 틀린 것처럼 군다. 예를 들면 언니가 8학년이었을 때 완전한 채식주의자가 되었다며 하룻밤 고기 만찬을 외면했을 때, 만약 그때 언니한테 고기가 먹고 싶냐고 물었다면 언니는 마치 미친 사람처럼 날 쳐다보았을 거다.

내가 물었다.

"우리 학년 아이들도 아는 것 같아? 왜냐하면 언니가 몇 명에게 말했으니까?"

우리는 지하차도로 발걸음을 옮겼다.

"몰라. 그런데 아닐 것 같아. 8학년이랑 어울리며 시간을 보내는 대학 입시반 아이들이 많지는 않을 테니까. 불행히도 나를 제외하고. 하지만 그 애들이 안다면 뭐? 장담하는데 가족에 대한 비

168

밀을 지키고 싶어 하는 사람이 엄청나게 많을걸. 확실히 학교에 트랜스젠더를 아는 사람이 분명 있을 거야. 아니면, 트랜스젠더인 아이가 있을지도 모르고. 정말이야, 분명해.”

“음…….”

나는 샘과 샘의 비밀을 생각했다.

“너한테 시비를 거는 애들은, 그건 그 애들의 문제야, 네 문제가 아니고. 있잖아, 내가 너한테 뭘 좀 보여 줄게.”

언니가 주머니에서 휴대전화를 꺼내 죽죽 내리더니 내게 사진 하나를 보여 주었다. 선홍색 배경에 검은색 대문자로 쓴 글자가 있었다. 이런 말이었다.

어떤 사람들은 트랜스젠더다. 이겨 내라. 이겨 내라.

“다른 것들도 있어. 어떤 사람들은 게이다. 이겨 내라. 어떤 사람들은 양성애자다. 이겨 내라. 그런 것. 너희 학년 애들이 너를 힘들게 한다면, 이겨 내야 할 사람은 그 애들이야, 네가 아니라.”

난 그게 마음에 들었다. 블록체로 적은 게 아주 단순해 보였다. 현실에서는 그렇게 단순하지 않을지라도 말이다. 내 자신이 그렇게 말하는 걸 상상해 본다. “이겨 내라.” 루커스라든가 미아, 찰리 또는 올리비아를……. 하지만 난 그럴 수가 없다. 너무 부끄럽다. 그레이스가 사람들을 화나게 하든 말든 신경 쓰지 않는 건 상상할 수 있다. 내가 원하는 건 사람들이 나를 좋아하는 것이다. 안 그러면 나를 혼자 내버려 두거나.

내가 말했다.

"다른 것들도 해야 해."

"무슨 말이야?"

"그러니까, 어떤 사람들은 부끄러워해. 이겨 내라. 그러니
까…… 어떤 사람들은 심술 맞아. 이겨 내라."

나는 언니를 흘끗 쳐다보며 말했다.

"흠, 누굴 말하는지 모르겠네. 이거 어때? 어떤 자매들은 짜증
난다. 이겨 내라."

"어떤 자매는. 그리고 가끔씩만."

나는 그렇게 말했다.

우리는 교문 앞에서 헤어졌다. 언니는 미술반 건물로 걸어가고,
나는 현관으로 허둥지둥 올라가다가 커다란 색종이 꾸러미를 들
고 내려오는 토머스 선생님과 부딪힐 뻔했다.

"오늘은 너와 우연히 부딪히기를 바라고 있었단다, 이저벨. 하
지만 말 그대로 진짜 부딪히는 건 아니었는데. 몸은 좀 어떠니?
어제 다들 너를 보고 싶어 했단다."

"네, 훨씬 좋아요, 선생님."

"그래, 걱정하지 마라, 네가 그 모든 재미를 놓친 건 아니란다."

"무슨 재미요?"

선생님은 품 안에 든 프로그램 뭉치를 가리켰다.

"이거 접는 거. 복사가 늦게 나왔어. 그래서 어제 하나도 준비를

못 했단다. 오늘 점심시간에 모두 거들어야 해."

나는 웅얼거리며 말했다.

"아, 네, 물론이에요. 제가 할게요."

교실이 가까워지자 가까스로 찾은 자신감이 다시 빠져나가는 느낌이 들었다. 이겨 내라고? 그래, 맞다. 언니하고 내가 분명 엄청 빨리 걸었나 보다. 어쨌거나 많이 늦지 않았으니까. 보통 그레이스하고 내가 앉던 자리, 왼쪽 한가운데 창가 쪽은 아직 비어 있었다. 그 자리에 앉아서 책을 주섬주섬 꺼냈다. 누구도 쳐다보지 않으려 조심했다. 하지만 시털이 웃으며 교실 저편에서 손을 흔들었을 때 나도 조심스럽게 웃어 보였다.

마치 아무것도 달라진 게 없는 것처럼 샬럿이 뒷자리에서 몸을 기울여 내게 숙제를 물어볼 때는 어쩌면 아무 일도 없는 듯이 돌아가는 것은 아닌가 생각했다. 나는 몸을 돌려 에세이 쓴 걸 설명하기 시작했다. 조금 후 샬럿이 시선을 거두고 내 어깨 너머를 보았다. 그레이스가 들어왔다.

그레이스는 나를 쳐다보지 않고 곧장 지나쳐 올리비아 옆 빈자리로 걸어가서 물었다.

"나 여기 앉아도 돼?"

올리비아가 좀 놀란 표정으로 말했다.

"그래, 물론이지. 근데 너 이지랑 같이 안 앉을 거야?"

그레이스가 아무렇지도 않게 말했다.

"응, 같이 앉지 않을 거야. 오늘은 아니야. 항상 똑같이 할 필요는 없잖아. 언제나 같은 애들이랑 어울릴 필요도 없고, 안 그래?"

결국 내 옆에는 아무도 앉지 않았다. 올리비아와 그레이스가 교실 뒤에서 소곤거리며 킥킥거리는 소리가 들렸다. 눈물이 터질 것만 같았다. 이겨 내라, 이겨 내라, 이겨 내라.

선생님이 강 유역에 대해 뭐라고 설명할 때 나는 그레이스한테 무슨 말을 할까 생각했다. 이렇게 내버려 둘 수는 없었다. 머릿속으로 괜찮을 것 같은 적당한 낱말, 적당한 억양을 찾아서 대사를 외워 보려 했다. 그레이스가 말한 게 정말 진심일 리가 없다. 내가 그레이스한테 말한 게 정말로 진심이 아닌 것처럼 말이다.

가까스로 찾아낸 말이 혀끝에서 빙빙 맴도는데 수업 종이 울렸다. 교실은 부산스럽게 움직이는 소음으로 터질 듯했다. 그레이스가 내 책상을 지나칠 때, 나는 그레이스에게 가까이 걸어갔다.

"그레이스, 나……."

하지만 목이 막혀서 목소리가 희미하고 거칠게 나왔다. 그레이스가 나를 보고는 입을 열어 뭐라고 얘기하려 했다. 갑자기 올리비아가 그레이스 팔을 잡고 말했다.

"그레이스, 어서 가자."

그레이스는 나를 흘끗 한번 쳐다보더니 걸어갔다. 나는 그냥 혼자 남아 입만 벌린 채 말도 못 하고 서 있었다.

쉬는 시간, 뭘 해야 할지 모르겠다. 다시 그레이스에게 다가갈 생각을 했지만 그레이스는 아이들한테 둘러싸여 있었다. 올리비아와 다른 아이들 앞에서 바보가 되고 싶지는 않았다. 다른 아이들이 나를 불쌍하게 여기는 게 싫었다. 가엾은 꼬마 이지.

정말이지 친구들을 사귀기 전, 그레이스를 알기 전의 초등학생이 된 느낌이었다. 그때는 쉬는 시간이 몇 시간처럼 느껴졌다. 모두가 몇 명씩 서로 짝을 지어 떠들고 뛰고, 함께 어울렸다. 나는 구석에 있고.

그때 쉬는 시간이 좀 더 빨리 흘러가게 했던 방법이 있었다. 나는 운동장 가장자리를 따라 걸으며 마치 어딘가 중요하게 갈 곳이 있는 체하며 발걸음을 세거나 머릿속으로 내가 좋아하는 노래의 가사를 외웠다.

세인트메리의 운동장은 우드사이드 초등학교보다 훨씬 크다. 그래서 운동장을 돌려면 쉬는 시간을 거의 전부 다 잡아먹는다. 하지만 그럴 자신이 없었다. 누가 나를 보고 있을지도 모른다는 건 차치하더라도……

또 하나 내가 했던 일은, 특히 겨울에 화장실에서 최대한 오랫동안 앉아 있는 것이다. 보통 누구도 내가 거기에 있다는 걸 알아차리지 못했다. 가만히 앉아 생각하기에 좋은 조용한 장소였다.

다음 수업은 생물이다. 그래서 과학실 건물 여자 화장실로 가서 마지막 칸에 자리를 잡았다. 쉬는 시간 몇 분이라도 마음 편하게 있고 싶었다.

문을 쾅쾅 여닫는 소리, 변기 물 내리는 소리가 타일 벽에 울려 퍼져서 딱히 마음이 편하지는 않았다. 살짝 음침하고 냄새도 났다. 그래도 남자 화장실만큼 나쁘지는 않을 거다. 어쨌거나 내가 여기에 있다는 걸 아무도 모른다. 막 밖으로 나가려는데 익숙한 목소리가 들려왔다. 나는 얼어붙었다.

"맙소사, 내 머리 좀 봐, 사방팔방 뻗쳤어. 전기충격 받은 것 같아."

샬럿이다.

"여기 내 걸로 빗어 봐."

올리비아 목소리다. 그러고 나서 올리비아가 가방을 뒤지는 소리가 들렸다. 올리비아가 계속해서 말했다.

"그러니까 이지하고 그레이스하고 무슨 일이 있었던 것 같지?"

샬럿이 물었다.

"모르지, 진짜 이상하더라. 그 애가 너한테 무슨 말 안 했어?"

"뭐, 그레이스가?"

"당연히 그레이스지. 오전 내내 그레이스 말고 누가 너랑 같이 있었는데?"

"아니, 아무것도. 야, 네 가방에 그거 넣지 마. 내 빗이라고."

"미안, 여기 있어."

"어쨌거나, 그레이스가 말하지 않는데 물어볼 수는 없지. 그러니까 이지 아빠와 관계된 것처럼 말이야. 분명히 그레이스는 전부 다 알면서도 아무 말도 안 해."

나는 듣는 내내 아무런 소리도 내지 않으려 숨을 꾹 참았다. 더 이상 듣고 싶지 않았다. 하지만 어쩔 수 없이 귀를 기울일 수밖에 없었다. 그 안에서 내가 뭘 할 수 있겠는가? 내가 일부러 엿듣고 있다는 걸 티 내지 않고 불쑥 나갈 수는 없었다.

"그것도 이상해. 어떻지 상상할 수가 없어. 만약에 우리 아빠가 그러기로 결정했다면……."

이 부분에서 샬럿이 목소리를 낮추었다.

"성전환 말이야. 난 창피해 죽을 것 같아. 가엾은 이지. 잡지에 나 나오는 얘기 같아."

그레이스가 말한 대로 모두가 하루 지나면 다 잊을 거라는 건 물 건너갔다. 나는 손으로 얼굴을 감쌌다. 당황스러워 얼굴이 뜨거웠다. 여기 누구도 나를 볼 수 없어서 다행이었다.

올리비아가 힘주어 말했다.

"너희 엄마는 미쳐 버릴걸. 아마 너희 아빠를 다시는 집 밖으로 나가지도 못하게 하실 거야."

둘은 웃으며 문을 쾅 닫고 나갔다.

갑자기 조용해졌다. 전보다 훨씬 더 외롭게 느껴졌다.

✦ 19 ✦

일부러 구내식당에 늦게 갔다. 배가 고파 죽을 지경이었다. 점심을 건너뛰면 훨씬 더 배가 고플 거다. 그러니까 뭘 좀 먹어야 했다.

그레이스는 올리비아와 샬럿 사이에 끼어 앉아서 과자를 집어 먹고 있었다. 나는 7학년 탁자 구석으로 골랐다. 7학년들은 하도 신나게 다음 네트볼 경기에 누구를 고를지 떠들어 대느라 내가 온지도 몰랐다.

조금 있자 샬럿이 걸어왔다.

"있잖아, 이지. 우리 옆에 자리 있어. 네가 오고 싶으면 말이야."

샬럿이 친절히 웃으며 말했다. 진심일까? 아니면 내가 불쌍해서 그냥 그러는 걸까? 내가 있는 줄 몰랐을 때, 샬럿이 올리비아에게 했던 말이 떠올랐다. 가엾은 이지.

나는 최대한 자신감 넘치게 보이도록 웃었다. 그리고 말했다.

"아니, 괜찮아. 정말 고마워, 샬럿. 정말 고맙지만 나 거의 다 먹었어. 정말이야."

"있잖아…… 그래, 네가 정 그렇다면…… 뭐. 마음이 바뀌면 언제든지 이쪽으로 와."

샬럿은 내 옆에서 머뭇거리며 높이 쌓여 있는 파스타 접시를 흘끗 쳐다보았다.

"고마워, 그럴게."

나는 가지 않을 거다. 나를 불쌍하게 여기는 사람들과 있느니 차라리 혼자 있는 게 나았다. 그러나 이런 생각은 채 5분을 넘기지 못했다.

나는 꼼짝할 수가 없었다. 너무 창피해서 건너갈 수가 없었다. 왜 굳이 샬럿이 지금 나한테 다시 친절한 거지? 하지만 여자 화장실에 숨어 점심시간을 통째로 날리는 것도, 추위 속에서 방황하는 것도 싫다.

가서 메건 언니를 찾을 수도 있었다. 하지만 언니는 입시반 센터에서 벌써 공부를 끝내고 다른 데 갔을 거다. 어쨌거나 학교에 있을 때 우리는 서로에게 말을 잘 하지 않는다. 오늘 아침 아무리 언니가 친절했다 해도, 자기 동생이 자기 친구들 사이에 끼어드는 걸 좋아할지 확신이 없었다.

그때 토머스 선생님이 떠올랐다. 연극반 교실로 가서 프로그램을 접을까 싶었다. 거긴 따뜻할 거다. 선생님이 거기 있을 테니까 누구도 감히 뭐라고 말하지 않겠지. 나는 점심을 게 눈 감추듯 먹어 치우고 그레이스와 다른 애들이 여전히 점심을 먹고 있는지 확인하고 연극반 교실로 향했다.

내가 문을 열고 들어가자 선생님이 나를 보더니 벌떡 일어나며 환하게 웃었다.

"이저벨! 넌 스타야! 나를 구하러 왔구나. 내 손가락이 떨어져 나가는 줄 알았다. 어제는 아이들이 많이 오겠다고 그랬는데, 프로그램이 늦게 나오는 바람에 오늘 기억하지 못했는지 아무도 안 왔단다. 너만 빼고 말이야."

선생님은 잠시 말을 멈추었다.

"여기 프로그램 접으러 온 거 맞지?"

교실 구석 저만치 탁자 위에 색지 무더기가 쌓여 있었고 그 주위로 플라스틱 의자가 있었다. 선생님은 다시 의자에 앉아서 두 손으로 '영원한 최고의 교사'라고 적힌 이 빠진 머그잔을 감싸 쥐었다. 선생님은 항상 바삐 움직이는 것처럼 보인다. 여전히 자리에 앉아 있을 때조차도……

내가 말했다.

"네, 그래서 왔어요. 제가 뭘 해야 하는지만 말씀해 주세요."

"좋아, 의자에 앉아. 노란색은 목요일이야, 초록색은 금요일, 빨간색은 토요일이고. 알겠지?"

선생님은 각각의 종이 뭉치를 가리켰다.

"하지만 그건 중요하지 않아. 왜냐하면 모두 똑같이 접을 테니까. 내가 시작은 했는데, 그래도 해야 할 게 많아."

프로그램을 이렇게 가까이에서 본 건 처음이다. 살짝 등짝에 소름이 돋았다. 내 이름이 세라 브라운 옆에 그리고 그레이스 이름이 바로 그 아래, 검은색 잉크로 수백 개 찍혀 있었다.

선생님이 말했다.

"신나지 않니? 좀 겁도 나지?"

나는 고개를 끄덕였다.

"그러니까 진짜로 하는군요."

"당연하지. 너도 알겠지만, 모든 공연은 무대에 오르기 전에 긴장이 돼. 당연한 거야."

나는 얼굴을 찡그렸다. 그 말을 완전히 믿을 수 없었다. 진실이든 아니든, 사람들이 기분을 좀 북돋워 주려고 하는 말이니까.

선생님이 힘주어 말했다.

"사실이란다. 가수 아델을 생각해 봐. 아델은 공연 전에 진짜로 긴장한다고 들었어. 어찌나 긴장을 심하게 하는지 뮤지컬 전에 사람한테 토하기까지 했대. 그저 긴장했기 때문에."

"우웩!"

나는 얼굴을 찌푸렸다.

"미안, 네가 굳이 알 필요까진 없는데. 하지만 내 말의 요점은, 긴장하는 건 괜찮아. 그건 네가 신경 쓰고 있다는 뜻이니까."

처음에는 나하고 토머스 선생님만 있어서 좀 어색했다. 하지만 선생님은 신경 쓰지 않는 것 같았다. 다른 아이들이 올 것 같지 않아서 나도 은근히 반가웠다.

나는 선생님들과 이렇게 시간을 함께 보내 본 적이 없었다. 하지만 토머스 선생님이 알아서 이야기를 하니 마음이 편했다. 선생님은 뮤지컬에 대해 엄청 많이 알고 있는 듯했다. 점점 선생님과 나 사이에 접은 프로그램이 높이 쌓여 갔다. 줄을 맞추고 접고 쌓는 게 순조로웠다. 하루 종일 이 일을 했으면 싶었다.

나는 토머스 선생님이 궁금했다. 선생님은 아이가 없다. 아이가 있을지라도 아이 얘기를 절대 하지 않았다. 어쨌거나 그럴 만한 나이로 보이지도 않는다. 결혼반지도 끼지 않는다. 하지만 뭐 많은 사람이 결혼반지를 끼지 않는다. 아이들을 가르치고 있지 않을 때는 어떤 모습일까? 부인은 있나? 아니면 혼자서 집에 앉아 연예 잡지를 읽거나 우리 숙제를 확인할까?

선생님은 이곳 리틀헤이븐 출신이 아니다. 난 거기까지만 안다. 그렇지만 왜 이런 데 와서 사는지 이유를 모르겠다. 선생님은 스코틀랜드 억양이 살짝 섞여 있고, 이따금 최고의 고대 시와 최고 발명품이 전부 잉글랜드가 아니라 스코틀랜드에서 왔다면서 우리를 놀려 댔다.

"왜 리틀헤이븐에 오셨어요?"

내가 큰 소리로 물었다. 문득 너무 건방진 질문은 아닌지 갑작스레 궁금했다. 하지만 이미 늦었다. 어쨌거나 그레이스라면 이런 사적인 질문을 주저하지 않을 거다.

선생님이 진지해 보이는 얼굴로 한숨을 쉬었다.

"오래된 이야기란다, 이저벨. 사랑 이야기지. 이 근처 출신인 사람을 만났어. 여기 살려고 왔는데, 잘 안 됐고. 그 사람들은 떠났고 나는 남았지. 하지만 그게 이야기의 끝은 아니란다."

선생님은 프로그램 또 한 무더기를 탁자에 쾅 요란하게 내려놓으며 펼쳤다. 이윽고 나를 향해 웃음 지었다.

"어쨌거나, 내가 여기 남아 있지 않을 이유가 없지! 내가 이 주 최고의 연극반을 운영하게 되었는데 말야. 가장 좋아하는 뮤지컬을 공연하고 멋진 학생들을 가르치면서……."

선생님은 나를 똑바로 쳐다보았다. 나는 얼굴이 붉어졌다.

"이제 네 질문의 답을 했으니, 살짝 안타까운 비밀 하나 알려 줄까?"

내가 대답하기도 전에 선생님은 가방을 열었다. 놀랍게도 반지르르하게 빛나는 붉은색과 금색의 봉투 하나를 꺼냈다. 선생님은 유쾌하게 말했다.

"캐러멜 웨하스. 넉넉하게 구할 수는 없어. 수백 년 전부터 스코틀랜드 글래스고에서 만들어 매일 백만 개를 팔아. 그중 몇 개가 나한테 있지."

선생님은 그 봉투를 내게 흔들었다.

"좀 먹을래?"

나는 당연히 웨하스 하나를 집어서 프로그램에 부스러기가 떨어지기 않게 조심스럽게 먹었다. 우리 둘 다 말없이 과자를 씹으며 프로그램을 접는데 선생님이 불쑥 물었다.

"괜찮니, 이저벨? 요즘 어떻게 지내니?"

나는 아무 말 없이 꾸준히 프로그램을 계속 접었다. 프로그램을 내려다보았다. 선생님이 우리 아빠와 그레이스, 샘, 루커스와 그 모든 것에 대해서 그리고 아이들이 내 뒤에서 수군대고 또 내삶이 널리 알려진 걸 아는지 궁금했다. 입 안에 달콤하고 끈적이는 웨하스로 가득 차 있었기에, 대답할 수가 없어 다행스러웠다.

"말하고 싶지 않으면 안 해도 돼."

선생님은 차분히 이어갔다.

"하지만 나한테 이야기하고 싶으면, 그렇다면…… 음…… 얘기해도 돼. 내가 할 일은 숙제를 내라고 잔소리하거나 고대 시로 너희를 지겹게 하는 것만은 아니거든. 알지, 내 일은 이야기를 들어주는 거야."

갑자기 문이 벌컥 열리며 찬 바람이 씽 들어왔다. 미아가 헐떡거리며 말했다.

"선생님, 프로그램에 대해 까맣게 잊고 있었어요. 도와드리기에 너무 늦지 않았으면 좋겠네요. 몇몇 아이한테도 다시 알려 줬고 여기로 오는 중이에요."

미아가 나를 건너다보더니 살짝 얼굴을 찡그렸다. 후다닥 다시 웃음을 띠었지만 썩 재빠르지는 못해서 미아의 진짜 표정을 볼 수 있었다.

"아, 이지. 안녕, 벌써 와 있었구나."

"미아, 이저벨과 내가 손발이 척척 맞았단다. 거의 다 끝났어. 그래도 좀 남았으니까 여럿이 도와주면 좋겠구나. 어서 자리에 앉아."

미아는 가능한 한 나한테 멀찌감치 떨어진 의자를 골라서 앉더니 탁자 아래 긴 다리를 뻗었다.

나는 시계를 보았다. 점심시간이 고작 10분 남았다. 나는 가방을 들었다. 벨이 울릴 때까지 분명 어딘가에 몸을 숨기고 있을 수 있을 거다.

"이제 저 없이도 마무리하실 수 있을 것 같네요. 가서 책을 챙겨야겠어요. 나중에 뵐게요."

나는 재빨리 문을 향해 걸어갔다.

선생님이 웃으며 말했다.

"도와줘서 고맙다. 참, 내가 말한 거 잊지 마, 알았지?"

◆ 20 ◆

역사상 분명 가장 긴 일주일이었다. 고작 일주일 전, 누구도 디
에 대해 알지 못하고, 그레이스와 내가 절친이었다는 게 믿을 수
가 없다. 게다가 어제는 분명 가장 긴 일주일 중 가장 긴 하루로,
평범한 금요일보다 훨씬 더 느리게 흘러갔다. 그레이스와 나는
계속 서로를 피했다. 누구도 내 얼굴에 대고 끔찍한 말을 하지는
않았다. 하지만 누구도 내게 굳이 일부러 착하게 굴지도 않았다.

토요일 아침 내가 부엌에서 어슬렁거리면서 남은 음식을 께지
럭거리며 무료 신문을 들추고 있으니 엄마가 물었다.

"무슨 일 있어? 아침 내내 너 때문에 걸리적거리잖아. 게다가
너 창백해 보여. 아직도 몸이 좀 안 좋은 거야?"

나는 머뭇머리며 대답했다.

"아니, 이제 괜찮아."

지난 화요일 학교에 가지 않았을 때 엄마가 나를 챙겨 줘서 기분이 좋았다.

"오늘 뭐 할 거야? 그레이스 오니?"

토요일 아침 정말이지 아주 평범한 질문이다. 엄마가 지난 며칠에 걸쳐 뭘 눈치챘는지 궁금했다.

나는 고개를 가로저었다. 엄마는 잠시 멈추어 생각에 잠겨 말했다.

"이번 주 그레이스를 거의 못 본 것 같다. 너희 둘 괜찮은 거야?"

나는 중얼거렸다.

"응, 뭐, 아니, 뭣 좀……."

엄마가 그릇을 닦다 말고 나를 향해 몸을 돌렸다. 목소리가 부드러웠다.

"무슨 일이 있었든 잘 풀릴 거야, 정말이야."

엄마는 수건에 손을 닦고 내 어깨를 감싸며 가볍게 토닥였다. 너무도 짧아서 아쉬울 정도였다. 엄마는 뒤로 물러나 찬장에 그릇을 포갰다.

"있지, 엄마랑 같이 시내에 갈래? 제이미를 놀이방에 데려다줘야 하거든."

엄마가 눈을 흘겼다.

"너를 먼저 내려 줄 수도 있어. 뭔가 다른 일이 생기지 않을까? 여기에서 얼굴 찌푸리고 돌아다니며 엉망진창 구는 것보다 나을 것 같은데."

"나도 몰라. 그냥 침대에 누워 있을까 봐. 아니면 책이나 뭘 읽든가. 귀찮게 뭐 하러 시내에 가!"

"그냥 구경이라도 하면 좋잖아."

"나 윈도쇼핑 싫어."

엄마가 웃음을 지었다.

"그래, 맞아, 나도 싫어. 그래도 나가면 좋을 것 같아. 내가 널 차에 태워 주는 거라고, 알아? 그리 자주 있는 일은 아니지. 도서관에 가도 돼. 책 몇 권 가져와서 숙제를 하든지. 애들이랑 실내 놀이터에서 놀기엔 너무 클지도 모르겠지만, 몰래 넣어 줄 수도 있어."

"하하, 진짜 웃긴다."

하지만 달리 내가 뭘 할 수 있을까? 비참한 기분으로 집에 남아 있는 것보다야 나을 거다. 엄마랑 같이 나가는 게 낫다.

한 시간 후, 엄마는 나를 시내에 내려 줄 테니 한 시간 반 있다가 다시 만나자고 약속했다. 제이미는 놀이방에 가는 게 잔뜩 신이 나서 줄곧 가장 큰 미끄럼틀을 타고 누구를 볼풀에 밀어 넣을지 떠들어 댔다. 나는 부드럽게 흔들리는 자동차에 앉아 그냥 말없이 꿈을 꾸었다. 지금 잠을 자다가 깨어나면 영화 속에서 그러는 것처럼 아무 일도 일어나지 않았다는 것을 깨닫게 되면 좋겠다.

신문 가판대 앞에 서서 초콜릿을 보고 있을 때도 나는 여전히 꿈속이었다. 나는 두 개로 나눌 수 있는 킷캣 초콜릿을 하나 사서 그레이스와 반씩 나누어 먹곤 했다. 하지만 지금은 나 혼자다. 내가 뭘 하고 싶은지도 모르겠다.

거기에 이삼 분 정도 서 있었던 것 같다. 그때 뒤에서 익숙한 목소리가 들려 왔다.

"안녕, 이저벨."

꿈에서 후다닥 빠져나와 몸을 휙 돌려 보니 그레이스 엄마가 있었다. 아줌마의 두 손이 쇼핑백으로 가득했다.

"잘 지냈니?"

아줌마는 환하게 웃으며 쇼핑백을 바닥에 내려놓았다. 나는 당황스러워 그레이스도 있는지 보려고 재빨리 가게 주위를 둘러보았다. 하지만 자기 엄마와 같이 잡지를 들여다보는 제이미 또래의 아이만 한 명 있을 뿐이었다.

그레이스 엄마는 내가 왜 허둥대는지 이유를 아는 듯했다.

"아니, 그레이스는 집에 있어. 숙제 좀 해야 한다고 그러더라. 너는? 엄마하고 같이 왔니?"

나는 고개를 저었다.

"아니요, 엄마는 제이미를 놀이방에 데리고 가셨어요. 조금 있다가 저를 데리러 오실 거예요."

아줌마는 나를 꽤 오랫동안 뚫어져라 쳐다보았다. 마치 머릿속으로 퍼즐을 맞추려고 하는 것 같았다. 그러다가 마침내 말했다.

"너 초콜릿 안 사도 되니? 난 쇼핑을 다 했고, 너도 시간이 좀 있는 것 같으니 가서 뭐 좀 먹자. 쇼핑백 좀 몇 개 들어 줄래? 내가 좋은 곳을 알아."

나도 모르게 아줌마를 따라 중심가를 내려갔다. 아줌마는 그레이스만큼 수다스럽지는 않았지만 대화를 이어가기 위해 말을 많이 할 필요가 없어서 그래도 마음이 좀 놓였다. 그냥 "네, 네" 그리고 "정말요?"라고만 하면 됐다.

우리는 모퉁이 카페로 들어갔다. 정말로 모퉁이에 있지 않으니 카페치고는 이상한 이름이었다. 모퉁이가 아니라 술집과 중고품 가게 사이에 끼어 있었다. 하지만 일단 안에 들어가니 그 이름이 이해가 됐다. 어쨌거나 그 가게는 푹신한 등받이와 편안한 의자가 있는 개별적인 코너로 자그마한 공간을 만들었다. 불빛은 흐리고 벽을 따라 선반과 액자가 있었다. 탁자는 서로 옆에 바짝 붙어 있지 않아서 다행스럽게도 우리의 대화가 들리지 않을 것 같았다.

우리는 자리 하나를 잡고 쇼핑백으로 장벽을 쌓았다. 아줌마는 구두를 벗고는 초콜릿케이크 두 개를 주문했다. 그리고 아줌마는 김이 모락모락 나는 커다란 커피를, 나는 휘핑크림을 얹은 바나나 밀크셰이크를 시켰다. 아줌마가 말했다.

"나는 여기 오는 게 좋아. 진짜 즐거워. 케이크를 좀 먹고 싶은데 미처 못 만들었으면 여기가 좋아. 여기는 실망시키는 법이 없지."

우리가 주문한 음료가 영수증과 함께 나왔을 때 나는 지갑을 찾느라 어색하게 더듬거렸다. 아줌마가 재빨리 내 팔에 손을 얹고는 단호하게 말했다.

"내가 내는 거야. 우리 그레이스하고 좋은 친구가 되어 주니 고마워서."

난 아찔한 느낌이 들었다. 이번 주 그레이스와 나는 절친이었던 것 같지 않다. 우리가 다시 그렇게 될지 아직 모르겠다. 아줌마가 이어 말했다.

"진심이야. 너는 그레이스한테 정말 좋은 영향을 미쳐. 네가 그레이스를 차분하게 하잖아. 있잖니, 그레이스는 늘 흥분해서 모든 걸 정신 사납게 해. 걔한테는 좀 더 냉정하고 차분한 친구가 있어야 해. 너도 그레이스가 필요한 것 같아, 안 그러니? 그래서 하느님이 우리 모두를 다르게 만드셨어. 서로 다른 사람의 짐을 견디기 위해서."

아줌마는 마치 하느님이 골목 아래 사는 사람인 것처럼 대화 중에 아무렇지도 않게 이름을 툭툭 꺼내며 하느님이 어떻게 하고, 또 어떻게 생각하는지 소식을 전했다. 우리 엄마나 아빠하고는 달랐다. 부모님은 종교가 없다. 아기였을 때 우리에게 세례를 받게 하지도 않았다.

잘 모르겠다. 디를 가증스럽고 추잡하다고 말하는 하느님은 내가 함께 뭔가를 하고 싶은 존재가 아니다. 확실히 그레이스 엄마처럼 따뜻하고 친절한 사람은 저런 종류의 신을 믿지 않을 거다.

189

하지만 그레이스가 말한 건 뭐지? 나는 그 질문을 밀쳐 두었는데도 계속 떠올랐다.

나는 고개를 끄덕이며 케이크를 한 입 가득 삼키려고 했다. 케이크는 부드럽게 살살 녹았지만 내 입은 바짝 타들어 갔다.

그레이스 엄마는 계속 이야기했다.

"오늘 너를 우연히 만나서 정말 반갑다. 내가 참견할 일은 아닌 것 같아. 그런데 요즘 너랑 그레이스 분위기가 안 좋은 것 같던데, 맞니?"

아줌마는 커피를 길게 한 모금 마시고는 나를 쳐다보았다.

"무슨 일인지 내가 알 필요는 없어."

아줌마는 냅킨으로 입가에 남은 커피를 톡톡 두드려 닦았다.

"나한테 말하고 싶지 않다면. 하지만 무슨 일이 됐든, 분명한 건 다 지나간다는 사실이야. 그레이스는 내가 알아. 모든 일에 소란을 떨어. 그러다가 곧 차분해져서 도대체 왜 그렇게나 난리를 쳤는지 의아해하지. 그레이스는 다시 돌아올 거야. 어쨌거나, 밀크셰이크는 어떠니? 거기에 아이스크림도 있지?"

"맛있어요, 감사합니다."

컵 바닥이 거의 드러났고 마지막 한 모금만 남았다.

"어떠니, 너희 식구들은? 귀여운 남동생은 학교 들어갔니?"

"네, 제이미는 이제 유치부에 다녀요. 학교를 무척 좋아해요. 자기 선생님이 최고래요. 매일 별하고 스티커를 받아 와요. 언니는 대학 시험 준비하려고 입시반에 들어갔어요."

"어머니 엄청 바쁘시겠구나. 너희 셋이 그렇게나 나이 차가 커서……."

나는 어깨를 으쓱해 보였다.

"그러실 것 같아요. 지금 일도 많아요. 그건 좋은 것 같아요. 언제나 정말 바빠요."

"너희 아빠는?"

"아, 아빠요. 음……."

나는 입을 열었지만 목소리가 작아졌다. 무슨 말을 할지 몰라 주저하다가 문득 깨달았다. 아줌마는 이미 알고 있었던 것이다.

"미안, 이저벨. 리틀헤이븐은 작은 곳이야."

아줌마가 양손을 펼쳐 보이며 말했다.

"네, 알아요."

나는 가까스로 웃음을 지었다. 이유는 잘 모르지만 그레이스 엄마를 만나면 마음이 편안하다. 마치 아줌마에게는 무슨 말이든 할 수 있을 것처럼.

"비밀은 없다는 거 배우고 있어요."

침묵이 이어졌다. 그러면서 둘 다 접시에 남은 케이크 조각을 긁어 댔다. 그레이스 엄마가 적당한 말을 찾고 있다는 걸 알 수 있었다.

"지금 너희 아빠는…… 예전과는…… 다르겠지."

"네, 그런 것 같아요. 하지만 많은 면에서는 모든 게 비슷해요. 모든 게 달라지고 있지만요. 아, 잘 모르겠어요. 대부분 제가 걱정하는 건 아빠가 아니에요. 다른 사람들이에요. 사람들이 이 일을 어떻게 생각할까, 무슨 말을 할까, 무슨 말을 안 할까. 제가 생각하는 건 사람들이 하는 말이에요."

아줌마가 웃었다.

"복잡하게 들리네."

이야기를 너무 많이 했다는 생각이 들었다. 지금 디에 대해서 아줌마가 뭐든 나쁘게 말한다면 참을 수 없을 것이다. 하지만 나는 용기를 그러모았다. 나는 여기까지 왔다. 난 계속할 수 있다.

"뭐 좀 여쭈어봐도 돼요?"

"물론이지, 물어봐."

속사포처럼 말을 이었다. 눈물을 흘리지 않고 그 말을 꺼낼 수 있는 방법은 그것뿐이었다.

"우리 아빠가 가증스럽고 추잡한 죄를 지었다고 생각하세요?"

아줌마는 너무 놀라는 바람에 사레가 들려서 미친 듯이 기침을 해 댔다. 나는 아줌마한테 물 한 잔을 건넸지만 아줌마는 두 손을 흔들며 고개를 저었다. 좀 차분해지자 아줌마가 말했다.

"이런, 물론 아니지. 도대체 왜 그렇게 생각하니?"

"그러니까, 그레이스가 말했어요. 존슨 목사님이 그렇게 말했다고."

그레이스 엄마가 화를 내며 말했다.

"아, 그 녀석이. 그레이스는 교회에 아무 관심이 없어. 그런데 제일 멍청하고 경솔한 말을 내뱉다니. 정말 미안하다."

"그럼 성경은요? 그렇게 말 안 해요?"

그레이스가 막 뒤죽박죽 섞어 이해했기를 간절히 바랐다.

"성경에서는 많은 것들을 말한단다. 아주 오래전에 쓴 책이야. 그러고 나서 시대가 변했어. 그거 아니? 한 가지는 절대로 변하지 않는 게 있다는 거?"

나는 고개를 저었다.

"네 이웃을 사랑하라. 다른 사람을 판단하지 마라."

아줌마가 단호하게 말했다.

네 이웃을 사랑하라.

좋은 생각이다. 하지만 정말일까? 그게 다일까?

아줌마가 한숨을 내쉬었다.

"내가 겪은 일을 얘기해 줄게. 괜찮지? 그게 공평할 거야. 너, 그레이스 아빠 한 번도 만난 적 없지?"

아줌마가 깊은 생각에 잠기며 이어 말했다.

"그 사람은 정말 오래전에 우리를 떠났단다. 그레이스가 그 사람에 대해 얼마나 기억하는지 모르겠어. 아주 멋진 남자였어. 잘생겼고. 난 아주 남자를 잘 잡았다고 생각했단다."

아줌마가 이렇게 말하는 걸 들으니 좀 당황스러웠다. 나는 자리에서 꼼지락거렸다. 아줌마는 고개를 저었다. 더 이상 나를 보고 있지 않았다.

"하지만 떠났어. 그 사람한테 그레이스는 단지 사소한 것뿐이었단다. 다른 사람을 찾아 떠났어. 그게 다야. 갔어. 난 산산조각이 났지. 그런데 교회 친구들이 있었어. 그 친구들이 내가 얼굴을 다시 들 수 있도록 도와주었어. 모든 것에 나 자신을 탓하지 않도록……."

아줌마는 말을 멈추고 고개를 숙여 탁자 위 냅킨을 천천히 펼쳤다.

"그렇지만 모두가 그런 건 아니었어. 그건 그저 사소한 것이었지만 마커스가 떠나고 나는 뭔가 달라진 걸 느꼈단다. 뭘 좀 도와달라고 내게 손을 내미는 사람들이 사라졌지. 사람들이 점점 나에게서 멀어졌어. 내가 자기들 남편하고 말할 때조차 어떤 여자들은 나를 의심스럽게 쳐다보는 게 느껴졌단다. 누구도 뭐라 말하지 않았어. 나에게 직접 하지는 않았지. 하지만 그 사람들이 무슨 생각을 하고 있는지 난 알았어. 내가 뭔가 잘못한 게 틀림없다고, 그렇지 않았다면 마커스가 떠나지 않았을 거라고."

"그건 공평하지 않아요."

"나도 알아, 알지. 하지만 세상은 언제나 공평하지 않잖니, 안 그래?"

나는 고개를 끄덕였다. 아줌마가 옳다. 세상은 공평하지 않다.

우리 아빠가 뭔가를 했다고 나를 비웃는 사람들이 뭐가 공평하겠는가!

"왜 교회를 떠나지 않으셨어요? 사람들이 그렇게나 끔찍했다면⋯⋯."

나는 노래하고 웃으며 무척이나 친절해 보이던 교회 사람들이 떠올랐다. 남 이야기를 하며 다른 사람의 기분을 나쁘게 하는 그런 곳처럼 보이지는 않았다. 어쩌면 내가 안다고 생각하는 건 아무것도 아니고, 내가 믿을 수 있다고 생각하는 사람을 더 이상 의지할 수 없을지도 몰랐다.

"왜냐하면, 음, 무슨 일이 일어나든 교회 사람들은 여전히 내 가족이니까. 그리고 나는 하느님을 믿기 위해 거기에 있으니까, 다른 사람들처럼. 이따금 하느님이 나를 벌주고 있는 건지 궁금해서 잠을 깨긴 해도 마커스가 떠난 게 내 잘못이 아니란 걸 알아. 하느님은 벌을 주지 않는다는 걸 알거든. 이 세상에는 이미 문제가 충분해. 그래서 다른 사람을 판단하는 일은 누구도 하면 안 된다고 생각해, 누가 됐든⋯⋯. 내 말 알겠지, 이저벨?"

나는 고개를 끄덕였다.

"그래, 이제 집에 가 봐야겠다. 너도 엄마 만나러 돌아가야지? 만나서 반가웠다, 이저벨. 언제든 우리 집에 놀러 와도 되는 거 알지? 부모님께 꼭 안부 전해 주렴."

아줌마가 자리에서 일어났다.

"감사합니다, 아줌마."

진심이었다. 달리 말을 많이 하지는 않았다. 하지만 며칠 만에 처음으로 다시 마음이 가벼워졌다. 언제든 눈물이 터질 것 같지는 않았다. 여전히 디와 그레이스가 걱정스러웠다, 샘 케너도. 하지만 내 마음속의 짐이 더 이상 그렇게 무겁게 느껴지지는 않았다.

✦ 21 ✦

12월이다. 거의 학기 말이 되었고 뮤지컬 첫 공연일까지 일주일도 남지 않았다. 9월에 연습을 시작했을 때, 준비할 시간이 백만 년쯤 남아 있는 것 같았다. 하지만 이제 시간이 얼마 남지 않았다. 토머스 선생님은 오늘 수업이 끝나고 나서 우리에게 별도로 연습하라고 했는데, 처음으로 대본을 보지 못하게 했다. 금요일 늦게까지 남아 있는데도 누구도 불평불만을 터뜨리지 않았다. 우리 모두 연습이 더 필요하다는 걸 알고 있었다.

아침을 먹는데 메건 언니가 물었다.

"뭐라고 웅얼거리는 거야?"

"그냥 대사 연습하는 중이야. 오늘은 대본 보면 안 되거든."

나는 중요한 대사에 맞추어 손가락을 움직였다.

"와, 무시무시한데."

언니가 웃었다. 정말이지 먼저 나한테 말하는 언니의 새로운 모습, 게다가 웃기까지 하면서 내 옆에 있다니. 언니한테 말을 걸 자신이 생겼다.

"나 연습한 것 좀 봐 줄래? 얼마 안 걸릴 거야. 우리 걸으면서 해도 돼. 봐, 내 대사는 이거 노란색이야."

나는 구겨진 페이지를 가리키며 말했다.

이제 더 이상 그레이스가 우리 집에 오는 걸 기다리지 않는다. 그레이스가 마지막으로 온 지도 일주일이 넘었다. 하지만 이상하게 나는 언니와 걸어가는 게 꽤 즐거웠다. 엄마는 분명 무슨 일이 있는지 알고 있었지만 토요일 이후 그레이스와 어떻게 되었는지 묻지 않았다.

지난 몇 주를 보내며 내가 깨달은 건 이거다. 우리는 아무런 말도 하지 않았다. 뭔가 잘못됐거나 힘들거나 어색할 때 우리는 그것에 대해 거의 말하지 않는다. 다른 선택의 여지가 없을 때만 빼고. 비키도 그랬다. 그레이스 엄마도 그랬다. 토머스 선생님도 그러려고 했다. 하지만 우리는 아니다.

다른 가족들은 어떨까? 언제나 어려운 일이 생기면 조심스럽게 아슬아슬 살얼음을 걷나? 엄마와 디는 이야기하는 게 만족스럽다고 한다. 하지만 그런 것 같지 않다. 정말 아니다. 드러내지 않고 잘 감출 수 있었다면, 아빠가 여자가 되어 간다는 것을 우리가 알아차리지 못했다면, 성전환에 대해 미리 말했을 거라고는 생각하지 않는다.

지금 바로 이 순간 나를 괴롭히는 것에 대해 정말이지 말하지 않을 수가 없다. 그러니까 뮤지컬을 보러 오는 디에 대해서. 아무도 그 말을 꺼내지 않았고 나도 굳이 하지 않았다. 디와 엄마는 백만 년 동안 그랬던 것보다 훨씬 더 느긋해 보였다. 그 기분을 망치고 싶지 않았다. 하지만…….

모두가 이미 알고 있어도 사람들이 디를 직접 보는 것하고는 다르다. 실제로 디가 학교에 온다면…… 모두 그러니까 내 친구들, 선생님들, 다른 부모님들이 웃고 소곤거리며 디를 쳐다보지 않으려 할 거다.

언니가 내 생각을 방해하며 말했다.

"미안, 이지, 너 대사 외우는 거 못 도와주겠다. 미술반 건물에 일찍 가야 해. 나 미술상에 응모할 거야. 시간이 얼마 없어. 학기 말에 네 뮤지컬만 있는 거 아니란 거 알지?"

미술상은 대단한 일이다. 언니가 그렇게나 샐쭉하고 퉁명스럽고 차분하지 않았다면, 내가 〈아가씨와 건달들〉에 덜 매달렸다면, 훨씬 전에 미술 공모전이 있다는 사실을 알았을 거다. 언니는 위대한 미술가로서의 자신을 좋아하니까.

그 상은 옛날에 우리 학교를 방문한 적 있는 유명한 화가의 이름을 따서 지었다. 사실 리틀헤이븐 출신은 아니다. 이곳은 확실히 그러기에는 너무 따분하다. 하지만 누군가 기이하게도 여기

와서 연례적으로 주는 미술상을 위해 자신의 유언으로 기꺼이 돈을 남겼다. 개인적으로 나는 내 돈을 훨씬 더 나은 것에 쓸 거다. 내가 죽은 뒤에라도.

해마다 크리스마스 끝자락에는 중등교육 자격검정시험* 준비반과 대학 입시반 학생 모두 자신의 작품에 공을 들이기 시작한다. 출품작은 벽과 강당 가장자리에 전시되는데 모두 한꺼번에 발표한다. 그러니까 어느 날 아침 학교에 가면 강당은 더 이상 평소처럼 지저분하지도 따분하지도 않다. 갑자기 벽은 커다란 그림과 특별한 조각으로 화려하게 바뀐다.

"그런데 언니는 뭘 그릴 거야?"

언니가 코를 톡톡 두드리며 엄마가 좋아하는 말투로 말했다.

"아, 별로 말하고 싶지 않은데…….."

"……그럼 내가 알아내야겠네. 그런데 그게 왜 비밀이어야 하는데?"

"왜냐하면 깜짝 놀랄 일이니까. 그게 더 재밌잖아. 어쨌거나 내가 그림을 그린다고 누가 그래? 아직 할지 말지 나도 확실히 모르는데. 나 지금 가야 해."

나는 학교 안으로 터덜터덜 몸을 밀어 넣었다. 교문으로 점점 다

---

* 중등교육 자격검정시험(GCSE, General Certificate of Secondary Education)은 영국 일부에서 보통 16세가 된 학생들이 치른다.

가갈 때, 그 친숙한 느낌이 내 위로 다시 자리를 잡았다. 머릿속의 대사를 검토하면서 마음을 딴 데로 돌리려 했지만 세라와 스카이가 처음 만나는 장면에서 계속 막혔다. 대사를 외우면서 디를 쳐다볼 때 내가 관객의 눈치를 보는 게 어쩔 수 없이 떠올랐다.

연습 시간이 되어 서둘러 연극반 교실로 가는 복도로 달려 내려가다가 우연히 샘과 마주쳐서 보폭을 맞추게 되었다. 다른 아이들은 모두 각자 교실에서 쏟아져 나와 반대 방향으로 향했다. 엄청나게 시끄럽고 서로 떠밀어 대서 샘이 내 귀에 가까이 인사를 건넬 때까지 그 애가 거기 있는 줄도 몰랐다.

나는 깜짝 놀랐다. 그 바람에 내 얼굴이 붉어졌다. 일주일 전, 샘이 우리 집 문 앞에 나타난 이후로 우리는 제대로 말을 하지 못했다. 정말로 중요한 것에 대해서도.

샘이 웃으며 물었다.

"놀라게 해서 미안해. 내가 실수했네. 대사 다 외웠어?"

"뭐, 그런 것 같아. 너는?"

"거의 다. 난 괜찮을 거야. 내가 막힐 때, 네가 도와준다면. 내 발 밟지 않는다고 약속해 줘."

나는 더듬거렸다.

"아, 미안. 난 정말 그러려던 게……."

"그냥 농담이야, 이지. 지난번 연습 때 내가 발을 엉뚱한 곳에 놔서 그랬어. 어쨌든 오늘은 결전의 날이야. 토머스 선생님이 보시기에 우리가 충분히 준비돼 있어야 할 텐데."

샘이 눈썹을 들어 올려서 나는 마음이 놓였다.

"뭐, 그럴지도. 아니면 절대 준비되어 있지 않다고 생각하실지도 모르지. 그래도 언젠간 준비되겠지. 너희 부모님도 오시니?"

"응, 첫 번째 공연에. 이미 티켓 갖고 계셔. 내 동생도 질질 끌고 오실 거야. 동생은 열 살인데, 노래하고 춤을 정말 못해. 내가 불량배 역할을 할 거라고 말했을 때 별로 귀담아듣지도 않았어."

"우리 부모님도 남동생 데리고 오실 거야. 내 동생은 완전 신이 났어, 뭔지도 모르면서. 나랑 메건 언니랑 같이 '큰 학교'에 온다는 것 때문에 방방 뛰고 있어. 좀 귀여워. 뮤지컬은 잘 시간 지나서 끝나잖아. 그래서 내 동생은 보다가 잠들지도 몰라."

샘이 웃었다.

"나머지 관중이 잠들지 않는다면, 우리는 뭐, 감지덕지지."

"아, 이런. 관객이 잠들면 어떡하지? 전부 코를 골면 어떡해?"

나는 킥킥 웃으며 우리가 나른하게 합창하는 동안 〈잠자는 숲속의 미녀〉처럼 잠에 푹 빠진 부모님들이 가득 찬 강당을 상상했다.

샘이 물었다. 조금 더 나지막한 목소리로.

"너희 아빠도 오시니?"

샘이 말끝을 흐렸지만, 무엇을 묻는지 알 수 있었다.

"응."

샘의 목소리에 맞추어 나도 목소리를 낮추었다. 하지만 복도는 텅 비어 근처에 아무도 없었다.

"학교에 오는 건 처음일 거야, 그 이후로. 내 말은……."

나는 한숨을 쉬고 이어 말했다.

"뮤지컬 보러 엄청 많이들 올 텐데……."

샘은 내 얼굴을 바짝 들여다보았다.

"차라리 오시지 않았으면 좋겠지?"

샘이 친절하게 물었다. 샘은 디를 가리켜 '여자'를 뜻하는 단어를 전혀 아무렇지도 않게 사용했다.

나는 고개를 저으며 말했다.

"아니, 그렇지 않아. 물론 오시면 좋지. 그저 다시 평범했으면 좋겠어. 하지만 이제 어쩔 수 없겠지. 어쨌거나 메건 언니하고 나, 우리는 아빠를 이제 '디'라고 불러. 말할 때 '남자'가 아니라 '여자'로 기억하려고. 나도 노력 중인데 계속 잊어버려."

"익숙해지는 게 신기한 거지."

"기억하기가 어려워. 그래, 너희 아빠는 어떠시니?"

"음, 내가 달리 아는 건 없어. 언제나 그냥 아빠였으니까. 난 생각도 거의 안 해."

샘은 잠시 말을 멈추었다.

"하지만 지난 몇 주 동안 너하고 이야기하고 나서 아빠에 대해 많이 생각했어."

샘이 말을 이어가기도 전에 우리는 연극반 교실 문 앞에 멈추었다. 다정한 대화는 사라지고 다시 어색함이 찾아왔다. 내가 말했다.

"자, 또 시작해 보자."

◆ 22 ◆

샘이 문을 열었다. 우리는 살짝 늦었다. 토머스 선생님도 조금 늦는 모양이었다. 출연 배우들은 대본을 들여다보며 대사를 서로 확인하고, 조명을 담당하는 남자아이 둘은 구석에서 노트북을 들여다보며 주요 조명에 대해 옥신각신 말다툼을 하고 있었다.

그레이스는 샬럿, 올리비아, 시털 그리고 몇몇 다른 아이에게 둘러싸여 있었다. 계속 수다를 떨며 웃다가 샘하고 내가 함께 들어오자 우리 둘을 흘끗 보았다. 그 표정을 어떻게 표현해야 할지 모르겠다. 그레이스는 화가 나 보이지도, 시샘을 하는 것처럼 보이지도 않았다. 그저 지치고 상심한 표정이었다. 전혀 그레이스답지 않게.

"야, 샘! 와서 이것 좀 봐."

누군가 부르자 샘은 얼른 고갯짓을 하고는 남자아이들 무리 속으로 들어갔다.

나는 교실 맞은편 탁자를 하나 찾아 자리를 잡고 접어 놓았던 대본을 펼쳤다. 대사가 눈앞에서 이리저리 돌아다녔다. 고개를 드니 미아가 다가오는 게 보였다. 심장이 쿵 내려앉았다.

"안녕, 이지."

미아는 가식적이고 달콤한 목소리로 인사를 건넸다. 나는 고개를 끄덕이고는 대본을 다시 보면서 미아가 저쪽으로 가기를 바랐다. 하지만 미아는 내 옆에 앉았다.

"오늘도 내내 혼자야? 가엾은 이지. 네 여자 친구한테 차였네, 그렇지?"

마치 모두가 듣기를 바라는 듯 목소리를 높여 말했다. 나는 대본 읽는 척을 그만두고 미아를 노려보았다.

"왜? 많이 놀랐니?"

미아는 가식적으로 놀란 목소리로 계속 말했다. 교실은 조용해졌다.

"모두가 알아, 네가 그 애를 좋아한다는 거. 너는 동성애자니까. 결국 분명하네, 그런 피가 가족에 흐르나 봐, 안 그래? 그래서 우리가 거리를 계속 둔 거야. 어쨌거나 조심해야 하니까."

내가 미처 무슨 말을 하기도 전에 교실 맞은편에서 소란이 일었다. 그레이스가 미아 바로 앞에 섰는데 생전 처음 보는 사나운 표정이었다. 그레이스가 소리쳤다.

"미아 해리슨. 그 돼지 같은 주둥이 좀 다물어, 쓰레기가 더 튀어 나오기 전에. 그리고 남의 일에 간섭하지 말고. 네 생각에 아무도 관심 없거든. 이지는 동성애자가 아니야, 내 여자 친구도 아니고. 하지만 이지가 그렇다 하더라도 난 이지가 정말 자랑스러워. 상냥하고 생각이 깊고 재미있으니까. 그건 너하고는 다르다는 뜻이야. 가자, 이지."

그러더니 내 팔을 잡고 교실 밖으로 이끌었다. 우리 뒤로 문이 쾅 닫힐 때 내가 마지막으로 본 것은 미아의 얼굴이었다. 어찌나 창백한지 따귀라도 한 대 맞은 듯했다.

그레이스는 벽을 등지고 쭈그리고 앉아 눈을 감고 숨을 깊이 쉬었다. 우리가 마지막으로 이야기를 나눈 지 아주 오랜 시간이 지났다. 내가 조심스럽게 물었다.

"그거 다 진심이었어?"

그레이스가 눈을 뜨고 나를 올려다보았다.

"그래. 한 마디, 한 마디 다. 하지만 난 네 여자 친구가 진짜로 되고 싶지는 않아. 네가 샘 케너만큼 괜찮다면 모를까."

그레이스가 나를 보고 웃었다. 샘의 이름이 언급되자 나는 긴장됐다. 하지만 그레이스는 오늘 샘에 대해서 나한테 따질 모양은 아닌 것 같았다.

"아, 내가 미아에 대해서 그렇게 말하지 말 걸 그랬나 봐, 안 그래? 내가 돼지 같은 주둥이 다물라고 진짜로 말했어?"

나는 고개를 끄덕이며 말했다.

"너 대단했어. 하지만 앞으로 미아가 너나 나한테 다시 말을 걸지 모르겠다."

"음, 말 안 걸면 나야 좋지."

"너 마치 네이선한테 호통 치는 애들레이드 같았어. 진짜 드라마틱했어."

그레이스가 언제 차분해지는지 나는 안다. 그레이스는 앞으로 몇 주 동안 이 장면을 재미있게 다시 말하고 되새길 거다.

이제 무슨 일이 일어날지 궁금하다. 그레이스가 내 편을 들어 준 것이 우리가 다시 친구라는 의미일까? 아니면 그냥 내가 불쌍해서? 아니면 미아가 나를 싫어하는 것보다 그레이스가 더 미아를 싫어하기 때문일까?

"들어가는 게 좋겠어. 토머스 선생님이 곧 오실 거야."

그레이스가 몸을 일으켜 치마를 쓸어내리며 옷매무새를 가다듬었다. 나는 머뭇거렸다. 그레이스가 나를 돌아보았다.

"자, 어서."

그레이스는 여느 때처럼 어깨 너머로 소리쳤다. 나는 그레이스를 따라 들어갔다.

◆ 23 ◆

오늘은 의상까지 차려입은 마지막 총연습 날이다. 순식간에 공연이 눈앞에 다가왔다. 내일 진짜 관객들 앞에서 공연한다는 게 믿기지가 않았다.

마음 한편으로는 혹시나 잘못될 그 모든 일들과 부모님이 나타났을 때 지켜볼 사람들을 생각하지 않을 수 없었다. 또 다른 한편으로는 흥분으로 달아올라서 어서 무대에 오르고 싶어 몸이 간질간질하면서도 곧 끝난다는 생각에 벌써 아쉬운 느낌이 들었다. 불행하게도 어느 쪽을 상상하든 내 배 속에는 코끼리들이 한꺼번에 탭댄스를 추는 것 같았다.

그레이스는 어떤 기분일지 궁금했다. 겉으로 보기에는 언제나 자신감이 넘쳐 보이지만 그레이스도 속으로는 확실히 긴장하고 있을 것이다. 우리가 주요한 역할을 맡았다는 걸 처음 들은 이후로

209

내내 총연습을 상상했다. 우리 둘은 함께 대사를 연습하고, 분장을 확인하고, 서로의 긴장을 풀어 주고, 뭐가 잘되고 뭐가 잘못되었는지 말하느라 집으로 가는 내내 수다를 떨었다. 하지만 지난 얼마간은 그렇지 않았다. 그레이스가 금요일 미아에 맞서 내 편이 되어 줘서 놀라웠다. 그날 이후 예전처럼 평범하게 돌아가기를 바랐는데 우리는 이번 주에 거의 말을 하지 않았다. 함께 앉거나 학교를 오갈 때 같이 걸어가는 건 차치하고…… 아무것도 바뀐 게 없는 듯했다. 그러니까 그레이스는 그냥 나를 불쌍하게 여겼던 것 같다.

가엾은 꼬마 이지.

집에서는 모두들 뮤지컬을 생각하며 흥분에 휩싸였다. 디가 집 안을 돌아다니며 노랫가락을 흥얼거리는 소리가 들리고, 엄마는 이번 주 숙제하라는 잔소리를 한 마디도 하지 않았다. 제이미는 계속해서 물어 댔다. 오늘이야? 오늘이야?

메건 언니만 빼고 모두 다. 언니는 자기 방 또는 입시반 교실에 처박혀서 내내 수수께끼 같은 조립에 매달려 시간을 보냈다. 여전히 비밀로 한 채 언니는 그것이 미디어가 뒤섞인 설치 작품이라는데, 그게 무엇인지 이해하는 데 전혀 도움이 되지는 않았다.

부엌이 식구들로 꽉 찼다. 메건 언니는 전화기에 얼굴을 들이밀고 있었다. 제이미는 시리얼을 입 안에 밀어 넣으며 아무 데나 우유를 뿌려 댔다. 엄마는 자동차 열쇠를 찾아서 분주히 돌아다니며 종이 더미를 마구 뒤집었다.

디는 아직 집에 있었다. 탁자에 앉아서 신문에 몰두하며 읽는 내내 한숨을 내쉬었다. 내가 물었다.

"뭐 대단한 뉴스라도 있어요?"

"뭐라고?"

디는 고개를 들지도 않고 말했다.

"신문에, 뭐가 그렇게 재미있냐고요?"

"아, 없어."

디는 재빨리 신문을 접고는 마치 하지 말아야 할 짓을 하다가 걸린 아이처럼 가방에 쑤셔 넣고는 다른 이야기를 꺼냈다.

"그러니까, 이지, 오늘 대단한 날이다, 그치? 흠, 대단한 하루의 전날이지. 기분은 어떠니? 준비 다 됐어?"

"뭐, 여전히 아슬아슬해요."

디가 웃었다.

"사람들이 하는 말이 있어. 총연습이 엉망일수록 첫 공연이 더 좋아진대. 그러니까 네게 좀 아슬아슬한 게 있기를 바랄게. 그래서 내일은 물 흐르듯이 진행되도록 말이야. 얼른 공연 보고 싶다. 그렇지, 캐슬린?"

"어."

엄마는 멍하니 식탁에 가방을 비워 놓고는 안에 든 물건을 펼쳤다. 디가 계속해서 말했다.

"우리 중학교에서 〈사랑은 비를 타고〉 공연했을 때 기억나? 총 연습이 정말이지 악몽이었어. 나는 대사를 반은 잊어버려서 너희 엄마가 계속 나를 도와줘야 했단다. 무대 준비는 마무리되지도 않아서 페인트 통하고 붓을 넘어 다녀야 했어. 어떤 아이는, 그 애 이름이 뭐였더라? 팔다리가 길고 앙상한 아이, 코스모 역할을 했는데, 넘어져서 페인트를 뒤집어썼는데⋯⋯."

엄마가 힐난조로 말했다.

"제임스. 어떻게 내가 20년 전 아무 쓸모없는 정보를 기억할 수 있겠어? 어제 자동차 열쇠를 어디에 두었는지도 기억 못 하는데. 우리 이런 것들을 놓아둘 장소가 있어야겠어."

"진작 말하지 그랬어?"

디가 가방에서 열쇠를 꺼내 식탁 위로 쓱 밀었다.

신문 귀퉁이가 가방 밖으로 삐죽 나왔다. 평소 우리가 보는 신문이 아니었다. 그러니까 디는 그 신문을 사러 일부러 일찍 밖에 나갔다 온 게 틀림없었다.

나는 고개를 기울여 헤드라인을 읽었다. 보이는 것이라고는,

성

빠진

초등

검은색 커다란 글씨에 밑줄이 쳐져 있었다.

숨은 글자를 찾으려는 낱말 맞히기 같았다. 나는 대사를 외우지는 않고 거기에만 마음이 빼앗겨서 혼자서 중얼거렸다.

"성당에 빠진 초등학교?"

"성에 빠진 초등생?"

나는 가방에서 신문을 꺼내 탁자 위에 펼치고 머리기사를 읽었다. 메건 언니도 전화기를 내려놓고 목을 길게 빼고 보았다.

성전환에

빠진

초등학생들

"이런."

내가 말했다.

모두가 잠잠해졌다. 제이미가 입을 벌린 채 우적우적 먹는 소리만 빼고. 누구도 제이미를 야단치지 않았다.

마침내 디가 말했다.

"너희 모두 이 기사를 읽는 게 좋겠어. 어제 나온 기사야. 트랜스젠더와 그들에게 필요한 지원에 관한 내용을 다루었어. 학교에서, 직장에서, 국민의료보험에서, 뭐 그런 것들. 어쩌다가 그게 이런 이야기가 되었어."

디는 신문을 향해 역겹다는 듯이 얼굴을 찌푸렸다.

내가 물었다.

"그러니까 이거 진짜가 아니지?"

디가 대답했다.

"아니지, 이지. 사실이 아니야. 왜곡되고 천박하고 진실이 아니야."

내가 기사를 치우자 언니가 말했다.

"끔찍해. 수천 명이 아침을 먹으며 읽는 거짓말 인쇄물. 최악이야."

디가 침울하게 말했다.

"수백, 수천 명이 넘어."

제이미가 대화에 끼어들고 싶어 말했다.

"수백, 수천, 수만, 수억 명."

"그저 신문이나 인터넷에 나왔다고 해서 그 이야기가 옳다는 건 아니야. 너희 둘은 똑똑한 아이야, 알지."

제이미도 목소리를 높였다.

"나도 똑똑해. 그렇지, 이지 누나?"

나는 계속해서 물었다.

"그래도 누군가 뭐라고 말해야 하지 않아, 안 그래? 이 기사가 정말로 무슨 뜻인지 누군가 똑바로 보도해야 한다고……."

"그래 봤자 무슨 소용이 있니? 이미 그렇게 나왔는데. 그게 사실인지 아닌지 누구도 의문을 제기하지 않을걸."

디가 한숨을 쉬며 의자에서 몸을 일으켜 세웠다. 낯설다. 디는 지난 몇 주 동안 훨씬 더 행복하고 훨씬 더 여유로웠다. 그래서 이따금 얼마나 우울해지는지 나는 까맣게 잊고 있었다. 특히 전에 디가 그냥 '아빠'였을 때. 엄마가 말했던 것 같다. 이제 디는 더 이상 비밀을 간직할 필요가 없다고. 디는 그대로 여기 있을 수 있다, 우리랑 같이, 자신의 생각과 걱정 속에서 길을 잃지 않고, 이따금 전에 하던 대로 그대로. 이럴 거라고 예상하지 않았다. 이런 모든 변화에 좋은 점도 있었다.

나는 내 머그잔을 식탁에 쾅 내려놓으면서 큰 소리로 말했다.

"디가 포기하는 이유를 모르겠어. 이건 공평하지 않아. 물론 내 생각이지만 디도 그렇게 생각하잖아. 이러면 안 되잖아?"

엄마하고 메건 언니가 놀라 고개를 들었다. 두 사람이 생각 중이라는 걸 알 수 있었다. 조용하고 어린 이지한테 무슨 일이 있었지? 흠, 어쩌면 내가 나 스스로에게 질렸을지도 모른다. 그레이스가 미아에게 대항하자 미아는 입을 다물었다. 그동안 내가 못 들은 척했던 아이들의 험담은 더 이상 들리지 않았다. 참고 기다리면 저절로 지나갈 거란 희망은 효과가 없었다. 이런 일도 마찬가지다.

디가 웃으려 애쓰며 솔직히 말했다.

"미안해, 이지. 내가 패배주의자가 되면 안 되는데."

내가 갑자기 쏟아 내는 말에 디 또한 깜짝 놀란 모양이었다.

"네가 옳아, 네가 믿는 것을 지키기 위해 나서는 건 정말 중요
해. 자, 오늘은 큰 행사가 있는 날이야. 계속 둘러앉아 수다를 떨
면 우리 전부 늦을 거야."

◆ 24 ◆

메건 언니랑 학교 가는 길에 신문 가판대를 지나치며 신문 더미 밖으로 나온 헤드라인에 어쩔 수 없이 흘끔 눈길이 갔다. 가게에서 나오는 사람들을 보며 저들이 신문을 펼치며 무엇을 생각할까 궁금했다.

학교에서는 신경이 곤두섰다. 다른 사람들도 그 헤드라인을 보았을까 걱정됐다. 내가 교실에 들어갔을 때, 모두가 입을 다물거나 루커스와 찰리 그리고 다른 애들이 복도에서 우연을 가장해 거칠게 밀어 대는 일에는 익숙해졌다. 물론 그레이스가 미아에게 호통치고 나서는 누구도 나에게 뭐라고 하지 않았다.

금요일 연습 이후 그레이스와는 얘기하지 않았다. 여전히 그레이스는 올리비아와 함께 앉았다. 하지만 언젠가 괜찮아질 수도 있을 것 같다는 생각이 들었다. 방법은 잘 모를지라도…….

아침이 빠르게 지나갔다. 특히 우리가 마지막 총연습을 위해 오후 수업을 듣지 않아도 된다는 것을 알고 나서는 말이다. 학기 말에 이르자, 선생님들은 거의 숙제를 내 주지 않았다. 수학 선생님 같은 가장 엄격한 선생님도 훨씬 여유로워 보였다. 우리에게 수학 게임을 시키고 크리스마스를 주제로 한 문제를 풀라고 했다.

오전이 끝나 가는 토머스 선생님의 영어 수업 쯤에는 아침을 먹으며 나누었던 대화는 거의 다 잊어버렸다. 토머스 선생님이 말했다.

"좋아, 8학년들. 학기 말이 되었다고 해서 너희가 게으름을 부린다거나 공부를 안 해도 된다는 뜻은 아니란다. 방학에는 시간이 엄청 많을 테니 우리 오늘은 열심히 공부하도록."

선생님은 말을 잠시 멈추었다.

"너희가 알게 되면 아주 좋아할 거다. 오늘 저녁 너희를 위해서 아주 환상적인 과제를 생각해 왔거든."

모두에게서 한꺼번에 불만이 터져 나왔다. 그레이스가 말했다.

"말도 안 돼요. 뮤지컬은 어쩌고요? 우리 연습하고 숙제할 시간 없을 거예요, 선생님."

선생님이 계속해서 말했다.

"너희 몇 명은 뮤지컬에 출연한다는 거 안다. 그렇지 않을지라도, 너희 모두가 관객이 되었으면 한다. 전에 한두 번 말했던 것 같은데, 사무실 그리고 학교 홈페이지에서 티켓을 판매 중이다."

아이들 두어 명이 웃음을 터뜨렸다. 선생님은 몇 주 동안 티켓 판매에 계속 열을 내고 있었다.

"하지만 걱정하지 마라. 이 과제는 기사처럼 설득하는 글쓰기로, 주제는 너희가 쓰고 싶은 것을 고를 수가 있으니까. 다만 편집자에게 편지를 쓸 거다. 편집자에게 보내는 편지를 뭐라고 하는지 누가 말해 줄래?"

두어 명이 손을 들었다. 시털이 말했다.

"신문에 있어요. 독자의 편지를 신문에 실어요."

"그래. 그러니까 사람들이 편집자에게 왜 편지를 쓸까?"

"불만을 제기하고 싶기 때문에."

"자기들이 좋아하는 것을 말하고 싶어서."

"누군가의 의견이 틀렸거나 다르게 생각할 기회를 놓쳤다고 생각하기 때문에."

"신문에 나온 이야기에 동의하기 때문에."

"아주 좋다. 다 좋은 이유다. 그러니까, 자, 그게 여러분이 했으면 하는 거다."

선생님이 와자지껄한 소리 너머로 목소리를 키웠다.

"우선 신문이나 웹에서 너희가 좋아하는 주제로 기사를 찾아야 한다. 그 기사에 대한 답변으로 편집자에게 편지를 쓰는 거야. 편지는 짧아야 한다. 원래 기사를 참조해서 너희의 주장을 뒷받침하는 관점을 적어도 두 가지 이상 확실해 해야 된다. 내일 아침까지 내 책상 위에 가져다 놓도록."

선생님은 두 손을 번쩍 들어 올렸다.

"8학년, 투덜대지 좀 마라. 기억해, 뉴스는 새로운 것일 때 뉴스다. 오늘 뉴스는 내일이면 낡은 소식이 될 거야. 둘이 짝을 지어서 기사를 골라 글쓴이가 설득력 있는 언어를 사용한 곳에 밑줄을 그어라. 이런 문구는 나중에 숙제할 때 도움이 될 거야. 찰리, 이것 좀 나눠 줄래?"

오늘 뉴스는 내일이면 낡은 소식이 될 것이다. 정말로 선생님은 그렇게 생각할까? 선생님 생각이 옳으면 좋겠다.

◆ 25 ◆

총연습은 흥분과 혼돈 속에 진행됐다. 출연 배우 모두가 신이 나서 난리 법석을 부리니 선생님은 만족스러운 듯 보였다. 연습을 마치고, 우리는 다음 날 재빨리 찾을 수 있도록 의상을 옷걸이에 조심스럽게 걸었다. 분장을 지우고, 선생님이 연극반 교실을 잠그는 동안 우리는 그곳을 떠났다.

학교에서 나올 때는 어두웠다. 가늘게 이슬비가 내렸다. 가로등이 도로의 웅덩이를 비추었다. 나는 너무 피곤해서 숙제할 기분이 전혀 아니었다. 이불 속에 몸을 웅크린 채 머릿속을 비우고 엄마가 '쓰레기 텔레비전'이라 부르는 걸 보고 싶었다.

내가 문을 열고 들어서자 디가 식탁에 앉아 있는 게 보였다. 회사에서 일찍 퇴근한 게 틀림없었다. 뭔가를 기다리고 있는 것처럼 보였는데 알고 보니 나를 기다리고 있었다.

"어서 와, 이지. 어땠어? 내일 막이 오르기만 기다리면 돼?"

"뭐, 그런 것 같아요. 어쨌거나 대사는 다 외웠어요."

디가 웃으며 말했다.

"잘했어. 핫초코 어때? 지금 막 내 걸 준비하려고 했어."

나는 고개를 끄덕이고는 식탁 의자에 털썩 몸을 내려놓았다. 식탁에 가방을 놓고 가방 위에 고개를 푹 숙인 채 내가 중얼거렸다.

"네 스푼 잊지 마세요. 진짜 진하게."

디가 내 앞에 머그잔을 당당하게 내려놓으며 말했다.

"특별히 네 스푼 가득 꾹꾹 눌러 담은 핫초코 대령이오."

그러더니 의자에서 안절부절못했다. 차에 설탕을 넣으며 스푼을 만지작거리면서 손가락으로 탁자를 탁탁 두드렸다. 내가 초조하고 불안할 때 하는 모든 행동을.

디가 평상시의 목소리를 내려 애쓰며 말했다.

"비키하고 아까 통화했어. 어쨌거나 내일 행운을 바란다고 하더라."

"고맙네요."

나는 입술 주위 달콤한 초콜릿을 핥으며 말했다.

"그 기사에 대해서도 이야기했어. 있지, 오늘 아침 신문에 나온 거."

나는 고개를 끄덕였다. 하루 종일 내 마음속에 있던 거다. 특히 토머스 선생님이 편집자에게 보내는 편지를 쓰라고 한 이후 줄곧.

사실, 이미 마음속으로 쓰고 싶은 편지를 생각하고 있었다.

"있잖아, 사실 그 신문에 관한 게 아니야. 저기, 비키가 〈TV 이스트〉에서 걸려 온 전화 한 통을 받았는데 그 기사와는 다른 각도에서 보는 이야기를 후속기사로 내보내고 싶대, 텔레비전 프로그램으로. 우리 모임에서 '그 문제에 대한 토론'으로, 내일 자기들 아침 방송에 나올 사람이 있냐고 물어보았다는 거야. 고작 5분 정도야."

"그래서 할 거래요?"

나는 카메라 앞에 선 깔끔한 옷차림과 성량이 풍부한 비키의 목소리를 떠올리며 물었다. 토론에서 누구한테도 지지 않는 모습 말이다. 비키는 멋질 거다.

디가 느릿느릿 말했다.

"아니. 비키도 하고 싶어 하지만…… 그러니까…… TV를 안 볼지도, 인터뷰를 안 할지도 몰라. 비키는 힘든 시기를 겪었어. 여전히 사람들 앞에서 말하는 걸 두려워해. 무슨 뜻인지 아니, 이지?"

비키가 마당에서 부끄러움을 탄다고, 자신을 표현하기 위해 그림을 그린다고 말했던 게 생각났다.

"그래서 그 사람들이 어떻게 한대요? 다른 사람을 찾는대요?"

내가 물었다. 디는 침묵을 지키며 나를 초조하게 바라보았다. 마치 내가 무슨 말을 할지 걱정하는 것 같았다. 문득 나는 알아차리고 말았다.

"디가?"

또다시 침묵.

"응."

"왜 디가? 다른 사람 없어요? 그러니까, 있잖아요, 이렇게, 좀 오래된 사람? 다른 사람 찾을 수 없어?"

징징대는 내 목소리가 들렸다. 제이미가 콩 먹기 싫어할 때 내는 소리 같았다. 디가 힘주어 말했다.

"하지만 이지, 나 이거 하고 싶어. 정말이야. 누구도 나한테 시킨 사람은 없어. 달리 사람이 없기 때문도 아니야. 사실 내게 용기를 준 사람은 너였어. 아침에 네가 말했잖아. 난 너를 창피하게 만들고 싶지 않아, 메건도. 너희가 무슨 말을 하고 어떻게 생각할지 난 몰랐어. 하지만 아까 네가 했던 말이 기억났어. 네가 옳아. 뭔가 잘못된 게 있을 때, 자신이 믿는 것을 지키기 위해 일어서야지."

하지만 그건 정말이지 내가 의도한 바가 아니었다. 디가 나가는 건 아니다. 지금은 아니다. 사람들 앞에서 이렇게는 아니다.

"그리고 한 가지 더 있어."

디가 탁자 위에 놓인 자신의 손을 내려다보았다.

"네가 나랑 같이 가 주었으면 해. 아니, 텔레비전에 나오는 건 아니야. 물론 아니지."

디가 놀란 내 얼굴을 보고 재빨리 덧붙였다.

"그냥 나랑 같이 가 줬으면 해. 거기에 나랑 같이 있어 줘. 누가 있으면 괜찮을 거야. 친근한 얼굴. 그뿐이야. 넌 늘 무척 차분하잖아.

조금 일찍 출발하면 될 거야. 하지만……."

디가 말끝을 흐렸다.

"아니, 안 돼. 나 같이 안 갈 거야. 어떻게 나한테 같이 가자고 할 수 있어? 내일은 나한테 중요한 날이란 말이야. 나한테 중요하지 디한테 중요한 날이 아니라고!"

내 목소리는 날카로웠다. 점점 더 커지고 있었다.

"하지만 이지, 잠깐 진정해. 너답지 않아."

"싫어, 나 진정하지 않을 거야. 안 해! 모르겠어요? 모두 디를 볼 거라고. 게다가 비웃을 거란 말이야. 그것만으로도 이미 충분히 나빠. 학교에서 애들이 끔찍한 말을 할 때 디는 없으니까. 디 때문에 애들이 내 등 뒤에서 수군거릴 때, 그게 어떤 기분인지 몰라. 모든 게 훨씬 더 상황을 나쁘게 만들 거라고."

나는 부엌을 뛰쳐나와 문을 쾅 닫았다. 더 이상 디의 놀란 얼굴을 보고 싶지 않았다. 나는 비틀거리며 내 방을 향해 위층으로 올라갔다.

✦ 26 ✦

무릎이 후들후들 떨리고 기운이 없었지만 잠자코 앉아 있을 수
가 없었다. 나는 이리저리 방을 서성거렸다.

계속 같은 생각이 머릿속을 빙글빙글 맴돌았다. 어떻게 텔레비
전에 나갈 생각을 할 수 있을까? 디는 아직 여자처럼 보이지도 않
는다. 그러고 나서 나보고 학교에 어떻게 가라고? 설상가상, 내가
처음으로 공연하는 날이다. 어떻게 그렇게 이기적일 수가 있지?

어쩌면 메건 언니가 디를 설득할지도 모르겠다. 그런데 지금
언니는 자기 미술작품만 생각하고 있을 것이다. 엄마가 설득할
수 있을까? 엄마가 텔레비전에 나와 개인적인 일을 말한다는 건
상상할 수가 없다.

문 두드리는 소리가 들렸다.

나는 대답하지 않았다. 디라면 보고 싶지 않았다. 나는 이불 속

으로 기어 들어가 벽을 향해 돌아누웠다.

"이지?"

엄마의 부드러운 목소리가 들렸다. 엄마는 천천히 문을 열었다. 나는 잠자코 있었다. 엄마가 침대 끝자락에 앉아 어색하게 내 어깨에 손을 얹었다. 내가 아무런 반응을 보이지 않자 엄마는 손을 치우고 잠깐 동안 말없이 그냥 있었다.

절대 내가 먼저 말하지 않을 거다. 두 사람 모두에게 난 할 말이 없다.

"이지, 너 화난 거 알아."

당연하지.

"화내도 괜찮아. 네가 받아들이기 어렵다는 거 알아. 여태까지 네가 잘해 왔다는 거 알아. 언젠가 이런 일들이 일어나리라는 걸 알았어야 했는데……. 이건 무리한 부탁이었어."

난 꼼짝하지 않았다. 그냥 누워서 엄마가 나를 혼자 내버려 두기만을 기다렸다. 엄마가 한숨을 쉬었다.

"너도 그렇겠지만, 나도 화가 나. 표현하지는 않지만. 너한테 화가 난 게 아니야. 아빠한테, 내 자신한테, 저러는 사람들한테 그리고 이 거지 같은 상황에 말이야. 네가 엄청 놀랐을 거야. 하지만 난 전부터 알았어. 아빠하고 내가 처음 만났을 때부터 줄곧. 서로 말은 안 했지만 그래도 우리는 사랑이면 충분할 거라고 생각했어. 우리는 서로 사랑했고 그래서 결혼했어. 나는 메건을 임신

했지. 디가 치료될 거라고 생각했어. 미리 다 말했어야 했어. 내가 설명했어야 했는데 못 했어.”

내가 태어나기 전의 엄마와 아빠에 대해서 이렇게 듣고 있으니 마음이 불편했다. 어렸을 때는 내가 태어난 이야기를 듣는 게 무척 좋았다. 2월의 쏟아지는 눈을 뚫고 허둥지둥 병원으로 갔던 것, 의사가 건강하고 예쁜 아기라고 말한 것, 엄마하고 아빠가 나를 집으로 데리고 왔을 때 언니가 할머니를 도와 케이크를 구운 것. 하지만 그 전의 이야기는 듣고 싶지 않았다. 내가 없는 세상을 상상하는 게 너무 이상한 느낌이 들었다. 그때 뭔가 다른 일이 일어났다면, 어쩌면 나는 존재하지 않았을지도 모른다.

엄마가 계속해서 말했다.

“하지만 질병은 아니야. 트랜스젠더라는 건 치료하거나 바뀌는 게 아니야. 어쨌든 무척 오랫동안 시도했지만 할 수 없었어. 그걸 해결하느라고 우리 둘, 몇 년은 걸렸어. 지금도 여전히 해결하고 있고. 너희한테 더 이상 비밀로 하지 않으면서……”

엄마는 잠깐 멈추었다가 목소리를 낮추었다.

“쉽지 않았어. 우리가 잘하고 있는 건지 여전히 걱정스러울 때가 있거든. 사람들이 우리에 대해서 이러쿵저러쿵 떠들어 대고, 생각 없이 함부로 말하고, 이게 너랑 메건이나 제이미를 더 힘들게 할 거라는 게 정말 싫어. 난 너희 엄마야. 내가 바라는 건, 너희를 보호하는 것뿐이야. 엄마와 디가 그렇게나 오랫동안 시간이 걸렸으니,

지금 상황에 익숙해지는 데 너희도 시간이 걸릴 수밖에 없다는 사실을 알았어야 했어."

엄마가 이렇게나 오랫동안 이야기를 하는 일은 자주 없다. 우리를 야단치거나 잘했다고 칭찬할 때조차 엄마는 보통 짧게 말한다.

"그러니까, 이지. 내 말은, 내일 일찍 일어나서 노리치에 있는 방송국으로 터덜터덜 억지로 걸어가서 내내 웃고 있을 필요는 없다는 거야. 중요한 날을 앞두고 있다는 거 알아. 너한테 부탁하지 말았어야 한다고 디를 나무랐어. 하지만 알잖아, 아이디어가 떠오를 때 디가 어떤지!"

엄마 목소리에 웃음기가 있었다.

"우리 가족은 살짝 고집스러운 면이 있잖니."

나는 조금 마음이 풀렸다. 내가 움직이거나 무슨 말을 하지 않는데도 엄마는 말을 참 잘했다. 엄마도 마음이 살짝 풀렸던 것 같다. 분위기가 누그러졌다. 적어도 엄마는 내 편이었다. 그러다 문득 '그래도'라는 단어가 들려왔다.

"그래도 네가 디를 말릴 수는 없어. 정말이야. 나도 해 보려고 했어."

엄마는 잠시 멈추고는 다시 한숨을 쉬었다.

"괜찮을 거야. 엄마가 약속할게."

엄마는 이야기를 마쳤다. 시계가 똑딱거리고 아래층 부엌에서 윙윙 돌아가는 세탁기 소리만 들려왔다. 마침내 엄마가 침대에서 일어나 문으로 걸어가는 소리가 났다. 그리고 뒤이어 조심스레 문을 닫는 소리가 났다.

내가 얼마 동안이나 누워 있었는지 모르겠다. 엄마는 나를 이해한 것 같았지만 어떻게 전부 괜찮을 거라고 그렇게 확신할 수 있을까? 내일 학교에서 모두 빤히 쳐다보는 사람은 엄마가 아닐 것이다.

나는 전화기를 꺼내 우리 부모님에 대해, 디가 텔레비전에 나간다는 것에 대해, 그렇게 되면 내가 절대로 견뎌 낼 수 없다는 것에 대해 그레이스에게 긴 문자메시지를 쓰기 시작했다. 그저 그렇게 쓰는 것만으로도 기분이 훨씬 나아졌다. 그레이스 말고는 내가 어떤 기분인지 이해할 사람이 아무도 없다. 그레이스 말고는 내가 말하고 싶은 사람이 없다.

어쨌거나 그 메시지를 보낼 필요는 없었다. 시간이 너무 늦었다. 엄마와 아빠가 잠자리에 들려고 위층으로 올라오며 하는 말이 들렸다. 나는 귀를 바짝 문에 대고 두 분이 방에 들어가며 하는 말을 들으려고 했다. 아직 두 사람을 마주할 준비가 안 됐다.

이상한 단어만 알아들을 수 있었다. 이윽고 내 방문을 지나칠 때 갑자기 엄마 목소리가 좀 더 크게 들렸다.

"당신이 믿는 것을 지지하면 충분해. 당신은 마틴 루서 킹이 아니야. 그건 텔레비전 카메라한테 맡겨 둬."

그래도 화난 목소리는 아니었다. 목소리에 온화함과 웃음기가 묻어 있었다. 디는 웃으며 나는 알아들을 수 없을 정도로 작게 웅얼거렸다.

언니 방문 아래에서 새어 나오는 작은 불빛 말고는 집 안은 온통 어둠뿐이었다. 나는 살금살금 아래층으로 내려가 냉장고를 뒤져 먹을 만한 것을 찾아 혼자서 한밤의 만찬을 즐기러 위층으로 올라왔다.

내 휴대전화는 여전히 침대 옆 탁자에 있었다. 그레이스에게 보낼 메시지가 기다리고 있었다.

나는 '보내기' 버튼을 눌렀다.

✦ 27 ✦

나는 학교 강당 무대에 서 있다. 조명이 환하게 빛나고 관중은 어둠에 쌓여 있다. 밴드가 연주를 시작한다. 나는 입을 열어 노래를 부르기 시작한다.

하지만 음악이 엄청나게 빨라서 입에서 가사가 뒤죽박죽 흘러나온다. 관중이 자리에서 몸을 뒤척이기 시작한다. 이윽고 무대를 향해 물건을 집어 던진다. 나는 무대를 몰래 빠져나온다. 주위로 타닥타닥 작은 물건이 떨어지는 소리만 들린다.

나는 땀으로 온몸이 뒤범벅이 된 채 잠에서 깨어났다. 이불이 온몸을 칭칭 휘감고 있었다. 침대 옆 시계가 '05:47'을 나타내고 있었다. 천만다행이다.

하지만 타닥타닥 소리는 계속 이어졌다. 창문 밖에서 들려오는 소리였다. 나는 침대에서 벌떡 일어나 늦은 밤 간식이 담긴 접시를 발로 뒤엎으며 커튼을 획 들어 올렸다.

밖은 어둡고 축축했다. 저 아래의 거리가 잘 보이지 않았다. 문득 또 다른 소리가 들렸다. 누군가 내 창문에 뭔가를 던지고 있었다. 나는 창문을 열고 아래를 내려다보았다.

"이봐, 거기 뭐 하는 거예요?"

"드디어 나왔네. 나 좀 들여보내 줘. 여기 밖이 너무 추워."

이런, 이런. 그레이스다. 그레이스는 빗속에서 진짜로 엄청나게 오래 서 있었던 것처럼 보였다. 하지만 어쩌면 내가 아직 꿈을 꾸고 있는지도 몰랐다.

나는 아래층으로 살금살금 기어 내려갔다. 왜 그랬는지는 모르겠다. 우리는 이미 골목 사람들 반을 깨우고도 남을 만큼 시끄럽게 굴었는데 말이다. 부엌 전등이 켜 있었다. 내가 현관문을 열자 그레이스가 펄쩍 뛰며 안으로 들어왔다. 코트에서 물이 뚝뚝 떨어졌다. 나는 잠옷 가운을 단단히 여미며 졸음이 가시지 않은 목소리로 물었다.

"도대체 여기에서 뭐 하는 거야? 창문에 뭘 던지고 있었어?"

"그냥 돌멩이야. 책에서 읽었지. 다른 사람은 깨우지 않고 네 관심을 끄는 좋은 방법이 될 줄 알았거든. 그런데 네가 창가로 오는데 백만 년이나 걸렸어. 게다가 밖은 엄청 습해. 아, 이지. 미안해, 정말, 정말 미안해."

그레이스는 축축한 몸으로 나를 얼싸안았다.

"난 쓰레기 같은 친구였어. 내가 너무 멍청했어. 어젯밤에 네 문자메시지를 받고는 잠을 잘 수가 없었어. 내가 진작 와서 널 도와주었어야 했어."

"알았어, 알았다고. 그만 좀 해. 옷에서 물이 많이 떨어져."

나는 부드럽게 그레이스를 밀쳤다. 여전히 반쯤 잠들어 있어서 꿈꾸고 있는 느낌이었지만 그레이스에게 물었다.

"무슨 일인지 모르겠네. 꼭두새벽에 여기에서 뭐 하고 있는 거야?"

그때 뒤에서 디의 목소리가 들렸다.

"나도 똑같은 질문을 해야겠네. 다시 보니 물론, 언제나 반갑구나. 살짝 이른 시간이긴 하지만."

그레이스가 말했다.

"안녕하세요. 대니엘. 멋져 보이세요. 아주 스타일리시하신데요. 적당해요. 딱 텔레비전에 맞아요."

디가 차 한 잔을 들고 부엌문 앞에 서 있었다. 나도 그레이스의 말에 동의하지 않을 수가 없었다. 옷하고 머리는 잘 어울렸다. 다만 화장을 했는데도 디의 얼굴은 지나치게 창백했다.

"어, 그래."

디는 여전히 어리둥절한 표정이었다. 그레이스가 계속해서 말했다.

"있잖아요. 어쩌면 방송국에 가실 때 응원이 필요하실지 모른다고 생각했어요. 우리가 할 수 있어요. 문제는 일으키지 않을 거예요. 그냥 거기에 있을게요. 기운을 북돋아 주고, 너무 긴장하지 않도록 하는 거죠."

나는 입을 열었다가 다물었다. 아무런 말도 나오지 않았다. 디가 한쪽 눈썹을 올렸다.

"그레이스, 너, 그러니까, 얘기했니? 너희 엄마한테 말씀드린 거야?"

그레이스는 애써 말을 찾았다.

"그러니까, 정확히는 아니고요."

"안 돼, 넌 그럴 필요 없어. 아주 고마운 제안이지만 엄마 허락도 없이 너를 데리고 이 도시를 빠져나갈 수는 없어. 학교에 늦고 말 거야. 엄마가 몹시 걱정하실 거다, 미안."

디가 나를 건너다보았지만 나는 디와 눈을 마주칠 수가 없었다.

"게다가 이지도 가고 싶은지 잘 모르겠다. 그렇지, 우리 딸?"

그레이스가 재빨리 말했다.

"아, 정말 가고 싶어 해요. 이지는 이 순간을 놓치고 싶지 않을걸요. 우리 엄마는 걱정하지 마세요. 제가 쪽지 남겨 놨어요. 엄마는 진짜 일찍 일어나세요. 지금 엄마한테 문자메시지를 보내서도 좋아요. 정말 다 괜찮을 거예요."

디는 깊은 생각에 빠졌다.

"흠, 이지. 어떻게 생각하니?"

나는 고개를 들었다. 애원하는 두 명의 눈빛이 나를 곧장 쳐다
보고 있었다.

"그렇다면…… 좋아요."

내가 말했다. 그레이스는 신이 나서 자그맣게 비명을 질렀다.
디가 나를 향해 웃어 보였다. 지난밤 그렇게나 끔찍하게 느껴졌
던 일이 오늘 아침엔 그다지 나쁘게 보이지 않았다. 오히려 재미
까지 있을 것 같았다. 이제 그레이스도 갈 거다.

"어서, 빨리 너 옷 좀 입어야겠어. 머리가 엉망이야. 우리 언제
떠나야 해요?"

디가 시계를 확인하며 말했다.

"10분 있다가. 우선 내가 너희 엄마하고 통화하고, 알았지? 계
단 조심해서 올라가라, 제이미 깨우지 말고. 제이미는 오늘 학교
가야 해. 게다가 오늘 밤 늦게 뮤지컬이 있잖아."

이건 좀 불공평한 거 같다. 어쨌든 나도 학교에 가야 한다. 그리
고 저녁 늦게 뮤지컬 공연도 해야 한다. 하지만 나는 그레이스 손
길에 이끌려 위층으로 올라가고 있었다. 디는 부엌문을 조심스레
닫고 그레이스 엄마에게 차분하게 전화를 걸었다.

나는 헉헉거리며 말했다.

"뭐 하는 거야? 우리는 더 이상 친구도 아니라고 생각했는데. 그
게 아니라 할지라도, 너 내 메시지 읽었어? 이건 재앙이야. 난 디
가 텔레비전에 나가는 거 싫어. 간다 해도 나는 디랑 같이 가고 싶

지 않아. 디가 스스로를 바보로 만드는 순간을 보고 싶지 않다고!"

"이 멍청아, 너도 가고 싶잖아. 나랑 같이 가고 싶잖아. 조명하고 카메라랑 분장이 있는 진짜 텔레비전 방송국이라고. 너희 아빠가 텔레비전에 나온단 말이야. 그리고 너희 아빠한테는 우리가 필요해. 너희 가족 중에 유명 인사가 생기는 거야. 내가 아는 사람 중에 텔레비전에 나온 사람은 없어. 게다가 거기서 유명한 사람을 만나게 될지도 몰라."

"지역 뉴스야. 할리우드가 아니란 말이야. 우리는 영화배우를 만나지도 않을 거야. 그냥 시간이 지나면 없어지는 구닥다리 지역 신문을 읽는 사람들이라고."

"그래도 진짜 텔레비전 방송국이야. 얼마나 멋질까? 다시는 이런 기회가 없을지도 몰라. 내가 영화배우가 되기 전까지. 생각해 봐, 이지."

"그보다 우리 아빠가 나를 웃음거리로 만드는 게 끔찍해. 그레이스, 아빠는 치마를 입을 거라고. 텔레비전에서. 게다가 모두 본다고."

하지만 내가 어떻게 생각하는지 그레이스에게 설명하려 애쓸 때에도 더 이상 내 말이 진심이 아니란 것을 깨달았다. 어제 그랬던 것처럼, 마치 세상이 끝날 것처럼 나는 화가 나지 않았다. 얼마나 끔찍할까 상상하는 대신 비웃지 않을 사람들을 생각했다. 메건 언니 친구들, 샘 그리고 토머스 선생님. 그 사람들은 그냥 디를 있는 그대로 받아들일 거다. 디가 하는 말에 귀를 기울일 거다.

그리고 그레이스가 있다. 그레이스는 언제나 내 기분을 좋게 해 준다. 마치 뭐든 가능하고 무엇이든 모험인 것처럼……. 우리가 다시 친구라는 게, 게다가 그 사실이 이 세상에서 가장 자연스러운 일이라는 게 믿기지 않는다.

기분이 좀 나아졌다. 디의 기분이 나아지는 것도 내게 달렸다. 그래, 나는 그레이스가 필요했다. 하지만 지금 당장 디는 내가 필요하다. 내가 디 옆에 있어야 한다. 디를 실망시킬 수 없다.

"가자, 이지. 어서. 흔들리지 마, 제발."

그레이스는 눈을 둥그렇게 뜨고 고개를 기울이고는 두 손을 모았다. 너무 불쌍해 보여서 나는 웃음이 터져 나왔다. 문득 그레이스도 웃음을 터뜨렸다. 우리는 웃음을 멈출 수가 없었다. 이내 배가 아파서 숨을 헉헉 몰아쉬었다. 기분이 말끔히 풀렸다.

아빠의 말이나 행동 때문에 그레이스가 나랑 친구가 되지 않으려 하지는 않을 거다. 샘과 얽힌 그 모든 것도 지금은 큰 문제가 되지 않는다.

제이미가 깨지 않도록 우리는 터지는 웃음을 손으로 틀어막으며 내 방으로 들어갔다. 10분도 채 걸리지 않아 나는 교복을 입고 머리를 묶고 이를 닦고 집을 나설 채비를 했다.

디는 문가에서 자동차 열쇠를 만지작거리며 기다리고 있었다. 디가 한 말은 이것뿐이었다.

"너희 어머니는 아주 이해심이 깊으신 분이구나, 그레이스."

그러고 나서 우리는 집을 나섰다.

나는 뒷좌석을 차지하고 있는 과자 봉투, 색연필, 머리 고무줄을 한쪽 구석 제이미의 카시트 꾸러미에 밀어 넣었다. 그레이스와 나는 함께 다른 쪽에 몸을 구겨 넣었다. 자동차에서 라디오 소리가 낮게 흘러나왔다. 무척 침착해 보였지만 디가 긴장한 걸 알수 있었는데, 리틀헤이븐 외곽을 통과해 시내로 가면서도 아무것도 아닌 것에 대해 계속 이야기를 했다. 확실히 우리가 함께해서 기분이 좋은 걸 알 수 있었다. 나는 마음이 놓였다. 그레이스 덕분에, 어쨌거나 나도 후회하지 않을 결심을 했다.

밖은 여전히 조용했다. 길은 거의 텅 비었다. 두어 명의 여자가 우산 아래 몸을 웅크리고 새벽 버스를 기다리고 있었다. 출근 시간 전이었다. 자동차들이 이따금 반대편으로 씽씽 지나가기만 했다. 나도 조마조마 바짝 긴장됐다. 초조하면서도 흥분이 되었다. 또한 갑작스레 엄청나게 배가 고프다는 사실을 깨달았다. 왜 집을 나서기 전에 아침거리를 집어 오지 않았을까?

우리가 마을을 막 벗어나기 전에, 디가 낡은 집들이 늘어선 거리를 가리켰다.

"너희 둘하고 있으니까 생각나네. 일 때문에 몇 주 전에 저기에 갔어. 무슨 다락방 확장하는 견적을 내려고. 집이 좋더라고. 전부 독창적이고."

하품이 나왔다. 디는 누가 듣든 말든 집, 벽난로, 특징에 대해서 이야기할 거다.

"사람들도 좋았어. 피어스. 성이 그랬던 것 같아. 아들이 세인트 메리에 다녔어. 어디에 있든 교복을 보면 알 수 있지. 학교 이야기를 재미있게 나누었지. 그 애도 뮤지컬에 나온다던데, 너희도 그 애를 알걸?"

"피어스라고요?"

그레이스와 내가 정확히 동시에 외쳤다. 우리는 너무 깜짝 놀라서 찌찌뿡도 하지 않았다.

"루커스 피어스 아니지?"

내가 물었다. 그레이스도 헉 하는 소리를 냈다. 디가 대답했다.

"맞는 것 같아. 그래. 루커스가 귀에 익는다. 예의 바른 학생이더라. 그 애 아니?"

그레이스가 눈을 흘기며 말했다.

"네. 네. 우리 둘 다 아는 애예요."

그레이스는 내게 몸을 기울이며 속삭였다.

"루커스가? 예의 바르다고? 대단한 연기네. 〈아가씨와 건달들〉에서만 그렇지!"

나는 한숨을 내쉬었다. 이건 딱 한 가지를 의미한다. 학교에서 내내 디에 대해서 모두에게 떠든 건 루커스가 틀림없다는 사실. 언니 친구도, 그레이스도 아니었다. 이제 확신할 수 있다.

애초에 그레이스를 의심하다니, 정말이지 참담한 기분이 들었다. 내가 끔찍한 말을 했던 걸 기억하고 그레이스가 결국 나와 다시는 화해하지 않으면 어쩌지? 나는 걱정스러운 눈빛으로 그레이스를 보았다. 그리고 자그맣게 속삭였다.

"나도 미안해."

그레이스는 나를 향해 웃어 보이고는 내 손을 꽉 잡았지만 미소 아래 걱정스러움도 보였다.

"괜찮아. 나도 그런 말을 하지 말았어야 했어. 진심은 아니었어, 그 어떤 것도."

"알아, 나도 진심이 아니었어. 난 네가 다시는 나랑 친구가 되지 않을까 봐 걱정했어."

그레이스는 나를 지나쳐 차창 밖을 내다보았다. 소리 없이 한숨을 내쉬었다.

"지난 2주 동안 무척 비참했어. 다시는 싸우지 말자, 무슨 일이 있어도. 알았지?"

"맹세할게."

그레이스도 내 말을 따라 했다.

"나도 맹세할게. 전부 다 잊고 전처럼 친구가 될 수 있을 거 같아?"

나는 순간 멈칫했다가 잠시 생각한 다음 말했다.

"아니, 잊을 수 있을 것 같지는 않아. 언제나 생각날 테니까. 그렇지 않을까? 그래도 괜찮을 수 있어. 우리는 여전히 절친이야, 안 그래?"

그레이스가 기분 좋게 말했다.

"지당하신 말씀! 올리비아랑 같이 노는 거 진짜 지겨웠어. 넌 모를 거야. 언제나 너랑 노는 게 훨씬 더 재미있어. 참, 여기……."

그레이스는 주머니를 뒤졌다.

"봐, 내가 가지고 있는 거!"

그레이스는 살짝 바스러진 킷캣 초콜릿을 꺼내서 껍질을 벗기고는 반을 잘라서 내게 한 조각 건넸다.

"내가 맡아 둔 거야."

그레이스가 웃으며 말했다.

"여기야. 다 왔다."

디가 텅 비어 있는 주차장으로 자동차를 획 돌리며 말했다.

◆ 28 ◆

텔레비전 방송국은 거대한 유리 건물이었다. 창문과 번쩍거리는 불빛 그리고 커다란 회전문이 있었다. 나는 디의 손을 잡기에 너무 자랐지만, 본능적으로 잡았다. 우리는 함께 안으로 들어갔다.

그레이스는 분위기에 푹 빠져서 지나치는 사람들을 유심히 살펴보았다. 정장을 입은 사람도 있지만, 대부분 청바지와 재킷을 입었는데 거의 모두가 중요해 보이는 신분증을 목에 두르고 손에 종이컵을 들고 있었다.

"안녕하세요, 안녕하세요. 어서 오세요. 대니엘 씨죠?"

아주 밝은 립스틱을 바르고 코에 반짝이는 보석을 박은 깔끔한 금발의 여자가 말했다. 디의 대답은 기다리지도 않고 계속 재잘거렸다.

"저는 엘리라고 합니다, 담당 PD죠? 이렇게 이른 아침에 와 주

셔서 정말 고맙네요? 전화로 말씀드린 사람이 저예요?"

엘리가 하는 말은 전부 질문처럼 들렸다. 그래서 우리의 대답이 정말로 필요한지, 언제 대답을 해야 할지 알기가 어려웠다.

"시간을 잘 맞추셨네요. 전혀 서두르실 필요 없어요. 우리 초록방으로 가서 다른 게스트들을 만날까요?"

엘리가 엘리베이터를 향해 걸어가자 디가 조심스럽게 말했다.

"제 딸하고 딸아이 친구도 같이 가도 괜찮을까요? 제가 미리 확인했어야 하는데, 다 갑작스럽게 일어난 일이라서요."

엘리가 그레이스와 나를 쳐다보았다. 교복을 입고 서 있으니 우리가 분명 아주 어려 보였을 것이다. 우리를 들여보내지 않을 수도 있다는 걸 생각도 못 했다. 이번에는 그레이스조차 조용했다.

엘리는 우리를 향해 아주 환하게 웃어 보이며 말했다.

"흠, 보통은 안 되는데요. 두 사람을 위해서 예외를 두기로 할까요? 두 사람 아주 어른스럽고 분별력이 있는 것처럼 보이네요. 아…… 아니, 엄…… 아니, 대니엘을 텔레비전으로 보니까 분명 엄청 신날 거예요?"

우리는 엘리베이터 안에 몸을 구겨 넣었다. 엘리가 미로와 같은 복도로 우리를 이끌며 신분증을 이용해 문을 계속해서 열었다. 나는 너무 헷갈렸다. 혼자서는 여기에서 빠져나가지도 못할 것 같았다.

이윽고 마지막 문 하나를 열자 한가운데 편안한 의자와 작은 탁자가 있는 작은 방이 나타났다. 병원의 예쁜 대기실 같았다.

"여기가 그 초록방인가 보다."

그레이스가 속삭였다. 엘리는 우리에게 의자 세 개를 내주고 차를 마시겠냐고 물었다. 디만 '네'라고 답했는데 잠시 후 괜찮다고 했다.

"자, 이제."

엘리가 단호히 말했다. 하지만 여전히 엄청난 속도로 자신이 아는 세부사항을 외워서 줄줄 읊어 댔다.

"전에 저희 프로그램 보신 적 있죠?"

디가 고개를 끄덕였다.

"대니엘이 나올 분량은 딱 8분 정도예요. 후딱 지나갈 거예요. 걱정할 필요는 없어요. 사회자 케빈이 이슈를 설명할 겁니다. 왜 이 이슈가 오늘 뉴스인지, 저희가 짧은 장면을 돌릴 거예요. 그러고 나서 당신하고 다른 게스트한테 의견을 묻는 질문을 몇 가지 할 겁니다. 괜찮아요? 라이브로 갈 때까지 약 10분이 있어요. 조금 있으면 분장 담당이 여기 올 거예요. 살짝만 할 겁니다, 괜찮죠?"

디가 고개를 끄덕였다. 그레이스도 고개를 끄덕였다. 나는 그레이스의 옆구리를 쿡 찌르고는 말했다.

"너는 아니야, 이 바보야."

그레이스가 웃으며 말했다.

"알아. 그래도 신난다, 안 그래?"

사실 그랬다. 나는 주위를 둘러보았다. 벽에 지금 방송되고 있는 프로그램을 볼 수 있는 TV 스크린, 예전에 출현했던 게스트와 진행자의 사진이 액자에 걸려 있었다. 어렴풋이 몇몇 사람을 알아볼 수는 있었지만 이름은 알 수가 없었다. 10분 있다가 우리가 여기에 앉아서 디가 저기 똑같은 화면에 나오는 걸 본다고 생각하니 신기했다. 나는 디를 흘끗 보고 디도 똑같은 생각을 하고 있다고 생각했다.

"긴장돼요?"

내가 자그맣게 물었다. 그 방에는 다른 사람들이 고작 두어 명 있고, 그 사람들은 대화에 푹 빠져 있었지만 목소리를 크게 내면 안 될 것 같은 생각이 들었다.

"살짝."

디가 내 손을 꽉 쥐며 말했다.

"디는 잘할 거예요. 그럴 거야."

디의 기분을 좋게 할 말을 생각해 보려고 했다. 마침내 토머스 선생님이 요전 날 가수 아델에 대해서 했던 말이 떠올랐다. 그래서 화장 솔하고 화장품이 잔뜩 들어 있는 가방을 든 여자가 디의 얼굴에 화장을 하는 동안, 나는 가장 경험이 풍부한 배우도 무대에서 겁을 집어먹으니 마음을 진정하기 위해서 숨을 깊이 쉬어야 한다는 이야기를 조잘거렸다. 갑자기 그레이스가 내 팔을 움켜잡았다.

"맙소사. 저 사람이 여기에서 뭐 하는 거지?"

그레이스가 문을 향해 고개를 까딱 기울였다. 진청색 양복을 입은 어깨가 넓고 키 큰 남자가 막 걸어 들어왔다.

"누군데?"

내가 작게 되물었다. 하지만 그레이스가 미처 대답하기도 전에 그 남자가 우리에게 곧장 걸어와 그레이스에게 인사를 건넸다.

"그레이스 양, 안녕. 정말 반갑구나."

그 남자가 쩌렁쩌렁한 목소리로 말했다. 그러자 그레이스가 차분하게 땋은 머리를 만지작거리며 말했다.

"안녕하세요, 목사님."

문득 나는 깨달았다. 그 사람이다. 그레이스가 다니는 교회의 존슨 목사. 우리 아빠를 가증스럽고 추잡하다고 생각하는 사람.

✦ 29 ✦

"여기는 웬일이니, 그레이스? 어머니도 여기 오셨니? 그러니?"

존슨 목사가 물었다. 목사는 그레이스의 교복을 죽 훑어보았다.

"방송국이 학교 가는 길에 있지는 않을 텐데⋯⋯."

이윽고 나하고 디를 알아차리고는 악수를 하려 손을 내밀었다.
그렇게 손을 꽉 잡는 사람은 처음이었다. 악수를 하고 나니 손가
락이 다 저렸다. 악수만큼이나 힘찬 목소리로 그 사람이 말했다.

"존슨 목사라고 합니다. 만나 뵙게 돼서 반갑습니다."

디를 바라볼 때 눈동자 속에 설핏 빛나는 한 줄기 혐오감을 나
는 떠올렸다.

"대니엘 파머라고 합니다. 여기는 저희 딸 이저벨이고요. 그레이
스는 이미 아시는군요."

엘리가 헤드셋을 쓰고 손에 클립보드를 들고 부산히 움직였다.

"좋아요, 좋아. 두 분 벌써 만나셨네요? 들어가기 전에 이야기를 나누시는 게 좋지 않을까요? 그러면 인터뷰가 훨씬 더 자연스러울 거예요. 목사님, 대니얼 씨, 날씨 뉴스가 막 시작하고 있어요. 두 분 곧 들어가야 할 시간입니다. 제가 두 분을 모시고 가서 자리 잡게 도와드리죠."

엘리는 그레이스와 내게 손을 흔들었다.

"나중에 봅시다, 학생들!"

내가 그레이스에게 물었다.

"저 사람이 여기서 뭐 하는 거지?"

"내가 어떻게 알겠어? 목사님이 화장한 거 봤어?"

"물론 화장했지, 멍청하긴. 텔레비전에 나올 거잖아. 다들 화장을 해, 텔레비전 앞…… 그레이스! 목사도 텔레비전에 나올 거야. 디랑 같이. 여자 옷을 입는 건 가증스럽고 추잡한 죄라고 말하는 목사가……."

나는 갑작스레 숨을 멈추었다. 내 귀랑 뇌랑 입이 전부 허둥지둥 따로 노는 것 같았다. 어찌된 일인지 알 것 같았다. 내가 할 수 있는 건 아무것도 없었다.

"지금까지 오늘 아침 날씨를 말씀드렸습니다. 행복한 하루 보내십시오. 외출할 때는 꼭 우산 챙기시기 바랍니다!"

벽에 걸린 TV 스크린에서 기상캐스터가 떠들어 댔다. 그레이스와 나는 텔레비전으로 좀 더 바짝 다가갔다. 카메라가 디, 존슨 목사 그리고 사회자 케빈을 가까이 잡았다. 다들 편안하고 여유로운 척 파스텔 톤 초록색 소파에 나란히 앉아 있었다. 'TV 이스트' 로고가 반짝였다.

이전에 이 프로그램을 고작 몇 번 봤다. 주로 아파서 학교에 가지 않아 달리 할 일이 없을 때. 그래도 텔레비전에서 디를 보니 실감이 나지 않았다.

"안녕하세요. 우리 프로그램의 '로컬 룩(Local Look)' 코너입니다."

사회자가 큰 소리로 말했다. 사회자는 겨우 두어 마디 정도 했는데 디가 정말로 초조해하고 있다는 걸 알아차렸다. 입이 바싹 말랐다. 나는 힘겹게 침을 삼키며 차를 마시겠다고 할 걸 후회했다. 사회자가 이어 말했다.

"로컬 룩은 이번 주의 헤드라인 기사를 다른 시각으로 들여다보는 코너입니다. 어제 젠더 연구소에서 나온 보고서에 따르면, 점점 더 많은 어린이가 젠더 클리닉에 다니고 있다고 합니다. 걱정스러운 신호인가? 반가운 발달인가? 여기 스튜디오에 지역 트랜스젠더 지원 모임 '트랜스앵글리아'에서 오신 대니엘 파머 씨가 나와 계십니다."

디가 인사를 하자, 그레이스와 나는 시선을 주고받았다.

"그리고 입스위치 새생명구원교회에서 오신 제롬 존슨 목사가 계십니다. 우선 여기 기사가 있습니다."

미리 녹화해 둔 영상이 방송되기 시작하자 그레이스는 나를 향해 진지하게 말했다.

"디 잘하고 계시지 않니? 진짜, 잘하고 계셔."

"그레이스, 지금껏 소파에 앉아 있기만 했어. 달랑 인사 한마디만 하고. 아직 질문도 안 했다고."

"그래. 그래도 아주 편안해 보이잖아. 아까 같지 않아. 솔직히 이지, 대니엘이 하도 멍해 보여서 안내데스크에서 바로 토하는 줄 알았다니까."

"쉿. 이제 디가 다시 나온다."

사회자가 웃으며 디를 향했다.

"시작해 볼까요. 대니엘, 지금 자신의 젠더를 바꾸고 싶어 하는 아주 어린아이들로 가득 찬 젠더 클리닉이 바람직하다고 생각하시나요? 그러니까, 우리는 어린이를 그저 어린이로 놔두면 안 될까요?"

사회자가 억지웃음을 지었다.

"자, 어서, 어서."

나는 숨죽여 중얼거렸다. 제발 망치지 마요. 제발 잘해요. 제발.

디가 차분하게 말을 시작했다. 보아하니 엄청 긴장했다.

"음, 우선 그건 그야말로 사실이 아닙니다. 누구도 어린이들에게 어떤 부적절한 치료를 받으라고 제안하고 있지 않습니다. 이 기사는 우리가 어린이들에게 귀를 기울이고 있어야 한다고 말하고 있습니다. 그 점은 확실히 우리 모두가 동의할 수 있는 것이에요. 상황을 무시한다고 해서 그냥 없어질 문제가 아닙니다. 저는 알아야 한다고 생각합니다."

그레이스가 펄쩍펄쩍 뛰며 소리쳤다.

"파이팅, 디! 근사한 대답이야!"

사회자가 이어 말했다.

"아, 그렇군요. 대니엘 씨도 자녀가 있는 것으로 알고 있는데요. 아빠의 성전환을 아이들은 어떻게 받아들이고 있습니까? 확실히 어려운 문제임에 틀림없을 텐데요. 어린아이들이 감수해야 할 게 많지 않나요?"

"내가 진짜 누구인지, 저 스스로 인정하는 것이 쉽지 않았습니다. 몇 년이 걸렸지요. 앞으로 갈 길이 멉니다. 우리 가족에게도 언제나 쉽지 않습니다."

디는 멈추어서 잠깐 고개를 숙였다. 아주 잠깐이긴 했지만, 내 심장이 발바닥까지 떨어져 내리기에 충분한 순간이었다.

"우리 아이들은 이 상황을 잘 이해하고 있습니다. 가족이 제게 해준 응원이 자랑스럽습니다. 이 세상 최고의 가족입니다. 하지만 모든 트랜스젠더들이 가족, 친구 또는 회사, 심지어 의사로부터 지지를 받는 것은 아닙니다. 그렇기 때문에 전반적으로 트랜스젠더를 바라보는 태도를 향상시킬 수 있는 기사가 무척 중요합니다."

디에게 귀를 기울이고 있자니 내 안에 자랑스러움이 차올랐다. 디는 인터뷰를 잘하고 있었다. 그럼에도 나는 어디로 기어가 숨고 싶었다. 지난밤에 내가 한 끔찍한 말들. 이 세상 최고의 가족이라고? 그래, 맞다.

"여기, 존슨 목사를 소개해 드리겠습니다. 목사님은 조금 다른 견해를 갖고 계시지요, 그렇지요?"

목사는 깊고도 힘찬 목소리로 대답했다.

"그렇습니다. 대니엘이라는 분의 고백에 감사드립니다. 하지만 여기에는 무척이나 많은 위험이 있습니다."

"들었어? 대니엘이라는 분이라고 말했어. 그러니까 진짜 이름처럼 말하지 않고!"

그레이스가 화가 나 씩씩거렸다.

"우리는 잘 알지도 못하는 것에 쓸데없이 간섭하고 있습니다. 지금 우리가 인위적으로 자기 몸을 바꿀 수 있다고 해서, 그렇게 해야 한다는 뜻은 아닙니다. 이에 동의하는 신앙 모임, 여성 단체 그리고 많은 사람이 있습니다. 우리에게는 경고가 필요합니다."

디가 몸을 앞으로 기울이며 말했다.

"경고하는 건 아주 좋지요. 그런데 우리가 경고하는 동안, 얼마나 많은 어린이 트랜스젠더들이 고통을 받고 있나요? 얼마나 더 많은 이들이 따돌림을 당하거나 피해를 입어야 할까요? 우리는 여기서 그 점에 주목해야 합니다. 어떻게 하면 이런 문제를 막을 수 있을까? 우리가 트랜스젠더들이 존재해서는 안 된다고 말하거나 이들의 존재를 무시하면, 이런 문제를 막을 수가 없습니다.

우리는 트랜스젠더들이 우리 가족, 우리 학교, 우리 직장에 없는 체해서는 안 됩니다."

샘이 집에서 이 장면을 지켜보고 있을지 궁금했다. 그 애 아빠도 자신이 자랐을 때 어땠는지 떠올리면서 보고 있을까?

사회자가 소파에서 몸을 앞으로 기울이며 말을 끊었다. 이마를 찡그리면서 걱정스러워하며 근심 어린 표정을 지었다.

"이 기사가 불러일으킬 이슈는, 우리 몇몇 시청자들이 걱정스러워하는 것이기도 한데요, 이런 주제가 어린이들로 하여금 트랜스젠더가 되는 게 멋지다는 생각이 들게끔 한다는 것입니다. 이것은 어린이들을 혼란스럽게 해서 나중에 후회하게 될지 모르는 결정을 이끌 수도 있다는 것이지요. 그게 지나친 염려인가요?"

존슨 목사가 세차게 고개를 끄덕였다. 디는 입술을 깨물었다. 초조해 보였다. 나는 눈을 질끈 감고 디에게 응원을 보내려고 했다. 그렇게 해 봐야 달라질 게 없다는 걸 알면서도.

백만 년 같은 시간이 지나고 나서, 디가 두 사람에게 물었다.

"학교에서 역사 배우셨나요?"

나는 눈을 뜨고 두 사람 다 어쩔 수 없이 고개를 끄덕이는 모습을 보았다. 카메라가 사회자를 잠깐 비추었는데 살짝 걱정스러워 보였다. 마치 이 인터뷰가 다음에 어디로 튈지 모르는 것처럼.

그레이스가 나를 보고 입 모양으로만 말했다.

'뭐지?'

나는 어깨를 으쓱해 보였다.

"그러니까, 예를 들어서 학교에서 프랑스혁명을 가르치면 우리 어린아이들한테 사람들의 머리를 잘라 버리라고 부추기게 되나요?"

디는 잠시 멈추었다.

"물론 아니죠. 트랜스젠더에 대해서 보다 잘 이해한다고 해서 그게 사람들을 트랜스젠더로 바꾸는 건 아닙니다. 저는 그것을 통해 아이들이 좀 더 관대하고 너그러운 사람이 되기를 바랄 뿐입니다. 제가 자라면서 제 주위에 트랜스젠더가 아닌 사람들만 봤다고 해서 '지금의 내 자신'을 막지는 못했습니다. 오히려 상황을 훨씬 더 어렵게 만들었죠."

갑자기 디가 아이였을 때 엄청나게 외로웠을 거라는 생각이 들었다. 엄마와 함께 있을 때조차도, 분명 어마어마하게 외로웠을 거다. 그런 느낌이 어떤지 조금은 안다. 지금 내게는 그레이스, 샘이 있으니 갑작스레 고마움이 가득 찼다. 그들은 나를 이해하고 나를 응원해 줄 친구들 같다. 분명 엄청나게 두려웠을 텐데도, 디는 저기 수천 명의 사람들이 볼 수 있는 곳에 나와 다른 사람들을 도와주려고 한다. 어쩌면 나도 응원을 보내야 할지도 모른다.

출연자들은 조금 더 이야기를 계속했다. 목사는 차분하고 설득력 있게 말했고 디는 점점 더 잘하고 있었다. 인터뷰 시간이 고작 몇 초처럼 지나가고 마침내 다 끝났다. 사회자가 두 사람에게 고맙다고 인사하고 다음 이야기를 시작했다. 나는 시간을 보았다. 아직 아침을 먹을 시간도 되지 않았다.

디가 초록방 문 안으로 걸어 들어왔다. 창백한 얼굴이었지만 웃고 있었다. 그레이스가 달려가 디를 얼싸안으며 조잘거렸다.

"이래도 괜찮죠? 어쩔 수 없어요. 와, 진짜!"

디도 그레이스를 안아 주고 그레이스 머리 위로 나를 보았다. 눈으로 말하고 있었다. 기다리고 있어.

이윽고 나도 디를 안았다. 그리고 그레이스도. 내 절친이 샌드위치처럼 긴 아빠하고의 이상한 포옹.

내 재킷 주머니가 부르르 떨렸다. 나는 팔을 풀었다.

"응, 엄마."

"이지, 너 괜찮아?"

엄마의 목소리가 전화기 저편에서 시끄럽게 울려 퍼졌다. 나는 웃으며 대답했다.

"응. 응. 나 괜찮아."

"네가 안 가도 됐는데, 넌 그저……."

내가 엄마의 말을 끊었다.

"알아, 괜찮아. 바꿔 줄게."

"고마워, 이지."

그저 전화기를 넘겨 줘서 고맙다는 게 아니란 걸 안다. 디가 엄마하고 제이미하고도 이야기를 나눌 즈음, 존슨 목사가 우리에게로 걸어왔다.

"우리 일요일에 만날 수 있을까?"

차분하게 그레이스에게 물었다. 그레이스는 고개를 끄덕였다. 목사는 나를 향해 돌아섰다.

"너도. 그레이스 친구는 누구든 언제라도 환영이란다."

이번만은 나도 생각하지 않고 말했다.

"디는요? 우리 아빠는 어때요? 디도 환영인가요?"

아주 잠깐 동안, 어색한 침묵이 감돌았다. 마침내 존슨 목사가 말했다.

"오늘 내가 들은 이야기로는 내 마음이 바뀌지는 않을 거다. 신의 도움으로, 나는 바르게 사는 방법을 알고 그리고 그것이 나의 교회를 이끈다고 믿는다. 하지만 환영으로 말하자면 '죄는 미워하되, 죄인은 사랑하라'는 말의 뜻을 이해할 수 있을까? 모두가 다양한 방법으로 죄를 짓는단다. 하지만 하느님은 모두를 사랑하시지. 너희 가족도 모두 환영한다, 이저벨."

어쩐지 믿음이 가지 않았다.

✦ 30 ✦

"어떤 게 더 나은 것 같아? 텔레비전에 나오는 거, 아니면 무대에 서는 거?"

그레이스가 베이컨 롤이 잔뜩 들어 있는 입으로 물었다. 우리는 돌아가는 길에 카페에 들렀다. 모두 너무 배가 고파서 보이는 대로 기름진 음식을 잔뜩 샀다. 난 이미 음식을 게 눈 감추듯 먹어 치웠다. 내가 대답했다.

"완전 100퍼센트 무대에 서는 거. 무대는 다른 사람들하고 있는 거잖아, 안 그래? 내 말은 그저 관중이 아니라 다른 사람들도 무대에 함께 있잖아. 팀하고 함께 있어."

"그래, 하지만 텔레비전에 나오면 제대로 유명해질 수 있어. 훨씬 더 많은 사람들이 본다고."

그레이스는 골똘히 생각에 잠겼다.

"그럴 수도 있겠네."

내가 말했다. 기쁨도 휙 사라졌다.

"학교에 늦지도 않았어. 봐, 우리 벌써 리틀헤이븐에 도착했어. 고작 8시 15분이야."

그레이스가 창밖을 내다보며 투덜거렸다.

"그래도 집에 갈 필요는 없겠다. 너희 두 사람 교문 앞에 내려 줄게. 그러고 나서 난 회사로 가고."

"그럴 필요 없……."

나는 말을 하려다 말았다. 문득 수천 명의 사람들이 오늘 아침 텔레비전에서 디를 보았다는 걸 깨달아서, 학교 밖에서 한두 사람이 우리를 본다고 해도 걱정할 필요가 없었다. 디는 차를 세우고 우리를 향해 몸을 돌렸다.

"고맙다. 너희 둘 다 내게 큰 힘이 됐어, 함께 있어 줘서. 이상하게 들리는 거 알아. 하지만 너희가 없었으면 솔직히 용기 내지 못했을 거야."

그레이스가 살짝 허리를 숙이며 말했다.

"천만에요."

디가 굳건히 말했다.

"자, 이제 다 잊고 오늘 저녁만 신경 써야지. 너희한테 중요한 날이니까. 참, 오늘 메건의 작품이 전시되는 거 알지? 꼭 살펴보고 알려 줘. 도대체 뭘 전시할지 아직도 난 모르거든."

아, 맞다, 미술상. 그게 오늘이란 것도 까맣게 잊었다. 작품이 일주일 동안 전시되고 나서 학기 말, 종업식에서 우승작을 발표할 거라고 언니가 말했다.

차에서 내리니 꿈에서 깨어나 진짜 현실로 들어서는 느낌이 들었다. 내가 모르는 낯선 장소에 내가 아는 사람들이 있는 초현실적인 꿈에서. 또는 사람들이 예상치 못한 행동을 하는 곳에서.

이게 확실히 진짜 삶이다. 아이들이 문으로 쏟아져 나오며 떠밀고, 밀치고, 웃고, 소리치는 학교의 또 하루. 나 이저벨 파머, 거대한 군중의 사소한 부분. 알아차리는 사람이 거의 없다.

"안녕, 이지, 안녕, 그레이스."

뒤에서 목소리가 들려왔다. 샘이다. 어떻게 샘은 언제나 느닷없이 나타나는 걸까? 샘은 우리 어깨에 팔을 하나씩 둘렀다. 우리 셋은 함께 걸어갔다. 그레이스가 밝게 웃으며 말했다.

"안녕, 샘. 오늘 아침에 우리한테 무슨 일이 있었는지 넌 잘 모를 걸."

그즈음 샘은 그레이스와 연습을 많이 해서 그레이스에게는 들려줄 드라마 같은 이야기가 언제나 있다는 걸 알았다.

"뭔데, 말해 봐."

그레이스는 좀 더 효과적으로 들리게 하려 잠시 멈추었다.

"있잖아, 오늘 아침 텔레비전서 이지 아빠 나오는 거 봤어?"

내가 끼어들었다.

"그레이스, 쉿!"

"진짜야? 너희 아빠가 텔레비전에 나오셨어, 이지? 정말로?"

샘이 나를 향해 말했다. 나는 고개를 끄덕였다. 샘에게 얘기하는 건 괜찮을 거다. 샘은 퍽 놀란 것 같았다. 놀라고 당황스럽지만 확실히 깊은 인상을 받았다. 그레이스가 계속 말했다.

"너 'TV 이스트' 알아?"

"머리 염색한 느끼한 남자가 소파에 앉아서 나오는 거?"

"어, 그래. 이지 아빠가 게스트였어. 우리도 같이 데려가 주셨거든. 우리 전부 다 봤어. 무대 뒤에 있는 거 전부. 진짜 텔레비전 스튜디오."

"텔레비전에 나가서 그 얘기 했어?"

샘이 여전히 나를 보며 물었다. 내가 재빨리 대답했다.

"응."

샘이 길게 숨을 내쉬었다.

"용감하다. 우리 아빠는 그런 건 절대 꿈도 꾸지 않으실걸."

샘은 얼어붙었다. 그레이스 앞에서 자기 아빠에 대해서 뭔가 눈치챌 만한 얘기를 하지는 않았을까 걱정하는 눈빛을 읽을 수 있었다.

바로 그 순간, 종이 울렸다. 샘은 한쪽으로 부리나케 달려갔다.

"이따가 보자, 오늘 저녁에 봐!"

그레이스와 나는 서로 팔짱을 낀 채 다른 쪽으로 달려갔다. 그레이스가 새된 목소리로 외쳤다.

"이런, 내 어깨에 그 애 팔이 아직도 느껴져. 엄마한테 내 재킷 빨지 말라고 해야지! 근데 자기 아빠에 대해서 무슨 말을 하려고 했던 거야? 누가 샘 아빠한테 텔레비전에 나오라고 하겠어?"

✦ 31 ✦

교실에는 여느 때처럼 아이들의 수군거림과 서로 옆구리를 찔러 대는 소란스러움으로 가득했다. 그레이스와 나는 우리 자리를 찾아 앉았다. 평소와 다른 건 없었다. 누가 실제로 오늘 아침 방송을 보았을지 알지 못했다.

그래도 마음이 놓이기 시작했다. 어쨌거나 누가 새벽에 텔레비전을 볼까? 본다 하더라도, 그게 우리 아빠라는 걸 어떻게 알까? 파머는 어쨌거나 아주 흔한 성이다. 문득 어떤 생각이 떠올랐다. 아이들이 안다 하더라도 내가 왜 신경 써야 하지? 디는 오늘 아침 현명했다. 굳이 다른 사람이 무슨 생각을 하는지 왜 중요할까?

백만 년 만에 처음으로 다시 그레이스와 나란히 앉으니 좋았다. 토머스 선생님이 교실에 들어오자, 아이들이 모두 자기 가방을 뒤졌다. 불현듯 깨달았다. 숙제. 그레이스도 숙제를 해 왔다. 그레이스는 스티커가 덕지덕지 붙은 분홍색 파일을 딸깍하고 열더니 종이 한 장을 꺼냈다. 내게는 그저 텅 빈 종이 한 장이 있을 뿐이었다. 어쩌면 선생님은 알아차리지 못할 거다. 내일 숙제 검사 파일에 내 것을 몰래 끼워 놓을 수 있으면 좋으련만.

토머스 선생님이 주위를 둘러보며 말했다.

"자, 8학년들. 모두 편집자에게 보내는 편지 가져왔겠지? 지금 제출하는 대신, 같이 친구들이 읽는 걸 들어 보자. 그러고 나서 설득하는 글쓰기에 대해서 모두 한마디씩 이야기해 보자."

"선생님이 굳이 채점할 필요가 없도록요?"

루커스가 큰 소리로 물었다.

"아, 루커스! 아주 날카로운 지적이구나! 네가 처음으로 손을 든 것 같네. 지원해 줘서 고맙다. 부끄러워할 거 없어. 앞으로 나와라."

루커스는 다리를 질질 끌며 앞으로 나가 살짝 기침을 하고 읽기 시작했다. 한 신문사의 편파적인 축구 보도에 대한 루커스의 열정적인 비난이 끝나고 기후변화와 지구를 구하는 게 중요하다는 시털의 편지가 이어졌다. 그러고 나서 귀여운 고양이 사진이 좀 더 많이 실려야 한다는 올리비아의 제안이 나왔다. 토머스 선생님이 눈을 흘겼지만 글을 잘 썼다면서 자신이 편집자라면 분명 고양이를 위한 지면을 더 할애할 거라고 말했다. 올리비아는 얼굴을 붉혔다.

"잘했다, 8학년. 선생님이 진짜 감동 먹었다. 올바른 언어 사용, 좋은 주제 선정. 자, 다음은 누가 할래?"

나는 책상만 쳐다보며 선생님이 나를 알아차리지 못하기를 바랐다. 하지만 운도 지지리 없었다.

"어디 보자, 이저벨. 나와서 네 글 읽어 줄래?"

"나 숙제 안 했어."

나는 그레이스에게 속삭였다. 그레이스가 되물었다.

"뭐? 너 항상 숙제해 오잖아?"

"오늘은 아냐. 까먹었어."

"그럼, 그냥 지어내."

그레이스는 내 자리에서 나를 살짝 밀었다. 나는 속이 울렁거리고 몸이 떨렸지만 교실 앞쪽으로 나갔다. 그러자 선생님이 나를 미심쩍게 쳐다보았다.

나는 잠깐 서서 지치고 지겨운, 그저 들을 준비가 된 얼굴들을 쳐다보았다. 지금 여기에서 무슨 역할을 할까 궁금했다. 모두가 바라는 공연이 무얼까? 오늘 나는 〈아가씨와 건달들〉을 이끄는 세라 브라운이 아닌, 그저 평범하고 새로울 것 없는 이저벨 파머다. 그런데 어떤 이저벨 파머지? 뮤지컬의 스타 아니면 누구도 알아차리지 못하는 여학생? 절친 아니면 낙오자? 가족의 자랑스러운 딸 아니면 책상 밑으로 기어 들어가 숨고 싶은 부끄러운 사람?

"그러니까, 저기. 네."

나는 초조하게 시작했다. 지난밤 집으로 가는 길에 머릿속으로 시작했던 글을 필사적으로 떠올리려 했다.

"안녕하세요? 어제 기사, 「성전환에 빠진 초등학생들」을 보고 씁니다. 이 기사를 읽고 몹시 안타까웠습니다. 왜냐하면 헤드라인은 사실이 아니니까요. 어린이들은 자신의 성을 바꾸라고 강요받지 않습니다. 둘째, 많은 사람들이 '성전환'이라는 단어를 불쾌하게 여기기 때문입니다. 셋째, 많은 트랜스젠더들이 따돌림을 당하기 때문에 이 기사 대신에 귀사의 신문에 따돌림을 반대하는 기사를 쓰는 게 낫겠습니다. 귀사는 사과문을 게재하고, 자신의 경험을 공유할 수 있는 사람들에 관한 새로운 기사를 쓰면 좋겠습니다. 감사합니다. 이저벨 파머."

침묵. 누구도 자리에서 꼼지락거리거나 더 이상 지겨워 보이지 않았다. 그 대신 모두 나를 쳐다보고 있었다.

"사실, 선생님, 다른 걸 말해도 될까요?"

제대로 생각할 겨를도 없이 그 말이 내 입에서 튀어나왔다. 선생님이 깜짝 놀라 고개를 끄덕였다.

나는 숨을 깊이 들이마셨다. 나는 내가 무슨 말을 하고 싶은지 알고 있었다. 하지만 내가 틀리게 말하면 어쩌지? 아니면 말이 전혀 안 나오면 어쩌지?

"이번 학기에 일어난 일에 대해서입니다. 제가 태어나기도 전에 시작됐던 일입니다."

나는 고개를 들어 교실을 보았다. 두 사람의 얼굴 말고는 모두 희미하게 보였다. 그레이스가 나를 향해 웃으며 엄지손가락을 척 올리고 있었다. 그리고 바로 뒤에서 샘이 나를 진지하고도 열정적으로 쳐다보고 있었다. 마치 계속하라는 듯이.

"여러분 대부분은 우리 아빠에 대해 알고 있습니다. 더 이상 비밀 같은 게 아니에요. 여러분이 떠드는 소리와 농담을 들었어요."

나는 잠시 멈추어서 속도를 늦추었다. 교실이 이렇게나 조용했던 적이 없었다.

"우리 아빠는 트랜스젠더입니다. 자신이 원하는 대로 살아갈 수 있도록 수십 년을 기다렸다고 말했어요. 이제 그렇게 살고 있습니다. 그 사실을 머리로는 이해하지만, 저는 그게 싫었어요. 그건 사실입니다. 오늘 아침 아빠는 그것이 무엇을 의미하는지 말하기 위해 방송국에 갔습니다. 아빠와 같은 사람들에 대해서 거짓말을 펴내는 신문기사 때문에 저는 이 글을 썼습니다. 누군가 아빠에게 출연해 달라고 요청했는데 아빠는 옳은 일을 하는 것이기 때문에 하겠다고 했습니다. 어쩌면 여러분도 봤을 거예요. 어쩌면 안 봤을지도 모르고요. 수천 명의 사람들이 방송을 보고 판단하고, 아빠에 대해 수군거렸을 겁니다. 그래도 아빠는 하고 싶은 말을 했다고 합니다. 어쩌면 그 방송이 누군가를 도왔을 거예요. 여러분이 어떻게 생겼든, 여자든 남자든, 다른 무엇이든. 자신 말고는 그건 누구도 상관할 바가 아닙니다. 여러분은 하고 싶은 말을 하고, 옳다고 믿는 것을 응원해야 합니다. 이상입니다."

아주 멀리 떨어져 있는 것 같은 곳에서 선생님이 내게 뭔가를 말하고 나서 아이들에게 뭐라고 말했다. 종이 울리고 아이들이 책상에서 짐을 챙겼다. 두어 명이 교실을 나가면서 내 어깨를 토닥이며 조그맣게 말했다.

"고마워, 이지."

또는.

"아주 멋졌어."

난 꼼짝하지 않았다. 여전히 몸을 떨고 있었다. 하지만 두렵기 때문이 아니었다. 오히려 내가 살아 있음을 느꼈다. 마치 힘과 들끓는 에너지로 차오르는 것 같았다. 어쨌거나 지금 두려울 게 뭐가 있을까?

◆ 32 ◆

"거기 두 사람, 우리 주연배우, 이리 좀 와라."

교실이 거의 텅 비자 토머스 선생님이 말했다.

"너희 둘에게 보여 줄 게 있다. 괜찮다면 너희 쉬는 시간 5분 좀 쓰자."

선생님은 그레이스와 나를 살며시 복도로 이끌었다.

"너희 오늘 아침 엄청 바빴지? 아직 미술작품 전시를 볼 시간이 없었을 거다. 자, 저기에 너희가 좋아할 게 있어."

선생님이 강당으로 가는 문을 열었다. 보통은 그저 칙칙한 나무 벽과 의자가 나란히 있는데, 오늘은 화려한 빛깔의 신기한 세상이 펼쳐졌다.

천장에 티슈로 만든, 희미하게 반짝이는 커다란 새 한 마리가 철사로 걸려 있는데, 기다란 창문에서 들어오는 햇빛으로 빛났다.

선생님이 내 시선을 쫓으며 말했다.

"흠, 저걸 건강하고 안전하게 잘 만든 건지 잘 모르겠다."

벽에는 거대한 캔버스, 깜박이는 이미지가 있는 스크린, 한쪽 구석에는 가늘고 정교한 선으로 만든 조각품 상자가 자리 잡았다. 이 학교에 뭔가를 잘 만드는 사람이 이렇게나 많을 거라고 한 번도 생각해 본 적이 없었다.

내 바로 앞에 그 방 전체에서 가장 요란하고 가장 대담한 작품이 있었다. 확실히 누가 만들었는지 몰랐지만, 그 작품이 나를 향해 '메건'이라고 소리쳤다. 제이미가 쉽사리 숨고도 남을 거대한 항아리였다. '페이퍼 마셰'*로 만든 듯했다. 검은색과 짙은 빨간색으로 이렇게 적혀 있었다. 이겨 내라.

가까이 가 보니, 물감이 전혀 없었다. 붉은색과 검은색은 사진과 신문에서 오려 낸 글자와 이미지로 만들었다. 어떤 건 알아볼 수 있고, 어떤 건 알아볼 수 없었다. 잡지, 우리 가족사진, 트랜스젠더가 무엇인지 알아내려고 하는 동안 내가 온라인으로 읽은 이미지와 기사들이었다. 엄마가 준 웹사이트 목록에서 가져온 것들은 알아보았다. 어떤 건 통계, 어떤 건 유명 인사들의 인용구, 어떤 건 아무렇게나 쓴 글자였다. 그 모든 글과 이미지는 편견에 관한 것

---

* 여러 겹의 종이를 물체 위에 붙여 말린 후 물체에서 분리하여 물체와 같은 모양의 종이 모형을 만드는 공예 방법.

이었다. 아니, 그렇지 않다. 그건 전부 괴롭힘을 당하는 다양한 종류의 사람과 사람들의 무리였다. 하지만 어쩐지 다 전혀 피해자처럼 보이지 않고 모두 강하게 보이도록 만들었다.

디테일이 엄청났다. 이걸 다 맞추느라고 분명 시간이 어마어마하게 걸렸을 거다. 나는 손을 내밀어 그 작품에 손을 얹고 손끝으로 거친 표면을 쓰다듬었다. 딱딱하면서도 동시에 섬세했다. 메건 언니는 내가 이렇게 만져도 분명 괜찮다고 할 거다.

"나쁘지 않지, 그렇지?"

선생님이 우리 뒤로 걸어오며 말했다. 선생님의 목소리에 웃음이 묻어 있었다.

"너희 가족은 정말 특별하구나, 이저벨."

오늘 아침부터 지금까지 일어난 모든 일을 돌이켜 볼 때, 나는 그 말에 동의할 수밖에 없었다.

"네가 얼마나 특별한지 잊지 마라."

선생님이 부드럽게 이어 말했다.

"네가 얼마나 용감해질 수 있는지, 그리고 네 용기가 다른 사람을 도와주고, 마음을 열게 하고 또 용기를 낼 수 있게 하는지 말이야. 오늘밤 뮤지컬에서 너희 아빠를 만나면 좋겠다. 너희 엄마도……. 너희 엄마는 분명 대단한 분이겠지."

"선생님이 만나 보시면 좋겠어요."

그냥 말로만이 아니라 정말 진심이었다. 처음으로 끔찍한 기분은 사라지고, 디가 오늘 밤 뮤지컬을 보러 오기를 나는 바랐다.

"부모님 전부 오실 거예요. 제 남동생도요. 동생이 진짜로 기대하고 있거든요."

"나도 오늘 저녁에 특별한 사람을 데리고 올 거란다."

선생님이 헛기침을 했다.

"루이스, 내 파트너란다. 이 남자는 전에 이 학교에 온 적이 한 번도 없었어. 하지만 이 작품 발표를 자랑하고 싶구나."

"그럼 저희가 선생님을 실망시키지 않기를 바랄게요."

나는 농담을 섞어 그렇게 대답했다. 머리가 핑핑 돌았다. 선생님은 게이다. 그게 선생님이 말한 거지, 맞지? 루이스는 확실히 남자 이름이었다. 선생님은 확실히 '남자'라고 말했다. 그러니까, 흠, 왜 선생님이 게이면 안 되지?

"확실히 너희는 나를 실망시키지 않을걸."

선생님이 시계를 보고 말했다. 이윽고 고개를 들어 저만치에서 구경하다가 우리를 향해 천천히 걸어오는 그레이스를 보았다.

"쉬는 시간 끝나기 전에 이야기해야 할 사람이 또 있단다. 어쨌거나, 다음 수업 들어가야 하지 않니? 방정식을 익히거나 역사적인 날짜를 외우거나 뭐, 그런 거. 나랑 함께 영어를 배우거나 드라마를 하는 것만큼 신날 리는 없겠지?"

그레이스와 나는 강당을 나섰다. 그레이스가 내 옆구리를 쿡 찌르며 말했다.

"선생님이 뭐라고 하셨어? 진지해 보이던데. 내가 끼어 들 수가 없겠더라고."

"별거 없어. 선생님이 그냥 나한테 커밍아웃한 거 같아, 그게 다야."

"뭐? 정말이야? 선생님이 게이라고?"

그레이스는 고개를 젓고는 잠깐 조용했다. 이윽고 경쾌하게 말했다.

"흠, 선생님이 너나 나하고 결혼하지 않을 거라면, 게이인 게 낫지."

◆ 33 ◆

방에서 나갈 준비를 마치고 있는데 엄마가 내가 좋아하는 뮤지
컬 노래 첫 소절을 노래하고 있었다. 엄마의 목소리가 계단을 타
고 올라왔다.

"행운의 여인이여."

샘의 주제곡이다. 가장 필요할 때 자신에게 행운을 바라는 노래
다. 정말 적절한 노래처럼 보였다. 이윽고 두 번째 소절을 함께 노
래하는 디의 목소리가 들렸다. 그러고 나서 둘은 코러스 부분을
함께 불렀다.

지난 시간 우리를 스쳐 간 스트레스와 다툼에도 불구하고, 솔직
히 아빠는 지금 마음이 가벼워 보인다. 엄마도 마찬가지다. 마치 두
사람이 뭔가 크고 무거운 것을 들고 있었지만 이제 그걸 놓을 수
있다는 걸 깨달은 것 같았다.

"내려왔네, 이지."

내가 계단을 내려오자 엄마가 말했다. 엄마는 달리 말할 필요가 없었다. 엄마가 나를 무척 자랑스러워하는 것 같아서 나는 얼굴이 붉어졌다. 다행스럽게도 내가 완전히 홍당무가 되기 전에 전화벨이 울렸다.

"내가 받을게."

디가 거실로 사라졌다. 놀랍게도 비키가 찻잔을 들고 부엌 식탁에 앉아 있었다. 나는 긴장과 흥분에 비키가 집에 들어오는 것도 알아차리지 못했다.

비키는 자리에서 일어서서 내게 꽃다발을 건넸다. 꽃 이름은 몰랐지만 색깔이 무척 예뻤다. 비키가 웃으며 말했다.

"이거 사실 나중에 줘야 하는데. 지금 물을 좀 줘야 할 것 같아서."

"오실 거죠?"

내가 묻자 비키는 나를 꼭 안아 주었다.

"세상을 잃는다 해도 놓칠 수 없지. 물론 네가 괜찮다면……."

"그레이스 엄마 전화였어."

디가 끼어들었다. 부엌문 뒤로 디가 고개를 내밀었다.

"차를 아직 못 고쳤대. 그래서 이렇게 하기로 했어. 비키가 엄마, 메건 그리고 제이미를 데리고 가는 거야. 이지하고 나는 가는 길에 그레이스랑 그레이스 엄마를 픽업하고. 괜찮아, 비키?"

"괜찮아, 캐슬린이 길만 알려 준다면. 그리고 제이미가 내 손을 잡고만 있으면. 30년 이상 학교에 가 본 적이 없는 것 같아서 살짝 떨리는데."

비키는 어깨를 으쓱해 보였다. 농담이다. 농담이란 걸 알지만 비키의 목소리 끝에 보통 때의 자신감이 살짝 흘러나왔다. 디가 말했다.

"그럼 가 볼까? 준비됐어?"

디와 내가 먼저 나섰다. 엄마는 여전히 제이미의 얼굴에서 사인펜을 지워 내고 있다. 제이미가 비키랑 그림을 그린 모양이다. 하지만 종이에만 그림을 그린 건 아니었나 보다. 비키가 스파이더맨 의상을 준 덕분에, 제이미는 자신을 슈퍼히어로라고 여기는 듯했다.

우리가 문밖으로 나왔을 즈음, 언니 목소리가 뒤에서 들려왔다. 오늘 언니를 거의 보지도 못했다. 내가 집에 온 뒤로 언니는 자기 방에서 계속 준비하고 있었다. 언니가 살짝 초조하게 웃으며 내 손에 뭔가를 쥐여 주었다. 언니의 작품처럼 거칠지만 부드러운 느낌이었다. 하지만 훨씬, 훨씬 더 작았다. 나는 손가락을 펼쳤다. 거기에 둥근 '페이퍼 마셰' 위에 빨간색과 검은색 대문자로 쓴 메시지가 있었다. 행운을빌어. 언니의 미술작품이 얼마나 대단한지, 내가 언니 동생이라는 게 얼마나 자랑스러운지, 언니가 내게 준 것이 얼마나 고마운지조차 말로 표현할 수가 없다. 그래서 언니를 한참 동안 꼭 안았다. 우리는 문지방에 같이 서 있었다. 마침내 디가 차를 빵빵거리고 우리 때문에 집 안에 찬 바람을 들어온다고 엄마가 소리칠 때까지.

디가 부리나케 그레이스의 집으로 차를 몰아갔다. 내가 초인종을 누르러 집으로 달려가는 동안 디는 밖에서 기다렸다. 몇 번 벨이 울리고, 그레이스가 기다리게 해서 미안하다는 말을 엄청나게 쏟아 내며 나왔다. 적어도 나는 밖으로 나오라며 창문으로 돌멩이를 던질 필요는 없었다. 그레이스 뒤로 확실히 가장 산뜻한 의상을 챙겨 입은 그레이스 엄마가 천천히 따라 나왔다.

그레이스가 속삭였다.

"우리 엄마가 전부 다 아는 것 같지는 않아. 그 도박에 대해서 엄마한테 아직 전부 말하지 않았어⋯⋯."

"그러니까 위험한 클럽에서 노래하고 춤추는 거⋯⋯."

내가 덧붙였다.

"세라가 정말로 취했을 때, 뭐 그런 거!"

"적어도 그건 네가 아니잖아."

"맞아. 엄마가 그거 좋아할까?"

그레이스는 진짜로 걱정스러워 보였다. 자기 엄마가 어떻게 생각하는가가 그레이스에게는 정말로 중요하다. 나는 그레이스의 손을 꽉 쥐고 말했다.

"물론 좋아하실 거야. 네가 거기에 있잖아. 너희 엄마가 정말 좋아하실 거야."

그레이스와 나는 자동차 뒷좌석에 몸을 밀어 넣었다. 방송국에서 돌아오는 길에 여기에 앉아서 아침을 먹은 게 오늘 아침이란 걸 믿을 수가 없다. 하지만 생각해 보니, 자동차에 베이컨 냄새가 났다. 바닥에는 온통 포장지가 널브러져 있었다.

학교가 불빛으로 환했다. 디가 자동차를 세웠다. 우리가 차에서 내리자, 또 다른 차가 우리 옆에 나란히 섰다. 샘이 문을 열었다. 샘이 부모님한테 제대로 왔다고, 시간에 딱 맞는다고, 여기에 주차해도 괜찮다고 말하는 소리가 들렸다.

샘을 만나서 무척 반가웠다. 특히 그레이스가 반가워했다. 우리는 멈춰 서서 부모님에게 인사하고는 불이 켜진 강당 문을 향해 주차장을 가로지르며 후다닥 달려갔다. 무대가 준비되었다. 텅 빈 의자가 나란히 놓여 있고 의상과 분장이 기다리고 있다.

우리 뒤로 경적이 끊임없이 시끄럽게 울려 대서 무슨 일인가 하고 뒤를 돌아보았다. 비가 그치고, 상쾌하고 청명한 밤이었다. 그 소리는 아주 멀리까지 실려 갔다.

경적을 울린 건 디였다. 샘의 엄마는 자동차의 전조등을 깜빡였다.

"행운을 빌어, 잘해."

이제 우리가 보았다는 걸 알아차리고는, 그레이스 엄마가 소리치며 펄쩍펄쩍 뛰면서 미친 듯이 손을 흔들었다.

"다들 깜짝 놀라게 해 줘!"

디가 우리에게 키스를 날렸다. 샘 부모님까지 합세해 축구 경기장에 있는 것처럼 응원을 보내며 스카프를 흔들어 댔다. 다른 자동차도 주차하고 있어서 다들 멈추어서 우리 부모님이 우리에게 보내는 응원을 볼 수 있었다.

샘이 그레이스하고 나를 보며 말했다.

"부모님들도 참……."

창피하긴 했지만 우리는 모두 얼굴 가득 함박웃음을 지었다. 샘은 어쩔 수 없다는 듯 어깨를 으쓱해 보였다.

"창피해 죽겠네."

우리는 안으로 들어갔다.

◆ 34 ◆

1막이 내리고 중간 휴식 시간이 되었다. 그렇지만 내 귀에서 여전히 환호성이 울려 퍼지고 있었다. 사람들이 좋아했다. 난 알 수 있었다. 놀랍게도 정말 좋아했다. 내가 처음 무대에 섰을 때, 객석 조명이 꺼지고 무대에 불이 들어왔을 때, 관중이 하나도 보이지 않았다. 하지만 꼼지락거리고, 한숨짓고, 숨을 쉬고, 기다리는 관중을 느낄 수 있었다. 나는 첫 대사를 위해 숨을 깊이 들이마셨다.

그리고 나니 눈 깜짝할 사이에 지나갔다. 우리는 노래하고 춤을 추었다. 루커스와 그레이스가 적재적소에서 웃겼다. 샘과 나는 대사를 전부 외웠고, 나는 한 번도 샘하고 부딪치지 않았다. 어느덧 공연의 반이 지나갔다.

우리가 무대 뒤로 내려올 때 나는 그레이스의 손을 잡고 자그맣게 속삭였다.

"거의 끝나 가."

"아직 아니야. 내일하고 토요일 그리고 오늘 나머지도 있잖아. 그러고 나면 학기 끝이고 크리스마스하고 내년이 있지."

"그래."

나는 중얼거렸다. 하지만 며칠 있으면 평범한 생활이 다시 시작한다니 여전히 아쉬웠다. 연극반 교실에는 꽥꽥 소리치고, 고함치고, 의상을 들고 드나들고, 서로 부딪치고 가방을 찾고, 휴대전화를 확인하는 아이들로 꽉 찼다. 토머스 선생님이 외쳤다.

"10분! 10분 있다가 의상을 준비해서 각자 제자리로 돌아가야 한다."

나는 정말이지 화장실이 급했다. 사람들을 요리조리 피해 연극반 교실을 빠져나왔다. 내 뒤로 문이 닫히고 갑자기 조용했다. 나는 숨을 깊이 쉬고 개수대에서 차가운 물을 손에 흘려 보냈다. 고개를 들어 보니 거울 속에 세라 브라운이 있었다. 나는 세라를 향해 웃음을 보냈다. 그러자 세라도 나를 향해 웃어 보였다.

하도 조용해서 걱정이 일었다. 모두 이미 자기 자리로 돌아간 모양이었다. 벌써 2막이 시작되어 내가 시작을 놓쳤을지도 몰랐다. 나는 급히 문을 열고 나오다가 루커스와 쿵 부딪히고 말았다. 루커스 혼자 있다. 찰리, 아미르도 없이 루커스 혼자만 있다. 나도 혼자다.

루커스가 들고 있던 대본을 떨어뜨리는 바람에 종이가 폭포처

281

럼 사방에 날렸다. 우리는 무릎을 굽혀 종이를 주웠다.

"미안."

우리는 동시에 말했다. 나는 고개를 들어 루커스를 보았다. 뭐지? 루커스가 미안하다고 말하다니? 이건 뭐지? 보통 루커스는 그냥 투덜거리며 걸어가 버리거나, 한 번 더 떠밀 궁리를 찾는다. 좀 더 바짝 들여다보았다. 얼굴까지 붉히다니? 우연한 사고일지라도, 루커스와 부딪친 게 정말이지 전혀 미안하지 않다는 걸 안다. 사실, 좀 일부러 부딪쳤으면 했다.

"왜 우리 아빠에 대해 사람들한테 말했어?"

나는 대담하게 그 애의 눈을 보며 물었다. 루커스는 당황스러워하며 시선을 피했다. 그러더니 중얼거렸다.

"몰라."

"어서 말해 봐. 내가 알아야겠어."

루커스는 나를 보지 않은 채 대본을 정리했다. 마침내 입을 열었다.

"웃길 줄 알았어."

"그래서? 웃겼니? 나를 조롱하니까? 네가 알지도 못하는 사람을 조롱하니까? 네가 알지도 못하는 것을?"

나는 이제 몸을 일으켜 세우고 허리에 손을 얹고 있고, 루커스는 비틀거리며 섰다. 내 목소리는 차분하고 침착했다. 조금도 떨리지 않았다. 텅 빈 복도를 따라 벨소리가 울려 퍼졌다. 나는 누가 듣든 말든 신경 쓰지 않았다.

"미안해, 이지."

"아, 정말?"

"그래. 그러니까, 처음에는 웃겼어. 그런데 음, 너랑 이 연극 하는 거 무척 좋았어. 토머스 선생님이 말씀하셨어. 내가…… 음…… 그런 말을 하면 안 되었어."

"토머스 선생님? 선생님하고 그게 무슨 상관이야?"

"아, 선생님이 오늘 내게 살짝 경고했어. 그게 다야."

나는 야단맞는 게 정말 싫다. 야단을 맞으면 몸을 웅크리고 울고 싶어진다. 하지만 루커스는 그다지 신경 쓰지 않는 것 같았다. 결국 루커스도 신경을 썼다. 갑자기 루커스가 아주 작아 보였다. 전혀 두렵지 않았다. 어른인 척 옷을 입은 아이처럼, 의상을 입고 서 있다. 물론 정확히 루커스의 모습이다. 난 뭐라 말해야 할지 준비가 되지 않았다. 그러니까 괜찮아 또는 너를 용서할게. 나는 여전히 너무 화가 났다. 하지만 지금 이 순간, 이 애를 더 비참하게 만들고 싶지는 않았다.

"왜 아직도 대본을 가지고 있는 거니? 1막에서 네 대본 다 외웠잖아."

"그냥 확인하는 거야. 망치고 싶지 않아서."

우리는 서로를 향해 초조하게 웃음 지었다.

지금은 그저 그레이스가 어디 있는지 궁금했다. 나를 보았다면 놀라 자빠졌을 거다. 몇 주 전이라면, 나도 놀랐을 거다. 하지만 지금, 모르겠다. 이 모습이 더 나 같다. 마치 새로운 이저벨 파머가 있는 것 같다. 두려움 없이 자신을 응원하는 사람. 나는 그레이스가 필요 없다. 그래도 루커스와의 어색한 대화에 대해서 전부 말하고 싶다. 무대에서 내려온 뒤로 그레이스를 보지 못했다. 샘도.

토머스 선생님이 연극반 교실 문밖으로 고개를 내밀고 외쳤다.

"시간 됐다! 우리 주인공들 어디 있니? 이저벨, 루커스, 어서 와라. 2막 시작한다."

✦ 엔딩 ✦

리틀헤이븐이 살기에 흥미로운 곳인지 여전히 자신이 없다. 지난 학기에 일어난 그 모든 일이 일어난 이후에도 말이다. 여전히 작은 도시로, 딱히 할 것도 볼 것도 얘기할 것도 별로 없다.

결국 〈아가씨와 건달들〉은 대단했다. 두어 번 대사를 까먹고, 아찔한 장면 변화가 있긴 했지만, 마지막 공연은 썩 완벽했다.

모두들 루커스가 네이선 디트로이트 역을 얼마나 잘했는지 떠들어 댔지만(어쨌거나 잘하긴 했다) 루커스는 잘난 척하지 않았다. 대단히 놀랍다. 토머스 선생님이 어떻게 야단을 쳤는지 모르겠지만 효과가 있었던 모양이다. 요즈음 꽤나 착하게 굴기도 한다. 뭐, 이따금.

메건 언니는 상을 받지는 못했다. 하지만 신경 쓰지 않는 것처럼 보였다. 언니는 활동가가 되기로 했다. 여전히 내내 화가 나 있다. 하지만 내가 말하지 않고 자기 방에 들어가거나 엄마가 아침 먹기 전에 말 시킬 때보다는 인종차별, 무기거래 그리고 트랜스젠더에 대한 혐오 같은 커다란 이슈에 대해 화를 냈다. 그러니까 이건 나아진 것 같다.

어떤 변화는 그렇게 좋지 않았다. 토머스 선생님이 다음 학기에 떠난다. 선생님과 루이스는 스코틀랜드로 다시 이사 간다. 난 그 생각을 하지 않으려고 한다. 선생님은 우리가 그간 가르쳤던 최고의 학급이었다면서 정말로 그리울 거라고 말했다.

디는 호르몬 치료를 시작했다. 디는 마치 다시 십대가 되는 것 같다고 말했다. 좋다는 건지 나쁘다는 건지 모르겠다. 우리는 모두 지금의 생활 방식에 익숙해져서 디를 '여자'라고 부르는 게 자연스럽게 느껴졌다. 제대로 하려고 늘 생각할 필요가 없었다. 분명 〈아가씨와 건달들〉 공연장에서 몇몇 사람들이 디를 이상한 표정으로 보았다. 하지만 메건 언니는 그 사람들을 무시했다. 그것 말고는, 대부분의 사람들이 신경도 쓰지 않았다.

샘 아빠랑 디는 자주 한잔하러 나간다. 두 사람이 무슨 말을 하는지는 모르겠다. 무슨 얘기가 됐든 우리 이야기를 하는 것 같지는 않다. 그레이스 엄마도 보통 집에서 구운 케이크를 나누어 주거나 엄마랑 차를 마시려고 자주 우리 집에 들른다.

그리고 나하고 그레이스는? 흠, 그레이스와 샘이 사귀게 되어서 걱정스럽다. 나는 밀려났다. 하지만 지금까지 괜찮다. 샘도 이제 내 친구다. 토머스 선생님은 우리를 '삼총사'라고 부르기 시작했다. 그리고 희한하게도 둘이 진짜로 어울리다 보니, 그레이스가 샘 이야기를 내내 하지 않게 되었다. 우리 셋은 함께 여름학교 작품 발표에 나가서 다시 우리의 운을 확인할 거다.

리틀헤이븐에서 무슨 일이 일어났다. 처음에는 일어나지 않기를 바랐다. 그게 재앙이라고 생각했다. 아빠를 잃는다고 생각했고, 절친을 잃을 거라고 생각했다. 하지만 나는 두 사람 다 잃지 않았고 그 이상을 얻었다. 이제 생활은 다시 지겨운 일상으로 평범하게 돌아갔다, 마치 아무 일도 일어나지 않은 것처럼. 하지만 일어났었다는 것을 나는 안다.

작가의 말

안녕하세요!

이 책을 선택해 줘서 고마워요. 이지 이야기를 재미있게 읽었기를 바랍니다.

여러분의 가족이 이지의 경우와 같을지 어떨지 모르겠네요. 그렇지만 독특한 무언가가 있어서 남들과 달라 보이는 게 있을 수도 있겠지요. 이런 차이가 부끄러울 수도, 겁이 날 수도 있어요. 완전히 혼자인 것 같은 기분이 들 수도 있어요. 마치 이런 경험이 있는 사람이 이 세상에 나 혼자인 것처럼 말이에요. 하지만 그런 것들이 여러분에게 새로운 우정을 열어 주고 세상을 보는 새로운 시각을 줄 수도 있습니다. 그런 것들이 여러분을 보다 친절하고 용감한 사람이 되게 해 주죠. 기억에 남는 중요한 일이 될 수도 있어요

이지는 식구들과 함께 커다란 변화를 겪습니다. 변화는 이따금 스트레스나 분노를 불러일으키기도 해요. 그럴 때, 여러분이 믿는 누군가와 이야기를 하는 게 도움이 됩니다. 부모님, 선생님, 친척이나 친구들. 여러분이 이 책에서 이지가 경험한 것과 같은 변화에 맞서고 있다면 도움이 될 만한 단체를 만나 보는 것도 좋습니다.

나는 이 책의 주인공과 같은 가족을 많이 알고 있어요. 부모가 레즈비언, 게이, 양성애자 또는 트랜스젠더 같은 성소수자(LGBT)인 가족 말이에요. 어쨌거나 우리 아이들도 엄마가 둘이랍니다! 하지만 내가 읽은 책에서는 이런 가족을 본 적이 없어요. 이것은 어느 정도 제가 이 책을 쓰게 된 동기가 됐습니다. 이런 가족도 존재한다는 걸 보여 주기 위해서 말이에요. 성소수자는 '저기 어딘가에 있는' 이상한 사람들이 아닙니다. 이지와 이 작품에 등장하는 사람들과 같아요.

이 이야기에 대한 영감이 있었기에 이 책을 썼어요. 그리고 써야만 했어요. 그래야 다음에 무슨 일이 일어날지 알 수 있으니까요! 여러분이 이 이야기를 좋아했으면 좋겠네요.

세라 해거홀트

감사의 글

고마움을 전하고픈 사람이 여러 명 있습니다.

우선, 여러분. 멋진 청소년소설이 너무나 많은데 이 책을 읽기로 선택했으니까요. 이지와 이지 가족의 이야기가 오랫동안 여러분과 함께하기를 바랍니다. 읽어 줘서 고마워요.

저는 시스젠더*입니다.(트랜스젠더는 아니에요.) 이 책에서 트랜스젠더의 삶에 대한 이야기를 썼어요. 이런 이야기를 책으로 쓰는 건 커다란 모험이에요. 특히 트랜스젠더가 종종 이상한 사람 또는 공포의 대상으로 묘사될 때는 더더욱 그렇죠. 나는 이 이야기를 최대한 존경과 리얼리즘으로 풀어 내려고 노력했어요. 이렇게 제대로 해낼 수 있었던 건 트랜스젠더 독자들과 친구들 그리고 아래 언급한 사람들 덕분입니다. 정말 고마워요. 물론 실수한 게 있다면, 모두 다 제 탓입니다.

몇 년 전에 쓴 양육가이드 『자부심과 즐거움(Pride and Joy)』을 위

---

* 주로 태어날 때의 외관으로 정해진 지정 성별과 자신이 정하는 성별인 젠더(Gender)의 일치와 불일치를 따지는데, 일치하면 시스젠더(Cisgender), 불일치하면 트랜스젠더(Transgender)라고 부른다. (접두사 Cis-는 '같은 쪽', Trans-는 '다른 쪽'을 의미한다.)

해 내게 이야기를 들려준 모든 성소수자(LGBT) 가족들. 여러분은 이 책에 영감을 주었습니다. 자신의 이야기를 공유한 제스와 저스틴에게 특별히 감사합니다. 친절하게도 초고를 읽고 조언과 용기를 주기도 했지요.

이 책을 처음 읽은 수지. 수지의 날카롭고 상세하고 사려 깊은 조언이 이 책을 훨씬 더 훌륭하게 해 주었어요. 정말로 감사합니다. 언젠가 수지의 책을 읽을 수 있기를 바랍니다.

크리스틴과 제이는 이 원고를 읽고 주제를 확실히 다듬어 주었어요. 두 사람의 의견과 두 사람이 준 반응은 정말이지 제게 중요했어요(심지어 나를 울리기까지 했다니까요!).

가톨릭해외발전단(CAFOD)의 편집팀 옛 동료들. 당신들과 함께 일했기에 나는 더 좋은 작가가 될 수 있었어요.

스톤월에서 활동하는 내 동료들. 성소수자 평등을 향해 내가 앞으로 가도록 영감을 불러일으켰으며, 이들은 내가 '이겨 내도록' 도와주었어요.

나의 에이전트 클로이, 언제나 이 책을 지지하며 내가 하려는 이야기를 신뢰해 주었습니다.

나의 편집자 스테파니. 그리고 용기와 뛰어난 아이디어를 보태 주고 친절함과 창의성으로 출판 과정을 이끌어 준 어스본 출판팀.

우리 엄마(언제나 나의 가장 강력한 치어리더!).

우리 가족, 나의 파트너 레이철과 우리 아이 에스더와 미리엄 (우리 토끼, 캐러멜과 쿠키도 잊지 않았어)의 지지와 다방면에 걸친 놀라움에 감사하며.

세라 해거홀트

어느 날 아빠가 사라졌다. 그리고 그 자리를 '디'가 대신했다. 외모와 말투, 옷차림까지 아빠와는 전혀 다른 사람 앞에서 이저 벨은 당황한다. 하지만 이내 알게 된다. 이 모든 변화가 그리 대단 한 사건이 아니라는 사실을, 아빠를 영원히 잃어버린 것이 아님 을 깨닫게 된다.

거대한 폭풍우가 몰려올 줄 알았는데 삶에는 낯설지만 고요한 평화가 찾아들었다. 이저벨은 이 진실을 끔찍하게 생각하지 않을 사람들을 떠올린다. 새로운 '디'를 있는 그대로 받아 줄 친구와 이 웃을 기억한다. 이들 모두는 자신의 온전한 모습으로 당당히 세 상으로 나아간다.

오해와 비난, 루머와 야유의 화살은 언제 어디서든 그리고 누 구에게든 아프게 날아들 수 있다. 특별해서가 아니다. 남들과 조 금 달라서가 아니다. 몇 마디 삐걱거리는 대화, 의도치 않았던 상 황 전개, 잘못 전달된 진심, 과장되고 부풀려진 소문을 통해 누구 든지 타인 또는 집단으로부터 쉽게 공격받는다. 『괜찮아 아무 일 도 일어나지 않아』는 소수의 이야기로 시작해 모두에게 필요한 용기를 이끌어 낸다. 대부분 독자들은 나와 내 가족과는 전혀 상관없는 일이라 생각하겠지만 이야기가 전개될수록 느낄 것이다. 살아가면서 한번쯤 비슷한 경험을 했다는 사실을. 별다른 이유나 잘못 없이도 괜한 눈초리를 받았던 저마다의 쓰라린 기억을 떠올릴 것이다. 여자이거나 남자이기 때문에 혹은 나이가 어리거나 많다는 사실만으로도 말이다.

사람들은 모두 인생이라는 각자의 무대에 선다. 설령 모든 관중이 박수와 환호를 보내지 않더라도 묵묵히 그 무대를 지켜 내야 한다. 그것이 진정한 삶이고 주인공의 자세니까. 세상에 많은 이야기가 '너'로 시작해 '우리'로 끝난다. 이 책 역시 마찬가지다. 아무런 강요도 받지 않았는데, 마지막 장을 덮을 때 너와 당신, 그들이라 선을 그었던 마음이 어느덧 우리와 모두로 통합되었다. 그것이 이야기의 진정한 마법이고, 나는 이 책을 통해 다시 한번 그 힘을 느꼈다.

이희영(소설가)

옮긴이 **김선희**

한국외국어대학교를 졸업하고, 대학원에서 '외국어로서의 한국어 교육'을 공부했습니다. 소설 『십자수』로 근로자문화예술제에서 대상을 받았으며, 뮌헨국제청소년도서관(IYL)에서 펠로십(Fellowship)으로 어린이 및 청소년 문학을 공부했습니다. 그동안 펴낸 책으로는 『토머스 모어가 상상한 꿈의 나라, 유토피아』 등이 있으며, 옮긴 책으로는 「윔피 키드」 「드래곤 길들이기」 「위저드 오브 워즈」 「멀린」 시리즈, 『생리를 시작한 너에게』 『팍스』 『두리틀 박사의 바다 여행』 『공부의 배신』 『난생처음 북클럽』 등 200여 권이 있습니다.

괜찮아 아무 일도 일어나지 않아
ⓒ 세라 해거홀트, 2021

초판 1쇄 인쇄일 │ 2021년 6월 15일
초판 1쇄 발행일 │ 2021년 6월 25일

지은이 │ 세라 해거홀트
펴낸이 │ 정은영
편　집 │ 최성휘 김정택 문진아 정사라
마케팅 │ 최금순 오세미 박지혜 김하은
제　작 │ 홍동근

펴낸곳 │ (주)자음과모음
출판등록 │ 2001년 11월 28일 제2001-000259호
주　소 │ 04047 서울시 마포구 양화로6길 49
전　화 │ 편집부 (02)324-2347, 경영지원부 (02)325-6047
팩　스 │ 편집부 (02)324-2348, 경영지원부 (02)2648-1311
이메일 │ jamoteen@jamobook.com
블로그 │ blog.naver.com/jamogenius

ISBN 978-89-544-4721-8(43840)